JN213489

オール電化・雨月物語

青柳碧人

All-Electric
Tales of Moonlight and Rain
by Aoyagi Akito

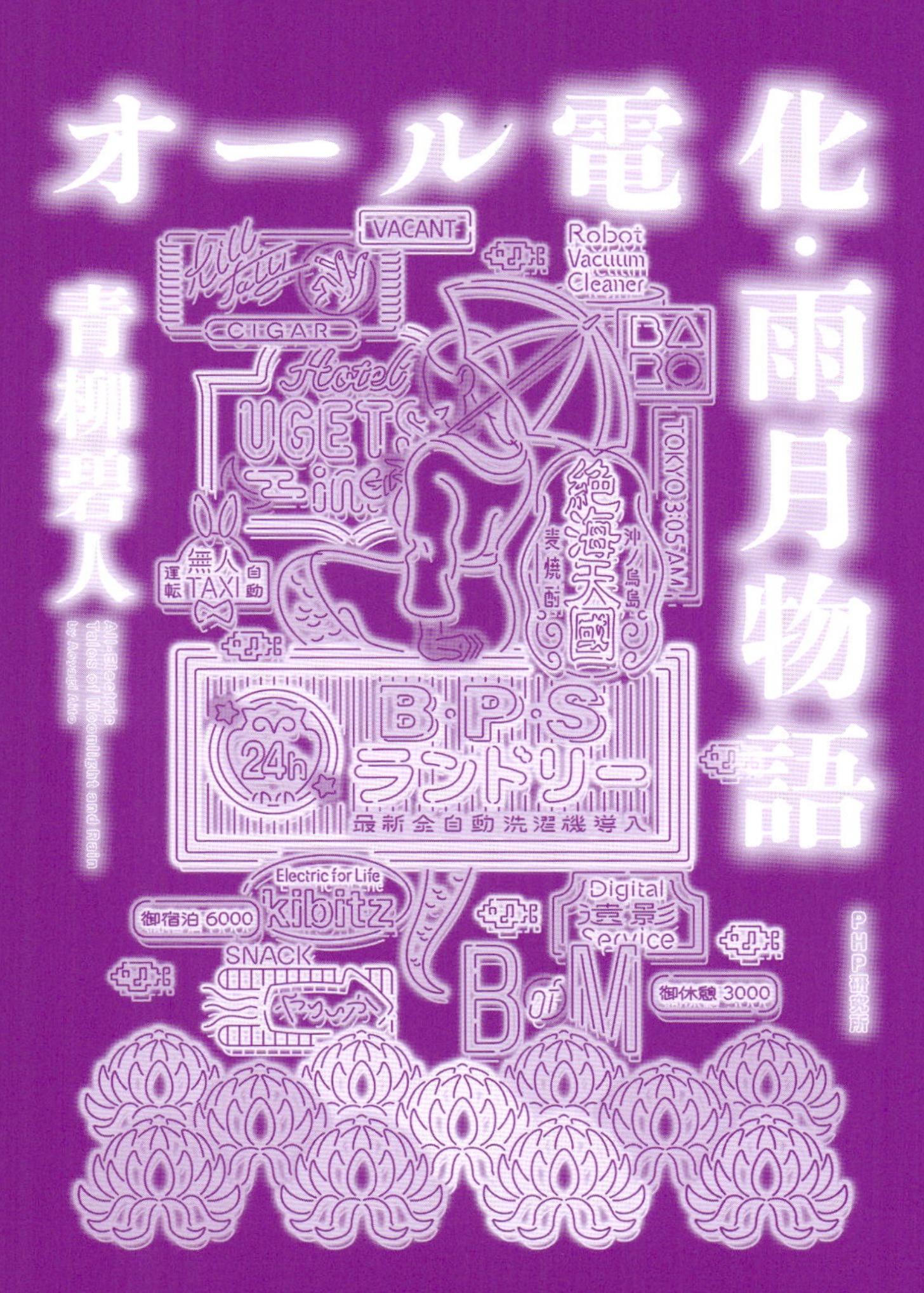

PHP研究所

オール電化・雨月物語　目次

装　丁――welle design
装　画――はらわたちゅん子

シラミネ

時に峯谷(みねたに)ゆすり動きて、風叢林(はやし)を僵(たふ)すがごとく、沙石(まさご)を空(そら)に巻上(まきあ)ぐる。見る見る一段の陰(いん)火(くわ)、君が膝(ひざ)の下(もと)より燃上(もえあが)りて、山も谷も昼のごとくあきらかなり。光(ひかり)の中につらつら御気色(みけしき)を見たてまつるに、朱(あけ)をそそぎたる竜顔(みおもて)に、荊(おどろ)の髪膝(かみひざ)にかかるまで乱れ、白眼(しろきまなこ)を吊(つ)りあげ、熱(あつ)き嘘(いき)をくるしげにつがせ給ふ。御衣は柿色(かきいろ)のいたうすすびたるに、手足の爪(つめ)は獣(けもの)のごとく生(お)ひのびて、さながら魔王の形(かたち)、あさましくもおそろし。

ああ、いらっしゃい真由。来てくれてありがとう。入って入って。

なに、やだそんな顔して。

大丈夫、元気なんだから。がんっていっても早期発見だし、そう簡単に死なないわよ。

ワインか何か、飲む？　私は飲めないけど。

……本当に大丈夫なんだから、そんな泣きそうな顔しないで。手術が成功する可能性は高いし若いから回復も早いでしょう、って医者に言われてるんだから。

ワイン飲まないなら、紅茶にしようか。適当に座って。

……はい紅茶。私ももらうね。

引き継ぎ、データを送ったからもう大丈夫だと思うけど、くれぐれも、誰かに盗まれるようなことがあっちゃだめよ。特に帳簿ね。表向き協力してくれているように見えても、反対しているやつはいっぱいいるんだから。本当に頭の固い人が多くて困っちゃう。社会をより良くするのは、世に影響力のある企業の使命だっていうのにね。

それで、なんだけど……。そう、ここからが本題ね。真由に、これを預かってほしいんだ。

はい。これ、何だと思う?

うん。額に見えるよね。でもこれ遺影なの。デジタル遺影。もう私の画像をインストールしてあるわ。万が一の時のために預かっといて。

……だから、死なないって。万が一っていうのは「一万回のうちの一回」って意味でしょ。パーセンテージにしたら〇・〇一パーセントよ。

それから……実はそのデジタル遺影と一緒に真由に預かってほしい話があるの。

うん。預かってほしいっていうかまあ、聞いてほしい話って言ったほうがいいかな。うん。今まで誰にも話したことのない話だから。

＊

私が《シラミネ》に関わるようになったのは、大学三年生の春のことだったわ。

母からいきなり電話がかかってきて、取締役が一人病気で辞めることになったから、代わりにあんたが入りなさい、卒業までは学生をしながらでいいから――ってね。

もともと《シラミネ》への入社を条件に学費も出してもらってたから、私に選択権はなかった。勤務時間とかだいぶ融通してくれたとはいえ、大学生との二足のわらじは本当にきつくてね。それでもなんとか、夏休みは何日かもらえることになった。それを、だいぶ行けてなかったサークルの夏合宿の日程に合わせたの。

そう。岡山の、三松先輩の実家のお寺。

合宿の直前に、森代伯母さんに「友だちに美容に興味のある子がいたら、就職をあっせんしてあげてもいいわ」って言われてたから、思い切って私、真由に声をかけたんだよね。

いやいや、お礼を言うのは私のほうよ。

いきなり会社員になって不安だったし、友だちで美容とか化粧品とかにいちばん詳しかったのは真由だったもの。「就活しなくてラッキー」なんて明るく受け入れてくれて、どれだけ心強かったか。

大学を卒業して本格的に社会人になってから、真由の実力を思い知らされたよ。真由っておっとりしているように見えて意外と交渉上手で、取引先との商談もバンバン決めてくるし。今やってる私のプロジェクトだって真由の助けなしにはここまでこられなかったし、本当に感謝してる。

ああ、ごめん。脱線しちゃった。

私が話したいのは、その合宿が終わったあとの話なの。

……そうだよ。よく覚えてるね。合宿が終わったあと、東京に戻ったりそれぞれの実家に戻ったりするみんなと別れて、「もう少し一人で旅をする」って私だけ残ったでしょ。まだ夏休みは三日くらい残っていたの。あとで真由には、広島をぶらぶらしていたなんて言ったんだけど……あれ、嘘なんだよね。

本当は、瀬戸内海を渡って、香川に行ったの。祖母のお墓参りにね。

うん。《シラミネ》の創業者、白峯キヨミよ。祖母の旧姓は露原っていってね、香川にルーツがあって、祖母も十三歳まで香川で生活していたんだって。

真由はうちの祖母のこと、どれくらい知ってたっけ？

……そうか。そうだよね。私が真由と出会う前に他界していたもんね。

じゃあちょっと長くなるけど、先に祖母の話をするね。

彼女はもともと、美容になんてまるで興味がなかったそうよ。大学で生物学を学んでいるうち再生医療に興味を持って、医学部に転向した。学生時代はアフリカの……どこだっけな、とにかく戦場になっていた国に赴(おもむ)いて、地雷で手足を失った人の治療にあたったそうよ。

祖母がＫｉＶ細胞を発見したのは、大学院の博士課程のとき。まあ私も専門外だからよくわからないけど、もともと別の人が培養(ばいよう)していたイヌの細胞に、自分の実験で使うはずだったたんぱく質を、間違えて配合してしまったのね。それを顕微鏡で覗(のぞ)いたら、細胞の一部が若返っているのに気づいた。

祖母は初めこの発見を、再生医療に使おうと考えたけれど、院では費用が掛かるからって突っぱねられて断念。そのとき偶然出会った大学のＯＢ、白峯隆三(りゅうぞう)に「うちの会社に来れば、その研究続けられるかもよ」って言われたのよ。

当時隆三が勤めていたのは、《ゼンティ・コスメティック》。今はうちよりだいぶ小さくなっちゃったけど、当時は国内最大手の化粧品会社で、ちょうどエステティック事業にも力を入れようってときだった。《ゼンティ》に入社した祖母は最新の実験器具と潤沢(じゅんたく)な費用のある実験室で研究に研究を重ね、ＫｉＶ細胞の実用化に向けて邁進(まいしん)した。同時に隆三と結婚して、三人の子どもを産んだってわけね。

森代伯母さん、泉(いずみ)伯母さん、そして私の育ての父、谷朗(たにろう)。

ＫｉＶ細胞の実用化が日の目を見ることになったのは、谷朗が小学校にあがった年だったたって聞いているわ。顔全体の細胞をまるまる若返らせる、字義通りのアンチエイジングよね。

五十年経った今じゃ当たり前だけど、当時はすごく衝撃的な技術だった。二年のうちに《ゼンティ》は化粧品業界史上類を見ない急成長を遂げたわ。

このタイミングで、祖母は夫の隆三と共に《ゼンティ》を退社して独立し、《シラミネ》を創業した。《ゼンティ》と袂を分かった理由はあんまり知らないけど、たぶん自分の力を試したかったんでしょう。

《シラミネ》は初め、前途多難と目されていた。業界最大手の《ゼンティ》に睨まれているわけだから当然っちゃ当然よね。でも祖母はすぐに極秘で研究を進めていた秘策を世に送り出すことにした。

キルファッティ法――肥満細胞を殺し、さらには遺伝子レベルで肥満の要因となる情報を除去するなんていう常識破りなダイエットで、これが厚労省に承認されるまでの三年間は苦しい生活を強いられたみたいだけど、承認されてからは真由も知る通り。

一躍世間に知られるようになった《シラミネ》はその後も、塗って寝るだけで毛根細胞が復活するBBクリームとか、かけるだけで目じりのしわが取れていくサングラスとか、独自の技術を次々と開発して成長していった。科学者として優れていた祖母と、経営者として優れていた祖父がタッグを組んだんだから当然といえば当然だったかもしれない。

祖父と祖母は湘南にお城みたいな豪邸を建ててね、私も小学生の頃は夏休みによく遊びに行って、プールで遊んだっけ。

まあ、私の話はまたあとで……。

とにかく《シラミネ》を世界でも知られる大企業に成長させた祖母と祖父なんだけど、唯一至らなかった点があるとすれば、それは子育てよね。贅沢な暮らしができるようになった三人の子どもは、三者三様の放蕩人間になった。

長女の森代伯母さんは知っての通りの美術品マニア。高校生の頃からアンティークに凝って、一人で海外に行ってはチェストだの鏡台だのを買ってきて葉山の家のあちこちに置いてね。それだけならまだいいけど、ピアノとかバイオリンとか、楽器なんて何一つできないのに高いものを買いまくってさ。《シラミネ》に入社したあとはさらに調子に乗って絵とか彫刻とか……ほら、もう売っちゃったけど原宿支店の応接室にあった海の風景画。あれ六千万円だってのよ。

次女の泉伯母さんといえば、学生時代からの年季の入ったスポーツ狂いよ。特にバスケットボールが大好きで、入社後すぐにバスケットボールチームを作ろうって言い出したの。お金をばらまいて選手を引き抜いてコーチを雇って。それで散々な結果なのに、ずっと手を引こうとしなかった。そればかりかオリンピック選手を出すんだなんて言って、カヌーだのマラソンだのに手を出して。肝心の仕事のほうは何一つわかっていないくせにレーシングチームまで作ろうって思ってたらしいからとんでもないわよね。

そして三人めは谷朗だけど、あの人はとにかく、女遊びよね。高校生の頃に付き合っていた彼女を妊娠させて祖父が堕胎費用を出したっていう話もあるし、大学生の頃もさんざん遊んで、《シラミネ》に入って自由に使えるお金が増えてからはさらに豪放な遊びを繰り返したっていうわ。夜の街を次から次へと飲み歩いて、二十六歳のときにキャバクラで働いていた女性を見初めたの。相手は谷朗より三歳年下だったけど、そのときもう五歳の娘がいるシングルマザーだった。すっかり彼女にほれ込んだ谷朗は、子どもの面倒も見ると言って、彼女と結婚したのよ。

まあ、その彼女っていうのが私の母、節子。結婚後、私たち母子が移り住んだのが、今いるこのマンションってわけ。

それまでおんぼろのアパート暮らしだったのが、こんないいところに住めて自分の部屋ももらえて、毎日三食美味しいご飯が食べられるし、地獄から天国に引き上げられたような気分だったわ。まあ、谷朗は家を空けがちで、たまに家にいても私のことなんて無視してたから、父親だとは思ってない。

対照的に優しかったのが祖母のキヨミよ。私が小学生のときは週に二、三回はここで一緒にご飯を食べたわ。あの頃はもう六十代も後半だったのかな。それでも勉強はわかりやすく教えてくれたし、いろんなものを買ってもらったわ。もちろん新製品の開発は進めていたらしいし、現役の研究者でもあったわけだけど。

あとで知ったことなんだけどね、実は私に会いに来ていたというより母に会いに来ていたのよね。女手一つで私を育てていた母に同情っていうか、興味があったみたい。私が寝たあと、ずーっと二人で話していたそうよ。

初めのうちは、自分の子どもたちのことを、私の母に語って聞かせていたらしいの。子育てをおろそかにしたせいで揃いも揃って浪費家になってしまった。仕事がまったくできないわけじゃないけど、それよりも出ていくお金が多すぎる。隆三が甘くて、それを全部容認してしまうのが不満だ……ってね。

そのうち祖母は、母にビジネス感覚があると見抜いたみたい。自分も経営は素人だけど、って言いながら、ビジネスの勉強をしてみないかって誘ってきたんだって。そういえば母がなんかその頃から「経営学」みたいなタイトルの難しい本を読みはじめていたなあって思うんだよね。

とにかくそんな生活が続いたんだけど、私が小学校五年生の年の十一月、大きな転機があったのね。

祖父の隆三が脳卒中で死んだの。

寒い、日曜日だったわ。部屋で漫画を読んでたら突然母が入ってきて、「おじいちゃんが倒れたから行くよ！」って。タクシーに乗ってね。病院に行ったら、祖父はもうベッドに仰向けになって動かなくなってた。祖母が真っ赤な目をして、「おじいちゃんにはもう会えないのよ」って。

祖父は弁護士に遺言状を預けていて、それにしたがって祖母が新しい代表取締役になった。

祖母はすぐに、無駄のカットを始めたわ。

森代伯母さんが陣頭指揮を執っていた美術クリエイト部門は解散。泉伯母さんが夢中になっていたスポーツ部門も、バスケットボールチームは他の企業に売却する段取りを勝手に進めて、他は全部解散。

谷朗の女遊びだけは個人のことだから規制のしようがなかったんだけど、過去のいくつかの浮気を理由に役員報酬は大幅カットされちゃった。それから祖母は、谷朗とズブズブの関係にあった経理の社員をみんな地方に左遷して、おかしな領収書は経費で落とせないようにした。谷朗が夜の街に出にくくなったし、愛人も整理せざるをえなくなったのは事実だったろうね。

実の子どもだからこそ、社員の模範となることを肝に銘じさせなければ――祖母の厳しい対応は親としての愛の鞭だったわけだけど、その思いは届かなかった。伯母さんたちは三人で結託して、祖母に牙をむいたのよ。話の通じる株主たちを動かして、祖母を代表取締役から追い落とし、森代伯母さんを後継者にしたの。

仕方なく退いた祖母だけど、彼女にも味方する社員や株主がいなかったわけじゃないわ。なんとか返り咲こうと根回しをしていた。だけど、その最中に車の事故に遭って、足が不自由になってしまった。

三人の子どもは表向き、祖母を心配するそぶりをしたわ。「お母さん、昔から高原に住みたいって言ってたじゃない」「そうだそうだ。これを機に空気のいいところに移住して、仕事のことは忘れるべきだ」そんなことを口々に言うと、これ見よがしに自分たちのお金を出し合って志賀高原に一軒家を買ってね、祖母を無理やりそこに移してしまった。

信じられる？　ここまで、祖父が死んでからわずか一年のことよ。

三人が強引だったのはそれだけじゃないわ。車椅子生活の祖母が一人暮らしじゃ大変だろうって、世話役として、私の母、節子を一緒に志賀高原の家に移住するように強要したのよ。森代伯母さんは気づいていたのよね。祖母が後継者にしようと母を密かに育てていたことを。谷朗にはその頃もう別の愛人がいて、母に対する愛はすっかり冷めていた。男ってそんな生き物よね。

　こうなると、私も志賀高原に行けっていう流れだと思うじゃない？　ところがそうじゃなかったの。というのも、私って、何げに成績がよかったから。森代伯母さんに「この子は手なずけたら使えそうだ」って思われたみたいで、東京で……つまり、この部屋でその後も暮らすことを強いられた。母には年に二回しか会えなくなったのよね。

　ひどいでしょう？　ひどいのよ。

　でもその実、当時の私は全然つらくなかった。小六っていえばもう独立心があったし、ちょっと母親が疎ましくなる時期でもあったのね。志賀高原なんて田舎に暮らすのもまっぴらだったし、谷朗は自分は滅多にここに帰ってこない代わりにお手伝いさんを雇ってくれたから。このお手伝いさんが話のわかるいいおばさんでね。身の回りのことは全部やってくれるし、私は小六にしてこんなに広い部屋で一人暮らしを満喫してたわ。

　祖母が亡くなったのは、私が中二のとき。これまた急なことで、死に目には会えなかった。お葬式は志賀高原の斎場で二人の伯母が取り仕切ったんだけど、お骨を埋葬するってときになって、「香川に葬ることにするわ」って森代伯母さんが言い出した。祖母は遺言状を残していたけれど、それを預かっていた《シラミネ》の顧問弁護士も、伯母さんは抱き込んでいたのね。

祖母が香川出身だって私が知ったのはそのときよ。森代伯母さんによれば祖母は、「死んだら生まれ故郷に葬ってほしい」って言ってたそうなんだけど……嘘だろうね。だいたい、香川の露原の家の人たちはみんなその時点で死んじゃってたんだから。でも森代伯母さんはいつの間にか、祖母が入るお墓まで準備していたのよ。

それが、当時流行りはじめていたピースドーム。

……見たことない？　お椀を伏せたような形の真っ白な建物で、そこに百人くらいのお骨がおさめられていて、お参りに行くと適宜そのお骨だけ出してくれるっていう共同墓地よね。

あれだけ女性の美容に尽くして《シラミネ》を大きくした白峯キヨミがピースドームに葬られるなんて……って、母は嘆いていたけれど、森代伯母さんは言葉がきつくて強引だから、ねえ。押し切られちゃって。

そうね。三人の親不孝な子どもたちは、祖母のことをだいぶ疎んでいたと思うんだけど、それだけじゃなくて、祖母の存在をできるだけ東京から遠ざけたかったんだと思うわ。祖母の息のかかった社員たちへの牽制ってことよ。これから先は私たち三人に文句は言わせないわっていう意思表示と言ってもいいわね。

とにかくこれで祖母が香川の山奥のピースドームに葬られるまでのいきさつはおしまい。三人はいよいよ会社を私物化するように好き勝手やりはじめた。泉伯母さんなんてバスケはあきらめたんだけど、アイスホッケーチームを作っちゃってね。

で、いよいよ私の、夏合宿のあとの話になるんだけど……。

ふう。しゃべりすぎて疲れちゃった。

ちょっと休憩。

……あ、いや、やっぱり紅茶はいいわ。私にはこれがあるから。

いいじゃない。明日から入院で、しばらくできなくなるんだから。……まあ、隠れてやるつもりだけど。

健康に悪いなんて嘘よ。だって私、これで大幅なダイエットに成功したんだから。

見てなさいよ。復帰したらこれで盛り返してやるから。

*

よし。じゃあ続きね。

三松先輩の実家のお寺での合宿を終えてみんなと別れたあと、私はすぐに電車に乗って香川に向かったわ。最寄(もよ)りのさびれた駅から一日に三本しかないバスに乗って、山の中腹の「霊園前」っていうバス停で降りて、そこからお墓の中をずんずん登っていくのよ。

お盆にはちょっと早い時期だったから、人は全然いなかった。ピースドームは墓地の奥、山頂付近の、森の中に四つあってね。その中でもいちばん奥の、蔦(つた)の絡(から)みついたドームだった。

入口のそばの電光掲示板に「VACANT」って。そのとき知ったんだけど、お参りは一組ずつしか入れないようになっているのよね。本当は予約して行ったほうがいいと思うんだけど、ドアの前に立ったら何の抵抗もなく開いたわ。

ホールっていうのかな、壁の白い、ひんやりした空間でね。照明も落ち着いていて、長机が一つと、白い革張りの椅子が五脚かそれくらいしかなかった。

……ううん。全然広くない。卓球もできないくらい。

で、正面の壁に仏壇というか、祭壇みたいなのがあって、お線香立てと、画面の真っ暗なデジタル遺影があった。

右手の壁にもモニターがあって、「お客様の情報を入力してください」って。マイナンバーカードをタッチパネルにかざすと「候補」っていうウィンドウが開いて、「白峯キヨミ」の名前が出てきた。指でタッチしたら、静謐な音楽が流れてきてね、祭壇の向こうで何かがっちゃんがっちゃん音がするのよ。しばらくしたら祭壇の小さな扉が開いて、骨壺の載ったトレイがすっと出てきたわ。奥で管理されていて、呼び出されたときだけ出てくるっていう仕組みになってるのよ。

すごいなあって感心している私の前で、今度は正面のモニターにぼんやり影が浮かんできて、生前の祖母の姿になったわ。お気に入りだったお着物を着て、目じりは垂れ下がって口元は微笑んでいてね。その目と口が、ふっ、と動くのよ。

デジタル遺影がそういうふうにできているっていうのは頭ではわかってるんだけど、その顔を見たら私、たまらず涙が出てきちゃってね。

子どもの頃、よくこの部屋に来ては私に勉強を教えてくれた優しい顔を思い出しちゃって。でも、その懐かしさより、「かわいそう」っていう気持ちのほうが強かった。

だってそうでしょ？　そもそも《シラミネ》を創業したのは祖母なのよ？　会社を大きくしたのは祖父の経営手腕だったかもしれないけど、ＫｉＶ細胞もキルファッティ法もＢＢクリームも、全部祖母の研究の成果じゃない。その遺産は今も美にこだわる人々に必要とされ、《シラミネ》を美容業界のトップランナーにしている。それなのに、そのいちばんの功労者の祖母がすっかり忘れられて、こんな田舎の山の中の共同墓地にひっそりと葬られているなんて……。そう思ったら祖母がかわいそうでかわいそうで。思わず涙が出ちゃった。

私、目をつむって手を合わせて、「おばあちゃん」ってつぶやいたのね。

〈誰だい？〉

突然声が聞こえたから、びっくりしちゃって。だってそのホールには私以外誰もいないはずなんだもの。それどころか、墓地に入ってから誰の姿も見てないのよ。

〈誰だい？〉

また聞こえた。それも、私の前からよ。

そこには、祭壇しかないわ。デジタル遺影の祖母の目が私をじっと見ていた。

〈誰だい？〉

三回目にしてようやく気づいた。その口が動いていたの。間違いなく、懐かしい祖母の声だった。

デジタル遺影って音声も出るんだって、私、びっくりしちゃって。

でもすぐに思い直したわ。当時すでに、ディープフェイクは当たり前になってたもの。パソコンに取り込んだ画像にその技術を使えば、あたかもその人がしゃべっているかのような映像が作れる。生前の音声データが残っていれば、声質はもちろん抑揚（よくよう）や言葉遣いまで、ＡＩ技術で故人がしゃべっているような音声を出すことはできるでしょ。

〈誰だい？〉

とにかくこっちが答えなきゃ質問モードは終わらないと思ったから、私、「なつみよ」って答えたの。そうしたら、

〈なつみ……節子の娘のなつみかい。大きくなったねぇ……〉

って。

遺影の顔は優しい笑みを浮かべていたわ。

ＡＩ技術とはいえ、祖母に再会できたみたいで嬉（うれ）しくなった。

でも同時に疑問も浮かんだ。

私がお参りに来たときに備えてこの文言を用意するってことはできるかもしれない。でも「節子の娘の」なんてわざわざ言う必要ないじゃない。それに「大きくなったねぇ」なんて。もし私が五十歳になって初めてお参りしたとしたら、「大きくなったねぇ」は変でしょ。

私の顔の形をスキャンして年齢を割り出すシステムでも搭載されているのかななんて思って

たら、遺影はまたしゃべったわ。

〈今、何をしてるんだい？〉

こうなったら、デジタル遺影がどこまで対応できるのか気になるでしょ？

「今は大学四年生。でも、来年から正式に《シラミネ》で働くことになってる」

私は正直にそう答えた。

〈シ、ラ、ミ、ネ……〉

その言葉が合図になったかのように、遺影の背後が燃え上がるように真っ赤になった。

祖母の目が狐みたいに吊り上がって、目じりから頰にかけてのしわもすごくてね、私、思わず悲鳴をあげてしまったと思うわ。

〈森代は？　泉は？　谷朗は？　今、まだ会社に残ってるのかい！〉

怒りのこもった音声がホール中にびりりと響いた。いつの間にか、音楽も止まっていたの。

〈答えなさい！　なつみ！〉

って。いくらなんでもおかしいじゃない。お墓参りにきた親族に、故人の怒りに満ちた顔を映し出して見せるなんて。私、怖くなっちゃって逃げようとしたの。

開かないのよ、自動ドア。指を引っかけてこじ開けようとしたけれどびくともしない。

〈開かないよ〉

デジタル遺影の祖母は私に言うわけね。

〈あんたが答えない限り、帰さないよ〉

私、そのときようやく思ったのよ。

祖母が本当にそこにいる……って。

……そんな目で私を見ないでよ、真由。

私だってすぐに信じてもらえるとは思ってないわ。でも私が現実主義者なの、真由がいちばんよく知ってるでしょ？　占いとかだって大嫌いだし、幽霊とか、怨念とか、そういうの馬鹿馬鹿しいって私だって思うわ。

でも、本当のことなの。

正直に言うとね、私だって自分でこの体験が信じられないから今まで黙っていたのよ。でも、もう誰かに聞いておいてほしいなって。

……うん。とりあえずでもいいよ。続きを話すね。

ええと、〈あんたが答えない限り、帰さないよ〉ってとこまで話したわよね？

私は思い出せることを全部話した。森代伯母さん、泉伯母さん、谷朗の三人が会社を引き継いで、好き勝手に事業をやっているってこと。私の母はその三人からもう会社には近づかないように言われているってこと。

祖母の遺影は、私の話にいちいちうなずいたり、質問を挟んできたりしたわ。

話せば話すほど、そこに祖母がいるのが現実のことになってきた。

〈あんたはどうなの？　あの子たちみたいに、会社のお金を私物化するようなことはしてないだろうね？〉

話し終わった私に、祖母は訊いてきたわ。だから私は答えた。

「そんなことをするはずないわ」

って。祖母は少し安心したような顔になって、しばらく黙ったままうなずいていた。そう、うなずいたのよ。遺影の中の祖母がね。すると今度は背景の色がすっと青くなってね、

〈私は後悔しているよ〉

祖母は悲しそうな顔になった。

〈あの子たちをきちんと育てなかったことをね。ろくすっぽ勉強もしなかったのに会社に入れてやった恩を忘れ、私を締め出すような真似をして……〉

しばらく祖母は沈黙した。私は祖母の言葉を待った。

あまりにしゃべらないから不安になって、私のほうから話しかけたの。

「経営のほうはうまくやっているわ。森代伯母さんも、泉伯母さんも、私の父も、やっぱり実業家の血を引いているもの」

〈いいや、だめね〉

祖母の目は再び吊り上がった。そんなわけはないんだけど、空気が震えたように思えたわ。

〈あの子たちに任せてはおけない。いや、あの子たちが私の会社を動かしているかと思うと、腹が立ってしょうがない。なつみ。私があの子たちを引きずり込むわ〉

……そう。「引きずり込む」って言ったのよ。

ちょっと、もう一本いい？　止めてもきかないわ。ここからが本当に怖いところ。ちょっと

気分を落ち着かせなきゃ、先を話せないわ。

*

……………ふぅ。

続きを話すわね。デジタル遺影の祖母はこう言ったの。

〈森代は芸術が好きだわねえ。もちろん芸術は心を豊かにしてくれる。でも、あの子の場合は違う。あれはただの所有欲よ。やたらめったら高価なものを買いあさるなんてあさましいわね。それでも芸術愛好家ぶるなら、それにふさわしい形を与えましょう〉

ふさわしい形。どういうことかもうわかると思うけど、とりあえず、泉伯母さんのことも話すね。

〈あの子は勝ちもしないスポーツチームをたくさん作ったわね。自分はいいでしょうけど、社員にどれだけの支持者がいるというの。ファンがいればそれでもいいけど、まったくふるわなかった。そんなあの子にもふさわしい形を与えるわ〉

そして最後は、谷朗。

〈谷朗は本当に不出来な息子。節子さんを悲しませるだけ悲しませて、何人愛人を作れば気が済むのかしら。女で痛い目に遭わせるしかないわ〉

私は意味がわからずその場に立ち尽くしていた。祖母の両目はじっと私を捉(とら)えていた。

〈なつみ、やっぱり、あんたのお母さんの節子さんが会社を切り盛りすべきなのよ。すべてをやり直さなくちゃならない。なつみはそれを支えるのよ。いいわね〉

全然ピンとこない私に、祖母はさらにこうも言ったわ。

〈もしまた、会社を私利私欲のために使おうという者が現れたら、そのときは、ひどい目に遭うことになる。なつみ、肝に銘じておきなさい〉

何を言われてるんだろうってしばらく考えていたのね。

どれくらいぼんやりしていたんだろう。気づいたら、遺影の祖母の顔は初めに現れたときと同じ、微笑んだ顔だった。目じりと口角（こうかく）が時折ちょっと動くだけで、何もしゃべらない。音楽も普通に戻ってたなあ。

「おばあちゃん？」

話しかけてみたけど、もう音声は返ってこなかった。

そう……まるで何もなかったかのようだったわ。夢なんじゃないかって、誰もが思うでしょ。でも私の中には鮮烈な記憶として刻み込まれたってわけ。

ああ、疲れた。

＊

……やっぱりいいわぁ。明日から隠れてやらなきゃいけないなんて、つらくてどうしようもない。健康嗜好品だっていうのに、認められないのよねえ。真由もやったらいいのに。

そう？　……うん、続きね。

まあ、ここからは真由もちょっと知っている話なんだけど。

あれは私と真由が入社してほんの二か月くらいしか経たない頃だった。森代伯母さんが後援会の会長を務める美術館で美術展が開かれた。伯母さんは一般公開の前日に美術館に行って見学していたのよね。不意に、展示物の彫刻が倒れて、伯母さんは下敷きになって、救急車で運ばれたけど、それっきり。

警察が徹底的に調べたけど彫刻が倒れた理由はいっさいわからなかった。だいたいフランスから借りてきた大事な展示品なんだから、倒れないように細心の注意を払っているはずよ。

それから一年後。……そうよ。泉伯母さん。

《シラミネ》のアイスホッケーチームが二十連敗をしてしまったあの試合。慰めようと伯母さんはロッカールームに行ったのよね。静まり返った中、誰かがチームメイトに突然悪口を言った。それをきっかけとして、選手たちは大乱闘。罵倒された選手が振りかぶったスティックが、止めようとした伯母さんのこめかみを思い切り打った。

その結果……は、もう知っている話だから言わないわ。

そしてさらに一年後、まあ、口に出すのも汚らわしいけど、谷朗は性病で死んだ。六十も目前だっていうのに愛人たちだけに飽き足らずあちこちで遊んでいて、誰から感染されたのかまったくわからないって、秘書の倉田さんも頭を抱えていたわ。

とにかく、森代伯母さんは芸術品、泉伯母さんはスポーツの場、谷朗は女の禍でそれぞれ命を落とした。会社は掌を返したように祖母の遺言状を持ち出してきて、そこに書かれていた通り、私の母に社長の座が回ってきたわ。

……香川の山奥のピースドームの中での出来事は、夢じゃなかったんだって私、思った。そして、怖くなったの。今となっては、あのデジタル遺影に祖母の音声があらかじめ記録されていたのかどうかわからないわ。再訪もしていない。

そして同時に、絶対に人に言えないな、って思ったのよ。

私も敵が多いからね。あいつがこんな変なことを言っている、って噂を広められたら、すぐに引きずり下ろされちゃう。今になって余計言えなくなっちゃった。キルファッティ・シガーの事業を頓挫させるわけにはいかないものね。

本当にうちの会社って頭の固いやつが多くて嫌になる。これってかつて嫌われたタバコとはわけが違うのよ？　吸えば吸うほど食欲が抑えられてダイエット効果も抜群。もちろん気持ちも落ち着くし。煙だってかつてのタバコとは比べ物にならないくらい、アロマみたいな素敵な香りじゃない。口から煙を吐くってだけで、化け物みたいな目で見られちゃうんだから嫌になる。

ふぅー……。ごめん、熱くなっちゃった。私の入院中も真由に任せておけば安心なのにね。話を戻すね。

ずっと黙っておこうと思ったこの話を、どうして今日、真由に話そうと思ったかっていうと、語り継いでほしいからよ。

……だから、「もしものとき」だって。

今後、祖母の意に反するような経営をする者が出てきたら、この話をしてほしい。社員が無駄な事業にお金をつぎ込んだりしないように。……もちろん、デジタル遺影に霊が入ったなんて馬鹿げた言い方はしないでよ。創業者の思いは常に会社と共にあるんだっていう、寓話めいた感じで扱ってもらえれば。

そしてもう一つ、本当に私にもしものことがあったら、この私のデジタル遺影を会社のエントランスに飾ってね。

今回注文してわかったけれど、やっぱりデジタル遺影には受け答えの機能はないみたい。だけど、煙を出すことはできるんですって。私の遺影から吐き出されるキルファッティ・シガーの香りを嗅いだら、私が主張してきたタバコ事業の重要性をみんな思い出すわ。

*

……はい。これで話はおしまい。スッキリした気持ちで入院できるわ。

なによ、その顔。本当に大丈夫なんだから。

……えっ、真由も話があるの？　話してよ。

いや、こんなときだから話してくれなきゃ。気になるじゃない。喉に小骨が引っかかったような状態で入院なんてできないって。

……うん。……うん。……えっ？

………。

……はは。嘘でしょ？

なんで今さら、そんなことを言い出すのよ？　真由だってずっと一緒にやってきたじゃない。三年は赤字でも、ここから必ず盛り返すことができるって……。

……私利私欲？　私が？

は、はは……、よくそんなことが言えたわね。

……私が、私利私欲のために、タバコ事業をしているって？

だから、何度言えばわかるの？　キルファッティ・シガーは従来のタバコと違って、匂いもいいし、食欲を抑えてダイエット効果が認められるのよ？　見なさいよ、私のこの体を。五十キロあったのに、今じゃ三十二キロよ？

がんのせい？　そんなわけない。キルファッティ・シガーのおかげよ。

あー、イライラする。もう一本吸うわ。

やめてよ！　私の好きにさせて！

……。

……ふぅ…………ああ、落ち着く。

いい、真由？

私はこの新時代のタバコの価値を広く世に知らしめることによって、長らく肩身の狭い思いをしてきた喫煙者たちが、堂々とタバコを楽しめる社会を実現したいの。だいたい、従来のタバコだって悪いものじゃなかったって私は思うわ。気分をリラックスさせてくれるし、タバコを吸う人どうしのコミュニケーションにも役に立つ。タバコの社会的地位を向上させるのが、どうして私利私欲なの？

「キルファッティ」の名を使うのがどうなのかって？　たしかにこのタバコはキルファッティ法とは何の関係もないわ。でも、世間的には《シラミネ》のダイエットって言ったら、「キルファッティ」って言葉が通りがいいんだもの。

……何を言ってんの。詐欺（さぎ）なんて言うやつは放っておけばいいわ。

え？　私こそ祖母の功績を冒瀆（ぼうとく）する者だって？　誰が言ってんのよ、そんなこと。

それとも何よ真由。私の肺がんは、森代伯母さんたちが受けた仕打ちと同じだって、そう言いたいの？　祖母の呪（のろ）いだって？　……いや、そう言いたいって顔をしている。

ひどい。私がどんな思いで真由に祖母の話をしたかわかってる？

真由、今のは聞かなかったことにしてあげるわ。私のいないあいだ、事業をきちんと……あっ、ちょっと待ちなさい！　待ちなさいってば！

持っていきなさいよ、私の遺影を！

夢応のリギョ

しばしありて飢（うゑ）ますます甚（はなはだ）しければ、かさねて思ふに、今は堪（た）へがたし。たとへ此の餌を飲むとも嗚呼（をこ）に捕（と）られんやは。もとより他（かれ）は相識（し）るものなれば、何のはばかりかあらんとて、遂（つひ）に餌をのむ。文四はやく糸を収めて我を捕（とら）ふ。

1

「うわっ！」

びびんと、西山のロッドがしなった。

「かかった。おいこれ、かかってるよな？」

たしかにかかっている。揺れる二人乗りカヌーの上で、正武雄二は思わず舌打ちをした。腕時計をちらりと見る。午後二時四十一分。

何度来ても俺のルアーにはかからなかった。それがどうしてド素人のこいつのほうにかかるんだ。――しかも、こんなタイミングで。

「なに、ぼんやり見てるんだ。手伝ってくれ」

「まだかかっただけじゃないか。慎重に引き寄せろよ」

「ひゃっは。すげえ引きが強い！　さすが日本最大の淡水魚だ」

まあいい、気を取られているから、却って好都合だ。今のうちにせいぜい人生を楽しんでおけ。

西山はその後、イトウとの格闘をたっぷり十分ほど楽しんだ。夢中になっている西山に気づかれることなく、雄二は注射器の準備を整える。獲物に逃げられたらすぐにでも雄二は実行するつもりだったが、普段の粗忽さをまったく見せず、西山は堅実にルアーを引き、その大きな獲物をカヌーに引き寄せた。灰色の水面近くに、銀色の体が見え隠れする。

「おい、タモ。早く」

雄二はタモを取り出し、カヌーの縁に身を乗り出す。獲物が近づいたところを見計らって、その魚をすくいあげた。

「やったぜ！」

船底に横たえられたイトウの巨体を見下ろし、西山はガッツポーズをした。

「おい、写真撮ってくれ。あー、その前にルアーを外してくれ」

偉そうに命令してくる西山の背後数百メートル、藪の向こうに、人工物の赤が見えた。間違いない。《ラーズ・フィッシング》の客だ。この時期、あの店のフィッシングツアーのカヌーは、午後三時前後にこのポイントへやってくる。雄二はさっとオールを取って藪の陰にカヌーを動かした。

「なんだよ、急に」

「他の客に見られないようにだ。なんてったって、許可取ってないんだからな」

「だから許可を取ってくりゃよかったんだ」

そんなことができるものか。早く済ませてしまおう。雄二は西山に背を向け、ポケットに手を入れる。

「おい、あれはなんだ?」

雄二の言葉に西山は向こうを振り返った。手早くその首筋に注射器を突き立てる。

「痛っ、何すんだ……えっ、あっ……」

西山は振り向きざまがくりと膝をつく。その脇で釣り上げられたばかりのイトウがどたりどたりと動いている。

「まさたけ……おま、おまえ……」

呂律も回らなくなっていた。手足ももうしびれているだろう。

「悪いな西山。お前に生きていられると困るんだ」

雄二はしゃがむと、西山の体の下に両手を入れた。毎週ジムで鍛えている。西山くらいの体重なら軽々と動かせる。

「やめ……てくれ……」

力を込めて西山の体をカヌーの縁から川へ落とす。ざぶんと飛沫が上がるが、落ちた本人はもがく様子もない。

さて、とうごめく魚を雄二は見下ろした。

「ロッドもまた捨てるとして、お前が引っかかったまま見つかったら、おかしいだろうな、やっぱり」

針を口から外されながら、イトウはじっと雄二の顔を見ているようだった。

2

瀬田川リギョがコーヒーまみれになって倒れているのを谷口春樹が発見したのは、六月二十一日の朝十時過ぎのことだった。

リギョは気鋭のアーティストだ。小さい頃から魚が好きで、魚の絵ばかり描いていたという。魚をモチーフにしたグラフィックアート動画を自身のサイトにアップしていたが、それがある日、著名なプロデューサーの目に留まり、アパレルのデザインや、ＶＲのコマーシャルにも使われるようになった。ここ数年で海外にもその名が知られるようになり、シンガポールに新たに造られるホテルのオブジェを手掛けることになっている。

昨晩リギョは溜まっている仕事を片付けるために、オフィスとして借りている一軒家に宿泊した。今朝は九時半からオンラインでミーティングをする予定になっていたが、時刻を十分過ぎてもアクセスしてこなかったのだった。

春樹は不安に駆られ、急いでスクーターに乗ってオフィスへ行った。すると、床に仰向けになったリギョの姿が目に飛び込んできたのだった。

「リギョ、リギョ！」

すぐさま飛びついて体を揺すぶったり頰を叩いたりしたが反応がない。服にはコーヒーのしみがついていて、そばにマグカップが転がっていた。春樹は、先週の月曜に、「なんだか今朝、激しい頭痛がしたんだよね」とリギョがぼやいていたのを思い出した。

リギョの恋人になって八年、マネージャーになってからは五年。風邪一つ引いたことのない彼がそんなことを言うのは珍しかったから、春樹は大いに心配したが、

「ま、大丈夫でしょ」

いつものように笑い飛ばすリギョにごまかされ、そのままにしてしまっていた。

春樹は救急車を呼び、駆けつけた救急隊員たちとともに病院まで同乗した。その日から数日後まで予定に入っていた打ち合わせをキャンセルすることも忘れなかった。

一時間後、リギョが倒れた理由を医者から知らされた。

「リギョは助かるんですか？」

白衣をつかむ春樹を、石鍋（いしなべ）というその医師はまあまあ、となだめた。

「リギョというのは？」

「ああ、ええと、瀬田川リギョというんです。瀬田浩太（せたこうた）の仕事上の名前です。彼は著名なアーティストなんです」

「アーティスト。そうでしたか。あなたはマネージャーさんか何かですか？」

「そうです。そして、パートナーでもあります」

「ああ」と医者はうなずいた。同性のパートナーなどもう、珍しい時代ではない。

「こちらをご覧ください」

石鍋はＭＲＩ画像の一部を示す。頭蓋骨（ずがいこつ）の一部に、白い影がある。

「これが腫瘍（しゅよう）です。どうして今まで症状が出なかったのか不思議なほど大きくなってしまっています。明日にでも手術に取り掛からなければ、命が危ない状況です」

「だったらすぐ、手術をしてください！」

「それがですね」

その表情には、今から悪いことを言うぞ、という雰囲気が漂っていた。

「瀬田さんの脳内にあるのは、血栓型ホフリンガ腫瘍といって周囲の血管と複雑に癒着したやっかいなものなんです。摘出には高い技術が必要でして、当院の医師ではとても太刀打ちできず、日本でもこの手術ができる医師は私の思い当たる限り二人しかいません。一人は旭川外科医療センターに、もう一人は福岡の新わかば総合病院というところにいらっしゃいます。二人ともかなりお忙しくされており、ほぼ毎日、オペの予定が入っているかと」

「そんな。それじゃあすぐに手術してもらえないんですか?」

「落ち着いてください。瀬田さんの場合は急を要しますので、優先的に手術を受けられるかと。旭川の正武先生のほうが手術数が多いのでお願いしてみましょう。ただし、その前にまず、二つ確認させていただかなければならないことがあります」

「なんですか」

「一つは、費用のことです。非常に難度の高い手術ですので、最低でも一千万円はかかりますが」

「大丈夫です」

春樹は即答した。世界にも活躍の場を広げている瀬田川リギョにとっては、けして高い手術費ではない。どこか予想していたようで、石鍋はあまり驚かなかった。

「二点目です。正武先生は北海道を離れるわけにはいかないので、今回の手術は遠隔になるかと思います」

「遠隔……?」

「ＧＡＬＥＮＯＳという遠隔手術システムがあるんです」

手術台に横たえられた患者の周囲に、ペイシェント・カートという手術に必要な道具を備えた機械が配置される。執刀医は離れた場所でサージョン・コンソールと呼ばれる専門の端末の前に座り、ＶＲゴーグルで患部の映像を見ながら、あたかも目の前に患者がいるかのように手を動かす。機械は指示通りに動き、手術を行うという。

「そんなことができるんですか？」

春樹は信じられない思いで訊ねた。

「遠隔手術システム自体はもう何十年も前からある技術です。しかし従来は機械の動きがわずかに遅れたり、限定的だったりして、あまりうまくいかないケースもありました。さらに、細かい操作のために現地にも最低一人外科医を配備する必要がありました」

ＧＡＬＥＮＯＳはそれも必要ないほど高い技術を搭載しているという。患者側の機械はＭＲＩのような円筒形をしており、現地の医者は麻酔をかけた患者をこの中に入れたあとは何もすることがなく、むしろ、わずかな振動や温度の変化が影響する可能性があるため、手術中にオペ室に入ることも許されないらしい。

「幸い、ペイシェント・カートは当院にも設置してあります。正武先生は若くしてＧＡＬＥＮＯＳ開発の中心的役割を果たした脳外科の先生で、今までの成功率は一〇〇パーセントですよ」

「それなら、ぜひお願いします！」

「わかりました。では、正武先生にお願いしてみましょう。今、必要書類を用意しますのでお待ちください」

3

二日後、春樹は朝一番で病院へ駆けつけた。

「リギョの意識が回復したって本当ですか？」

白衣につかみかかる春樹を、まあまあと石鍋はなだめた。

「ええ。午後九時過ぎのことです。手術が終了しておよそ三時間後ですね。その後また就寝(しゅうしん)され、今朝は少量ですが、朝食も召し上がりました。驚くほどの回復力です。手術は成功したといっていいでしょう」

「会えますか？」

「手術したばかりですので十分だけとさせてください。脳が傷ついている状態ですので、感情的な刺激を与えないように」

わずか十分でも会えるのは嬉(うれ)しかった。

十階の大きな個室に、リギョはいた。大型のテレビにパソコン、バスルームにトイレまでついていて、ビジネスホテルよりも居心地のよさそうな部屋だった。

「春樹……」

頭に包帯を巻いてネットを装着したリギョは、春樹の顔を見て小さくつぶやいた。その顔を見ただけで、春樹は涙がこぼれてきた。

「リギョ……よかった。ごめんね、こないだ頭痛がすると言ったときに気づいてあげればよかった」

「いいんだ。それより、仕事は？」

「全部キャンセルしておいた。今後半年は休んだほうがいいと正武先生に言われたから。全クライアントにはもう連絡してある。みんな事情を察してくれたよ」

嘘だった。リギョの仕事を心待ちにしているクライアントからはさんざん文句を言われた。だが本当のことを告げれば、リギョはすぐにでも仕事を始めると言うだろう。命を縮めるようなことは避けなければならない。思えばリギョはこの数年、働きづめだった。休暇を取るいい機会でもある。

リギョは春樹の顔から目をそらし、天井の一点をじっと見つめている。仕事のことを考えているのだろうと春樹は思った。

しかし――。

「正武先生っていうのは、俺を手術してくれたあの外科医のことだよね？」

「そうだよ。昨日は札幌の病院の別の患者のオペが入っていたのに、リギョのＭＲＩ画像を見て急を要すると判断したんだそうだ。予定していた患者は別の医者に任せて、リギョのほうを担当してくれたのさ」

春樹は昨日の正午頃､手術が始まる直前、モニター越しに話をしたその医者の顔を思い出す。

〈初めまして。旭川外科医療センター主任外科医、正武雄二です〉

真っ白な背景の画面に現れたのは、髪の毛をちょうど真ん中から分けた、色白の男性だった。肩幅が広く、胸板も厚く、顔と体のアンバランスさが印象的だった。

〈本日午後二時より、瀬田浩太さんのオペを担当させていただきます。MRI画像を見る限り、かなり難しい手術になりそうですが、GALENOSの技術をもってすれば大丈夫だと思います。縫合まで含め、四時間ほどかかる見込みです。よろしくお願いいたします〉

淡々としているが、たしかな聡明さを感じさせる口調だった。信頼できる人だ。春樹はそう直感し、ただ、「よろしくお願いします」とだけ言った。

「旭川の病院にいながら、遠隔システムでリギョの手術を成功させたんだよ。すごく優秀な先生にお願いできてよかったね」

「ああ、うん……」

リギョは相変わらず白い天井を見上げたまま、ぼんやりとした表情で答えた。脳の手術をしたばかりなのだから、あまり難しい話をするのはよくないだろう。

「ごめん。また明日来るから」

部屋を出ようとする春樹の手が、ぱっと握られた。リギョがこちらを見ていた。

「待って。聞いてほしい話がある」

「……なに?」

春樹はリギョに向き直った。

「昨日、手術が終わって意識が戻ったあと、俺も挨拶（あいさつ）させてもらったんだ、正武先生に。先生の顔を見た瞬間、俺、驚いて吐（は）きそうになっちまった」

「どういうこと？」

春樹の顔を見て、リギョは上唇（うわくちびる）を震わせている。

「言いにくいことだね？」

「こんな話、信じてもらえるわけはない」

「何を言われても驚かないから、話してみて」

「ああ……うん……そうだよな。春樹は俺のことを理解してくれている。話すよ。俺、実は意識を失っているあいだ、変な夢を見たんだ」

そしてリギョは、その奇妙（きみょう）な体験について語りはじめた。

*

気づいたら一人で、俺はどこかの湿原（しつげん）を歩いていた。右も左も背の高い藪だった。空には灰色の雲が立ち込めていて、重苦しいのにどこか解放された気分だった。

ああ、ずっと行きたかった北海道だ、って直感した。

しばらく歩いていくと、緩（ゆる）やかに流れる川に当たったんだ。泳ぎたいな、ってふと思ったら、次の瞬間にはもう川の中にいた。

不思議なことに水の中でも息苦しくなくて、服を着たままぐんぐん泳いでいた。

だけど、知ってるだろ？　俺、魚は好きで普段から魚になる妄想(もうそう)はよくするけど、泳ぎはあまり得意じゃない。ああ、俺も魚に生まれていたら、本当に楽しく泳げたんだろうなって悔(くや)しくなったんだ。

すると、水の底のほうから一匹の大きな魚が泳いで上がってきた。イトウだった。

春樹には前に話したことがあるよな？　北海道の川に棲(す)んでる、サケ科の魚だよ。大きいのは一メートルをゆうに超える、日本最大の淡水魚。

俺の前にやってきたのは、一メートル五十センチはあったんじゃないかなあ。驚いたのは、そいつに、赤い服を着た変なおっさんがまたがっていたことだ。

おっさんは俺に言った。

「魚になりたいんだろう？　魚にしてやるよ」

そうしたら俺はもう、イトウになっていた。

人間よりはるかになめらかに、素早く泳げるんだ。魚になることがずっと夢で、魚の絵を描き続けてきたからな。俺は本当に幸せで、すいすい泳いだよ。

しばらくしたら腹が減ってきた。ちょうどいい具合に目の前に、小エビみたいなものが泳いでいるのが見えた。

食の好みまで、イトウになっていたんだろうな。俺はそいつにぱくりと食いついたんだ。とたんに口の端(はし)に激痛が走った。ぐいっと引っ張られるんだ。

ルアーにかかっちまったんだってことはすぐにわかったよ。死に物狂いで俺は針を外そうと思った。ラインを切っちまえばいいんだとも思った。だけど魚って不便で、手足が使えない。

俺はついに水面近くまで引っ張られ、タモにすくわれてしまった。

赤いカヌーだった。俺を釣り上げたのは三十過ぎの男で、興奮して、タモで俺をすくいあげた男に「写真を撮りたいからまずルアーを外してくれ」なんて言っていた。

俺は船底でのたうち回りながら、なんとか命を保っていた。知ってるか？　エラ呼吸って、水から出されたらすげえしんどいんだぜ。頼むから水の中に戻してくれ。そう願っていたら、とんでもないことが起きた。

タモで俺をすくった、ごつい体格のほうの釣り人が、ペンみたいなものをもう一人の首筋に突き刺したんだ。刺されたほうは驚いて振り向いたけど、すぐに膝からくずおれた。何か言っていたようだが、俺には聞こえなかった。

たぶん、薬物を注射されたんだろうと思う。思うように動けなくなったそいつを、ごついやつはカヌーから川に落とした。まだ息はあったろうが、あれじゃあ溺れちまっただろうな。

ごついやつは、そのあと、「お前が引っかかったまま見つかったらおかしい」みたいなことを言って、俺の口からルアーを外し、俺を川にリリースしたんだ。

エラに、たっぷり酸素を含んだ水が入ってきて生き返った気分だったね。もう絶対何も口に入れるもんかと誓って、しばらく泳いでいた。それにしても、えらく醜い人間の姿を見たもんだ——と考えながら。

＊

「変な夢だと思うだろう？」

「そんなことはないよ」

春樹は答えた。こういう変わったところが、リギョのインスピレーションの源（みなもと）なのだ。天才の発想に、凡人がネガティヴな反応をしてはいけない。

「俺だってただの夢だと思うさ。ところが昨晩目が覚めて、あなたの手術をしてくださった方ですよ、とモニター越しに紹介された正武先生の顔を見て、俺は吐き気をもよおしたんだ。カヌーの上でもう一人の男に注射して川に放り込んだ、ごつい体の釣り人だったからだ」

「それは……よく似ていたってこと？」

「違う！」リギョは大声で否定した。「似ていたなんてもんじゃない。本人だ。サラサラの髪の毛も、ゴリラのように筋肉の盛り上がった体と顔の小ささのバランスが合っていないところも。何より、右目の下の二つ並んだほくろ……っっ！」

リギョは後頭部の右側を押さえる。腫瘍があると石鍋が言っていた部位だ。

「リギョ。あまり興奮しないほうがいい」

「俺はあれが夢だとは思わない。水の感触もエラ呼吸の感じも……、俺は本当に北海道の川を泳ぐイトウだったんだ」

「わかったから！」

「お願いだ春樹。正武先生の身辺を調べてくれ。あの人……殺人を犯したに違いない」

4

三日後に学会に提出する予定の論文の執筆が、第二章で停滞していた。引用論文のソースコードを貼り付けたところで、もう二十分も止まっている。

時計を見る。午後二時三十分。

本来、午後四時のセンター長との打ち合わせまでは時間が取れるはずだったが、三時に珍客が来ることになってしまった。

刑事さんがお話を聞きたいそうです。——そう告げに来た受付の女性の不審そうな顔を思い出す。「先生、何かしたんですか？」とでも訊きたそうだった。

不安がないわけではない。だが、僥倖を味方にした計画に、ぬかりがあろうはずはない。

きっと別の用事だろう。

内線の着信を知らせるベルが鳴った。受話器を取る。

〈正武先生。刑事さんがお見えです。少し早いので待っていただきますか〉

「いや、いい。通してくれ」

気がかりなことは早く終わってほしい。そのほうが論文に集中できる。

二分もしないうちに、ドアがノックされた。

「どうぞ」

ドアを開けて入ってきたのは、側頭部に白髪（しらが）の交じる小柄（こがら）な男だった。年齢は五十を過ぎたくらいだろうか。

「お忙しいところをすみませんねえ、北海道警・富良野（ふらの）警察署の鶴淵（つるぶち）といいます」

微笑（ほほえ）みながら警察手帳を見せてくる。まるで商売人のように物腰が柔らかい。

「正武雄二です。どうぞ」

雄二が勧めた椅子（いす）に腰かけると、刑事は部屋の中をきょろきょろと見回した。

「いろんな機械がありますなあ。先生は、世界的な脳外科医だということで」

「世界的などというのは大げさです。遠隔手術のシステムに明るいというだけです。医大に入学する前、工学系の大学に通っていたことがありましてね。それで、他の医者より詳（くわ）しいというわけですよ」

「はあ、頭がよろしいんですな」

「工学のほうは中退です。それより刑事さん、本題に入っていただけますか。あまり時間がないものでね」

パソコンのディスプレイをちらりと見る。鶴淵刑事もまたその視線を追い、「こりゃ失礼」とポケットから小型端末を取り出した。

「六月二十二日、午後三時十五分頃、南富良野町かなやま湖下流の空知川（そらちがわ）にて、男性の遺体が見つかったんですな。男性の身元は西山辰(たつ)、三十四歳。札幌はススキノの飲食店に勤務しておりました」

どこかで予期していたことだが、心臓の鼓動(こどう)が速くなるのを雄二は感じていた。どうやって西山と自分の関係にたどりついたのか——。

西山が釣り用のジャケットを着用したまま溺死(できし)しており、遺体発見現場近くの川岸の草に大型魚用のルアーがついたロッドが引っ掛かっていたことや、百メートルほど離れた上流の川岸に荷物が残されていたことなどを鶴淵刑事は告げた。雄二の焦燥(しょうそう)に気づいている様子はない。

「つまり、川岸で釣りをしていたときに誤って足を滑(すべ)らせて川に落ち、溺れて死んでしまったと、我々はそう判断したわけです」

「この時期の空知川というと、イトウですか」

雄二が言うと、鶴淵はおや、という顔をした。

「先生もやるんですか」

「昔ね。なんていったって日本最大の淡水魚。あこがれる釣り人は多い。ここしばらくは忙しくて行っていませんけど」

「なるほど。……まあ、我々も西山がイトウ釣りにやってきて溺れ死んだと踏んだんですが、検視(けんし)で妙なことがわかったんです。首筋に、注射針を刺された痕(あと)があった。詳細(しょうさい)な検査の結果、西山は死ぬ直前に薬物を注射されていたことがわかったんですよ」

雄二が打った薬物の名を、鶴淵刑事は告げた。打てばすぐに全身がしびれてしまう。特に脳の近くに打つと、口の筋肉も動かしづらくなり、その状態で川に落とされてしまえば溺死は必至だ。

「なるほど。その薬物のことを聞きに私のところへ来たと」

雄二はとぼけて言った。

「この薬物はロシア政府が反対勢力の団体に使ったことでマフィアに知られるようになり、今では日本の繁華街でも出回っているようです。特にススキノでは取引が盛んに行われているとか」

「先生。それは存じ上げております」

鶴淵刑事は肩をすくめる。

「失礼。警察の方のほうが詳しいですね」

「おっしゃる通り、薬物自体を手に入れるのは、医療関係者でなくても、ススキノの裏社会に通じている者なら容易でしょう。連中は覚せい剤を扱っていますから、注射するのもお手の物だ」

「わかりましたよ。誰かが西山をイトウ釣りに連れていき、隙を見て薬物を注射し、溺死に見せかけるために川に落とした」

「そういうことです」

「しかしわからないな」雄二は首を振ってみせた。「ではなぜ、私のところに来たんですか？私はその西山という男を知りません」

願望も含めて言ってみたが、それほど楽観視できる状況ではなかったようだ。

「先生が札幌にいらした頃のお知り合いのはずですよ」

鶴淵は端末を操作して見せた。十二年前の札幌、《ペナンビーチ》の店内で、まだ医者になって間もない頃の雄二と、ボーイの西山が並んで写っている。どうやって見つけたのか？

……白(しら)を切るのは不自然だろう。

「そんなこともあったかもしれないけど、ちょっと通っていた店のボーイです。もう十何年も会っていない」

「当時、同じスポーツジムに通っていたそうですが、ご存じなかったのですか」

「タツじゃないですか。被害者ってタツのことですか。西山っていう名字(みょうじ)だったのか」

「数年前から西山は急に羽振(はぶ)りがよくなったそうで。その直前に、この店に通っていたある会社経営者が押し込み強盗に遭(あ)って一千万円の現金を盗まれているんですね」

それがどうしたんだ、と雄二が言う前に、鶴淵刑事は早口で付け足した。

「あなたもその直後、高級車を買ったらしいという関係者の証言がありました」

「何が言いたいんです？」

焦(あせ)りを抑えるため、わざと低い声で訊ねる。

「別に……。ただ、人にはほじくり返されたくない過去があるものです。地位を得た者ならなおさら、過去の秘密を知る者を消したくなるでしょう」

婉曲(えんきょく)に見えて露骨(ろこつ)な言い回しに、雄二は憤(いきどお)りを覚えた。

「札幌脳外科病院には長くいらしたんですか？」

「六年かな」心を落ち着かせ、雄二は答える。「今でも籍はあって、年に二、三回は行くんです」

「そうでしたか。ではＩＤカードもお持ちで？」

「ええ。しかし、夜中にＩＤカードを使って忍び込んだと考えているなら間違いです。履歴が残りますからね。どうせもうお調べなんでしょう？　二十一日から翌日にかけて、私があの病院に入った記録はありましたか？」

「いいえ。履歴が残ることを先生が知っているかどうか確かめたまでです」

鶴淵は答え、さらに言葉を継ぐ。

「あの病院、実は三号棟食堂一階の喫煙所の窓の鍵が壊れているんですな。半年ほど前から直しておらず、そこからなら履歴を残すことなく院内に入れることが判明しています。喫煙者に限らずその事実は院内では知れ渡っているそうで……当然、先生もご存じですね？」

ここは突っぱねたほうが得策だろうと、とっさに判断した。

「くだらない」

冷たく言って、鶴淵を睨みつける。

「そんなことをするわけがないでしょう」

「むろん、そんなことをする関係者はいないだろうから修理が遅れているということでした」

「タツの命を狙うような人間はいないんですか、私の他には」

「たくさんいます。そちらは別の人間が調べています。正直に言いますとね」

と、鶴淵は急に態度を軟化させた。

「私だって先生を疑いたくはないんです。ですが、目撃証言があったものですからね」

「目撃証言?」

そんなはずはない。初めから最後まで、誰にも見られないように細心の注意を払ったのだ。それでいて、《ラーズ・フィッシング》の客たちを乗せたカヌーが来るタイミングを見計らって、死体が早期発見され、死亡推定時刻にずれが生じないようにした。計画は完璧だったはずだ。

「その証言者は夢の中で、魚になっていたと言うんですよ。イトウです。川で泳いでいて、ルアーで釣られた。釣り上げた男とタモですくい上げた男がいて、タモの男が釣り上げた男の首筋に注射を打って、川に放り込んだと……。写真を見せたら、釣り上げた男は西山で、注射の男は正武先生、あなただと言うんですよ」

雄二の額に不気味な汗が浮かんだ。カヌーの底でびしゃびしゃ飛沫をまき散らしていたイトウの目が思い出される。

「まさか……その奇妙な夢を信じるというんじゃないでしょうね」

「信じちゃいません」

馬鹿にしたような口調とは裏腹に、鶴淵の目は笑っていなかった。

「ただ、奇妙でも目撃証言がある以上、調べなければならないんです。正武先生、六月二十二日の午後三時前後、どこで何を?」

もしものために用意しておいてよかった。こちらには、アリバイがある。

「二十二日は、午後二時から午後六時まで手術をしていました」

「どこでです?」

「この部屋で」

奥にあるサージョン・コンソールを指さす。

「先ほど話題に出た、遠隔手術システムのGALENOSですよ。患者は札幌在住の男性の予定だった。たしか吉見睦とかいう名前だったが、東京の病院からさらに緊急性の高い患者をお願いしたいと依頼されて急遽そちらを……ちょっと待ってくださいね」

パソコンを操作し、患者の情報を出した。

「東京都目黒区の柿の木坂総合病院に運ばれた瀬田浩太さん、三十二歳の男性です。かなり難しい手術でした」

鶴淵はしばらく雄二の顔を見ていたが、ぽつりとつぶやいた。

「世の中には本当に奇妙なことがあるものですな」

「はい?」

「実はここに来る前、その総合病院には問い合わせているんです。つまりもう、正武先生のアリバイは確認済みです」

ただ、と皺の寄った額を掻きながら、鶴淵は続けた。

「さっきお話しした、夢の中でイトウになっていた人というのが、その患者さんなんですよ。瀬田川リギョという名前で活躍しているアーティストさんです」

*

ぴちゃ、ぴちゃぴちゃ、と水が顔にかかるような感覚がして、ふっ、と雄二は我に返る。

なんだ、今の、眼前を泳ぐ魚にひれで顔を触(さわ)られたような感覚は。

疲れているのだろうと思いながら、時計を見る。鶴淵刑事が帰ってからもう三十分以上経(た)っていた。論文は全然進んでいない。

頭の中に、鶴淵刑事の疑わしげな声がよみがえる。

――GALENOSというのは、医者が一人で手術をするそうですな。

しかし、その手術で患者が治っているのだから、アリバイは証明できるでしょう。雄二の言葉に一応は納得するそぶりを見せ、鶴淵刑事は退散した。しかし、部屋を出る直前、再び雄二の顔を振り返った。

――本当に奇妙なことですよ。殺人現場の目撃者と、アリバイの証明者が同一人物だなんてね。もっとも、目撃談のほうが夢の中なのでは、アリバイのほうを優先せざるを得ませんな。

失礼しますと頭を下げて出て行ったが、最後に雄二の顔を見たその両目に、疑いの色が宿っているのは間違いなかった。

馬鹿馬鹿しい。

たしかに西山が釣り上げたイトウは、雄二の犯行時に唯一居合わせた目撃者といえるだろう。だが、アリバイ作りに利用した患者が夢の中であのイトウになっていただなんて……。

ありえない。信じるわけがない。俺は医者だぞ。

自分にそう言い聞かせるたびに、胸の中からすっぱいものが込み上げてくるようだった。たまらず、パソコン画面に、二枚のＭＲＩ画像を映し出す。

大丈夫だ。俺の犯行を証明するものなど、何もない。

5

福岡県・新わかば総合病院。

御園淳也(みそのじゅんや)が昼食を買ってコンビニから戻ると、研修医の北見茂也(きたみしげや)が駆け寄ってきた。

「御園先生、聞きましたか。旭川の正武先生の話」

「正武先生？　いや……」

「殺人事件の参考人として、事情聴取を受けたらしいですよ」

狐(きつね)のような目を細めて、北見は声を潜(ひそ)めた。

「なんだい、殺人事件って」

自室に向かいながら訊ねると、北見はついていきながらさらに話を続けた。

「薬物を注射された男が川に放り込まれて溺死させられたという事件だそうです。被害者の男が正武先生の古い知り合いだったそうで、なんでも正武先生には動機(どうき)があるとか。……まあ、旭川のセンターに赴任した先輩に訊いた噂(うわさ)ですけど」

「正武先生が殺したってことか？」

「いえ、正武先生のアリバイはすぐに証明されました。というのも、被害者の死亡推定時刻が二十二日の午後三時前後ってことで。その時間、正武先生、手術をしていたから」

「二十二日？　ああ、俺のところにも急遽ＧＡＬＥＮＯＳの手術が回ってきた日か。札幌脳外科病院の吉見さん」

　本来は正武が執刀する予定だったが、東京の患者のほうが重篤(じゅうとく)だから手術数の多い正武が担当したほうがよいと判断され、代わりに淳也に回ってきた患者だった。

　瞬間、淳也は手術中の不思議な体験を思い出す。ＧＡＬＥＮＯＳを使った手術はもう二十回以上行っているが、あんな経験は初めてだった。

「先生？　大丈夫ですか、先生？」

「ん、あ、ああ……」

　淳也は首を振る。あんなことは思い出したくない。

「なあ北見君、正武先生が執刀した東京の患者、なんていったっけ？」

「瀬田浩太といって、『瀬田川リギョ』という名で活躍しているアーティストです。『魚のアーティスト』って呼ばれていて、ＶＲ動画のコマーシャルなんかも手掛けていますよ」

　白衣から取り出したスマートフォンを器用に操作し、北見は映像を見せてくる。リンゴの皮をむくと皮と果実のあいだから、魚が次々と湧(わ)き上がってくる映像だった。

耳元にぴちゃぴちゃと水音が聞こえた気がした。

「ああ、ありがとう、もういいよ」

逃げるように自室に駆け込み、パソコンの前に座る。そして、二十二日に手掛けた患者のMRI画像を映し出した。「札幌脳外科病院、吉見睦、五十歳」。職業は「警備会社社長」だという。右後頭部にクルミ大の血栓型ホフリンガ腫瘍。

GALENOS専用のVRゴーグルを装着し、手術をしたときの不可思議な現象を、淳也は思い出す。切除すべき箇所にレーザーを当てた瞬間、破けるはずのない腫瘍が破け、中からたくさんの魚が飛び出してきて、ゴーグルの中を泳ぎ回ったのだ。

ぴちゃ、ぴちゃぴちゃ……聞こえるはずのない水音。鼻腔(びくう)には鱗(うろこ)の生臭(なまぐさ)ささえ広がった。一度ゴーグルを外して深呼吸したあと、手術に戻った。魚はもう見えなかったが、耳元の水音はしばらく続いた。

患者の脳内のイメージがGALENOSを通じて伝わってきたのか？

そんなことがあるはずはないが……自分が手術をした患者は本当に吉見睦だろうか、と思う。

GALENOSの手術中、向き合うのはもっぱら患者の患部であって、顔を見ることはない。

たとえば、吉見睦と瀬田浩太の腫瘍とその位置が、偶然一致していたとしたら？　手術依頼を受けた正武は二十一日の午後、MRI画像を見てそれに気づき、アリバイに利用することにしたのではないか。

吉見の手術を淳也に回し、瀬田浩太の手術を行うと東京の病院に返事をする。さらに、殺害する相手に連絡を入れ、二十二日に旭川へ来るよう誘う。

そして、二十一日の夜に札幌へ向かい、深夜のうちに札幌脳外科病院に忍び込んで吉見の手術を密（ひそ）かに行ったのだ。旭川から札幌までは車で一時間半ほどだろう。ＩＤカードによる記録を残さずに院内に忍び込めるかどうかわからないが、長年あの病院に出入りしている正武なら、何か方法を知っているかもしれない。

あの病院には当然、ＧＡＬＥＮＯＳのペイシェント・カートもサージョン・コンソールも揃（そろ）っている。誰にも見られずに吉見の病室に忍び込んだ正武は、彼に麻酔をかけ、ペイシェント・カートまで運び、院内のサージョン・コンソールで手術を行い、吉見を病室に戻して、朝が来る前に旭川に戻ったのではないか。

ＧＡＬＥＮＯＳによる手術では、現地の医師は患者をペイシェント・カートの中に横たわらせたら終了まで一切、オペ室に入ることが禁じられている。すでに吉見の手術が終わっているなどとは彼らはつゆほども思わなかった。

一方で正武はＧＡＬＥＮＯＳの開発者だ。システムについては誰よりも詳しい――新わかば総合病院のサージョン・コンソールを、誰にも知られず、札幌脳外科病院に見せかけて目黒の病院につなげることもできるのではないか。

ここまでの細工（さいく）をしておいて、翌二十二日、正武は被害者と釣りへ出かけ、淳也が吉見睦だと信じ切っている瀬田浩太の手術をしているあいだ、悠々と殺害を実行する――。

「まさか」

淳也は思い浮かんだばかりの自説を笑い飛ばす。いくら正武だって、手術の痕を残さず手術を終えることなどできないだろう。それに現地の医師が気づかなかったとは――ぴちゃ、と耳元で水音がした。

ぴちゃ、ぴちゃ、……ばしゃばしゃばしゃ！

耳を塞（ふさ）いでも無駄だった。

頭の中で、魚が水しぶきを上げて暴れ回っていた。

なぜこんな映像を見るのか。

瀬田浩太は、瀬田川リギョという名で、魚をモチーフとするアーティストとして有名であるという。――目の前のＭＲＩ画像、二十二日に手術をした相手は、吉見ではなく、やはり瀬田であるように感じられてならなかった。

はっきりさせなければ、この水音は消えないだろう。淳也はデスクの電話の受話器を取り、外線ボタンを押す。

警察署の電話番号を押す淳也の目の前、パソコンのディスプレイの中に、まだら模様の大きな魚が何匹も泳いでいくのが見えた。

ブッポーソウ

御堂のうしろの方に、仏法々々と啼く音ちかく聞ゆるに、貴人杯をあげ給ひて、例の鳥絶えて鳴かざりしに、今夜の酒宴に栄あるぞ。紹巴いかにと課せ給ふ。法師かしこまりて、某が短句、公にも御耳すすびましまさん。ここに旅人の通夜しけるが、今の世の俳諧風をまうして侍る。公にはめづらしくおはさんに召して聞かせ給へといふ。それ召せと課せらるるに、若きさむらひ夢然が方へむかひ、召し給ふぞ、ちかうまゐれと云ふ。夢現ともわかで、おそろしさのままに御まのあたりへはひ出づる。

1

開かない自動ドアの前で、大島夢乃は呆然と立ち尽くしている。

《マカベイ・マート　荻関三丁目店　営業時間：朝10時～夜11時》

（コンビニが夜十一時に閉まる？）

店内は真っ暗で、陳列棚の商品すべてが寝静まっているようだった。最寄りの駅からこの店の前のバス停まで、バスで二十分かかった。近くを走っているタクシーもなさそうだ。

びゅうう、と風に襲われ、思わず首をすくめた。マフラーもコートもない。

明日香に謝って、朝まで部屋にいさせてもらおうか。そう考えたけれど、すぐに思い直した。あんな女の顔なんて、もう見たくもない。

とぼとぼと、深夜二時半の知らない街を歩きはじめる。土臭い畑が広がる中に、たまに家屋があるくらいで、ネットカフェや深夜営業の飲食店など絶望的だ。五十メートル間隔の街灯の明かり以外は、何もない闇。もちろん人影などなく、宇宙に放り出されたほうがまだましだと思えるくらいの心細さだった。

「あれ？」

右手側に長いブロック塀が続いている。塀の向こうに、黒くて細長い石がいくつも見えた。墓地らしい。……幽霊の類を信じるわけではないけれど、気味が悪い。

やはり引き返そうか、と立ち止まったところで、
　どっ、どぅー、どう。

何かが聞こえた。

　どっ、どぅー、どう。

（鳥の声？　だけど、こんな夜中に鳴く鳥なんている？）

辺りを見回すが、塀の中の植え込みに鳥の姿など見えない。

　どっ、どぅー、どう。

二音節目だけ高い。面白いリズムと音程だ。何か言葉を与えたいと、創作意欲をくすぐられる。

しばらく耳を澄ませたけれど、その声はもう聞こえなかった。

びゅうう、とまた風が吹いた。とにかく朝まで過ごせるところを探さないと。

とそのとき、百メートルほど向こう、墓地の敷地の横に佇む、二階建てほどの高さの四角い建物が目に入った。道路に向かって、明るい光が漏れている。近づいていくと、ぐわんぐわんと機械音が聞こえてきた。正面までやってきて、建物の正体が判明する。

《BPSランドリー　24H営業》と書かれたガラス戸の向こう、奥の壁に全自動洗濯機が五台並んでいて、大きなテーブルを挟むように座り心地のよさそうな三人掛けソファーが向かい合わせに置かれている。

引き戸を開けて一歩入ると、湿度の高い暖気が夢乃を包んだ。

どこか不自然な解放感を覚えながら引き戸を閉め、ソファーに腰を下ろす。洗剤と柔軟剤の匂いが満ちていて蒸し暑い気もするけれど、外よりはだいぶましだ。人もいないし、夜明けまで過ごしても文句は言われないだろう。

助かった……。ほっとするとともに、全自動洗濯機が気になった。右端の一台だけがぐわんぐわんと大きな音を立てて動いている。違和感があるのはその大きさだ。

丸いハッチ式の蓋は夢乃の部屋にある全自動洗濯機と同じくらいの大きさだが、高さが五メートルくらいあるのだった。

天井を見上げて、夢乃はやっと、解放感の正体をつかんだ。外から見ていたときからわかっていたけど、天井まで二階建ての建物くらいの高さがあった。すべて、この巨大な全自動洗濯機を収容しておくためらしい。

（なんなの、この巨大な洗濯機……）

洗濯機に取り付けられたモニターには「乾燥中」とあり、その下に、「ｎｅｘｔたたみ40分」とあった。それを見てピンときた。乾燥した洗濯物を畳んでくれる、フォルダー機能付きの洗濯機だ。

そういえば以前、知り合いの音楽プロデューサーが購入したと話していた。乾燥した洗濯物の形状を認識させるため、一枚一枚いったん内部でふわっと舞い上がらせる。そのため二階建てぶんの高さはどうしても必要で、それなりに大きい家じゃなきゃ買えないんだぜ——と自慢していたっけ。

(それにしても、畳むところまで機械に任せようなんてねえ)

洗濯機の最下部に取り付けられた「取り出し口」という引き出しを見ながら、夢乃は呆れる。こんなに大きなスペースを洗濯機に占められるくらいなら自分で畳んだほうがましだ。

洗濯機の観察に飽き、出入口のほうに目をやる。反転した、《BPSランドリー》の文字。

(BPS……運営している会社の名前？　何の略だろう？)

B、P、S、と頭の中で繰り返しているうち、さっきの鳥の鳴き声が思い出されてきた。ちょっと曲にしてみようかと、クリエイター魂に火が付く。

「びっ、ぴー、えす」

リズムはいいけど、語呂は悪い。別の母音を当ててみよう。

「ばっ、ぱー、しゃう」

なんだかちょっと汚らしい音だ。しゃう、じゃなくて、そう、にしてみようか。

「ぶっ、ぽー、そう……うん、これだ！」

タブレットを取り出してテーブルの上に置き、作曲アプリを起動させる。イヤホンを耳に装着し、【女性1】の音声で「ぶっぽーそう」と打ち込んだ。

まずはレギュラーのメロディー加工で再生してみる。

ぶっ、ぽー、そう　ぶっ、ぽー、そう

いい感じだ。電気的な響きに仕上げようか。いや、ボサノバはどうだろう？　ゆったりしすぎか。それならジャズアレンジ……。こうして曲作りに没頭していると、時間はあっという間に過ぎていく。

始発のバスの時間なんてすぐにくるはずだ。

*

夢乃が浜地明日香と知り合ったのは、高校二年生のときだった。クラス替えですぐ近くの席になった。お互いに人見知りだったけれど、なんとなく話すようになって、共通の趣味があることを知った。

アニメアバターを使った動画投稿。普段は人前でしゃべるのが苦手でも、顔を出さず声を変えてパソコンの前でしゃべるのは、二人とも好きだったのだ。

明日香が「しぃちきん」という名前で運営しているチャンネルを初めて見たとき、夢乃は愕然とした。ピンク色の髪のしぃちきんはしぐさも言葉選びも何もかも可愛らしく、登録者数も夢乃の百倍以上いた。

何にもまして衝撃を受けたのは、しぃちきん＝明日香が自作の曲をアップしていることだった。メジャーなバンドやボカロ制作者がリリースするようなポップな曲調のものもあれば、ピアノやバイオリンの音を使ったクラシック調のものもあった。聞けば明日香は、子どもの頃からピアノを習っており、作曲の知識は体に染みついているというのだった。

「習わせたピアノをこういう活動に使ってると知ったら怒るだろうから、親には内緒だけどね」

　そう笑う明日香が、ずいぶんスマートに見えた。同時に自分が卑小に感じた。夢乃は楽器を習った経験など一度もない。歌はそれなりに好きだけれど、音楽の成績が特によかったわけでもなかった。

「私にも作曲、できるかなあ」

　ダメもとで質問した夢乃に、明日香はある作曲アプリを教えてくれた。それは、マイクに向かって鼻歌を歌うと、それを取り込んで音楽にしてくれるというものだった。ドラムのリズムもそれに合わせて入力できるし、楽器や電子音の種類も百以上あって無数のアレンジができるのだった。

　夢乃はそれを駆使して、自分なりの音楽を作るようになった。初めのうちはまったくうまくいかず、作っては削除の繰り返しだったが、メジャーバンドのMVや、有名な制作者の動画を参考にしながら一か月、二か月とやっていくうち、自分でも「これはいいんじゃないか」と思えるものができた。

　恐る恐る明日香に聴かせてみると、

「いいじゃん！」

　彼女は満面の笑みで言った。

「夢乃のチャンネルで流してみなよ」

「ええっ？　……それは、恥ずかしいよ」

「じゃあ、一緒にやらない？」

コンテンツがマンネリ化してきてて、誰か相棒が欲しいと思っていたんだ、と明日香は言った。断る理由などどこにもなかった。

しぃちきんのチャンネルは、《しぃちきん・マスタードチャンネル》と名前を改め、「しぃちきん」と「マスタードゆめの」の二人体制となった。二人が世間で話題のことをひとしきりしゃべったあと、それぞれの作った音楽を披露しあうというスタイルは人気を博し、登録者数もどんどん増えていった。

学校でも家でも地味な自分たちが、こんなに世間を楽しませているんだ――そう思うと、夢乃は背中に羽が生えたような気持ちになるのだった。

楽しい高校生活は、あっという間に終わった。

Vチューバー活動の傍ら予備校に通ってしっかり勉強していた明日香は、見事四年制大学に進学し、夢乃はブライダル関係の専門学校に進んだ。明日香のほうは忙しそうだったけれど、《しぃちきん・マスタードチャンネル》（通称・しぃマス）はその後も週に二、三回の更新を続けた。これで生計を立てようとは思わないけれど、少なくとも学生のあいだは、この楽しいチャンネルを続けられる――夢乃はそう信じていたし、明日香もそのつもりだったはずだ。

しかし、新生活開始後わずか半年で、コンビは急に解散することになる。きっかけは、音楽事務所《イエローレイン》からのダイレクトメッセージだった。

――いつも楽しく拝見しております。貴チャンネルの音楽に大変興味がありますので、一度お会いできませんでしょうか。

明日香と二人、舞い上がった。予定を合わせ、《イエローレイン》本社まで出向くと、三十そこそこのスーツ姿の男性が現れた。

「本田といいます。主に新人ミュージシャンの発掘を担当しております」

運動部のマネージャーのように腰の低い感じで言うと、緊張している二人に向かって彼は動画をいつも見ているんだということを熱く語ってきた。初めは嬉しかった夢乃だけれど、そのうちあることが気になってきた。

本田は二人のチャンネルにあるいくつかの楽曲を褒めたが、それらはすべて、夢乃の作ったものだった。明日香はそこには触れず、それどころか「音楽を学んだ人にはない発想なんですよね」「斬新なんですよね」と本田に同意するような相槌を打っていたけれど、感情を抑えているのは明らかだった。

夢乃に作曲を教えたのは私なのに。私のほうがずっと音楽をわかっているのに。

後半、夢乃は明日香の心中が心配で、話をあまり聞けなかった。

後日、本田から連絡があった。

――またお話しさせていただけないでしょうか。今回は、大島さんだけでけっこうです。

悪いな、という気持ちがなかったわけではない。だが、初回の会社訪問で垣間見た、芸能の仕事の華やかさが、心にこびりついて離れなかった。

「当社は大島さんとだけ、お仕事をご一緒させていただきたいと思います」

　再び訪問した夢乃に、本田ははっきりと言った。

「明日香の曲はダメなんでしょうか？」

「ダメというわけではないんですが」ゴムで作ったような慇懃（いんぎん）さを本田は顔に浮かべた。「古いんですよ。当社の必要としている才能ではないと申しますか」

　もし契約してくれるなら売り出す予定のアイドルグループに何曲か提供してもらうようになると、本田は告げた。

　その日のうちに、夢乃は明日香を呼び出して相談した。

「え。よかったじゃん。やりなよ」

　明日香は明るい表情で言った。自分の曲がどう思われているのかなど明日香は一切訊（き）かず、夢乃の作曲の才能を褒めちぎった。

「私のことはいいから。人生を楽しくするチャンスをふいにしちゃいけないよ」

　皮肉も恨（うら）みもない、高校時代から共に夢を紡（つむ）いだ明日香がそこにいた。

　……と思っていたのは、夢乃だけだった。

　一週間後、明日香はメッセージアプリを使って、一方的に《しぃちきん・マスタード》の解散を告げてきた。夢乃は忙しくなるし、いつまでも遊びでこんなことを続けられないでしょ。ただそれだけだった。

　返信したが既読はつかず、通話はブロックされていた。動画チャンネルは、管理をしていた明日香によってすでに削除されていた。こうなったら家まで押しかけて話をしよう――その気持ちに、すぐに歯止めがかかった。

明日香の両親は、動画配信に猛反対していたはずだ。明日香は両親にうんざりしていた。家に押しかけて明日香に会わせてほしいと言っても門前払いを食らうに決まっている。いや、そうだとしても、ここは明日香に会うべきでは……。

面倒だ、という感情が頭をもたげた。

もともと《イエローレイン》は夢乃の楽曲にしか興味がなかったのだ。今さら行って、何を話せばいいのだろう。思い起こせば明日香は、自分の思い通りにならないことがあると激高して手が付けられなくなるほど怒鳴り散らすことがあった。動画の方向性でも何度かヒステリックな態度を取られたことがある。

一人立ちするいいきっかけなのかもしれない。

そうだ。私はもう十分、一人でやっていける。明日香とのことは、私がステップアップするために必要なプロセスに過ぎなかったのだ。

明日香はもう、邪魔だ。

後ろめたさを振り払うように、夢乃は新曲の制作に没頭した。専門学校のほうの勉強はまったく手つかずになり、成績は惨憺たるものだったが、できた楽曲は本田には好評だった。提供されたアイドルグループはチャーミングなパフォーマンスを完成させ、夢乃の曲は世に出てちょっとしたブームになった。

あれよあれよという間に、舞台音楽の制作を手伝うようになり、アニメの挿入音楽やコマーシャルソングを手掛けるようになり、音楽業界で生きていけるようになって専門学校をやめた。相変わらず作曲理論なんて何もわからないけれど、古くさいセオリーより、最新のアプリを使いこなす技術のほうがずっと役に立つことがわかっていた。

仕事は途切れることなくむしろ増える一方で……いつの間にか、十年が経(た)っていた。

先週、夢乃のアカウントにダイレクトメッセージが送られてきた。夢乃は思わず「あっ」と言ってしまった。

送り主は、「しぃちきん」だった。

——久しぶり。活躍をとても嬉しい気持ちで見ているよ。

それだけのメッセージだったけれど、夢乃の中になんともいえない感情が込み上げてきた。懐かしさというよりは罪悪感だった。今の生活はとても充実している。だけど、そのきっかけを与えてくれた友人を、ずっとほったらかしにしていた。

無視はできなかった。夢乃が返事をすると、すぐにまた返信があった。明日香はもうすっぱり音楽からは足を洗い、ウェブデザイン関係の仕事をしているらしい。実家を出て一人暮らしをしているとのことだった。

何度かやり取りをするうち、「会いたい」と明日香が言ってきた。できれば、夜通し飲み明かしたい。昔みたいに、ああでもないこうでもないとだらだら話しながら——。

夢乃も同意した。すると、自分の住んでいるアパートまで来てほしいと、明日香は住所と地図を送ってきた。

地図アプリで確認すると、周りに畑の多い片田舎だった。都心から二時間弱、どんなところに住んでいるのだろう。

　振り返ればそのときから、嫌な予感がしていたのかもしれない。

　それでも納期の迫った仕事を三つ無理やり終わらせて時間を作った。あまり乗ったことのない私鉄に乗り、名前も聞いたことのない駅で降りる。三十分待ってようやくやってきたバスに乗り、さらに二十分。バスを降りてすぐ、《マカベイ・マート》の看板が目に入った。一応、手土産は持ってきているが、夜を明かすつもりなのにお酒もおつまみも持っていかないのは気が利かなすぎる。名前を聞いたこともないそのコンビニでいくつか見繕い、歩いて五分で明日香の住まいに着いた。

　意外といっては失礼だが、築浅の、豪華な見た目のアパートだった。二階建てで、一階と二階、ともに二世帯分の入口しかない。

　広い部屋がよくてこんな辺鄙なところに住んでいるのだろうかと思いながらインターホンを鳴らした。

　そのときはまだ、夢乃は知る由もなかった。友人が、十年前とは似ても似つかない、変わり果てた姿で出てくることに——。

2

ぶっ、ぽー、そう　ぶっ、ぽー、そう
ぶっ、ぽー、ぶっ、ぽー、ぶっ、ぽー、そう

イヤホンから耳に流れてくる音声を聞きながら、音程を整えていく。

日常でふと聞こえてきた音やリズムを取り入れて音楽を作る、ということを始めたのは三年ぐらい前のことだ。予定調和な曲作りとは違い、思いのほかいい曲ができるのだった。

ぶっ、ぽー、そう　ぶっ、ぽー、そう
ぶっ、ぽー、ぶっ、ぽー、ぶっ、ぽー、そう

やっぱりジャズアレンジにして正解だった。ライブイベントのＢＧＭでもよさそうだけれど、ＣＭのほうが実入りはいい。まずはプランナーの石坂(いしざか)さんに聞かせてみよう……などと思っていたら突然、ぐらぐらと肩を揺すぶられた。

タブレットからぱっと顔を上げる。

すぐそばに、男の子が立っていた。

十二歳くらいだろう。眉(まゆ)をひそめて、夢乃の顔をじっと見つめている。

（なに……？）

夢乃はイヤホンを耳から外(はず)し、腕時計に目を落とす。二時五十七分。

ぐわらんぐわらんと洗濯物を乾燥する音が響く深夜のコインランドリーに、夢乃と男の子、二人きりだ。

「どうしたの？」

話しかけたあとで、彼の様子がさらにおかしいことに気づく。上下、かっちりしたスーツ姿なのだ。いや、スーツというよりタキシードといったほうが正しいだろうか。妙に格式ばった、古い時代のパーティーで着用するような服だ。びっちりと整えられた七三分けの髪は、高級な漆器のように光を弾いている。

「失礼ですが、こちらの席をお譲りいただけないでしょうか」

やけに慇懃な感じで、彼は言った。

「ただいまより、お嬢様が参りますので」

「えっ？」

夢乃は思わず彼を睨みつけてしまう。席を譲れ、だって？

「座れるところは他にたくさんあるでしょ」

向かいのソファーを指さすが、

「お嬢様は高貴なお家柄の方ですので、身分の違う方の同席は困ります」

何の冗談なのか、彼はまじめ腐った表情を崩さない。

「遊びに付き合ってる暇はないの。そもそも子どもが、こんな時間に出歩くなんて……」

寒気を感じた。吹き付けてくる寒風とは違う、体内に冷凍装置でも設置されたかのような感覚だった。

「そちらへ」

タキシードの男の子は、有無を言わせぬ雰囲気で洗濯機の前に二つ並んだパイプ椅子(いす)を手で示した。夢乃はタブレットを持って立ち上がり、パイプ椅子に移動する。作業を再開した夢乃の手元を、男の子は見つめている。

「何をなさっているのですか?」

「……作曲よ。私は、音楽を作るのが仕事だから」

男の子は意外にも「ほう」と興味を引かれたようだった。

「それで作曲ができるのですか」

詳(くわ)しくない人間に説明するのは苦手なほうだ。再生マークをタップする。

ぶっ、ぽー、そう　ぶっ、ぽー、そう
ぶっ、ぽー、ぶっ、ぽー、ぶっ、ぽー、そう

ここへ来て二十分ばかりで作曲したのだと告げると、いよいよ彼は興味を掻(か)き立てられたようだ。

「しかし、ピアノの音も聞こえます。どうやって演奏したのですか?」

「楽器の音が元から入ってる」

「元から？」

「そう。それだけじゃなくて音声も。動物の鳴き声とか、自然の音もたくさん入ってる」

その後、いろいろ彼の質問に答えていると、がらりとガラス戸が開いた。

体はいくらか大きいが、やはり十二歳くらいのタキシード姿の男の子が二人、立っていた。

その二人に続いてしずしずと入ってくる影がある。

ドレスを着た、七歳くらいの女の子だった。

「お嬢様、お待ちしておりました」

初めに来た男の子が恭しく頭を下げた。

深夜のコインランドリーの闖入者たち。夢乃は言葉もなく、彼らを眺めている。

*

「いらっしゃい」

ドアを開けてひょっこりと出てきたその顔を見て、夢乃は思わずあとじさってしまった。秋の枯れ野のように乱れた髪の毛、腫れぼったい目、二重あご——。

「明日香……？」

「そうよ。だいぶ変わったでしょ？」

荒れた頬をぼりぼりと掻きながら彼女は笑う。高校時代には絶対に着なかった、灰色のよれよれのスウェットなんか着ている。

「あれ、なんか買ってきてくれたの？　お酒も食べ物も用意しといたのに悪かったなあ。……ほら、突っ立ってないで、入って入って」

口調が十年前とまったく変わらずサバサバしているのが、却って不気味だった。

廊下は、薄暗かった。壁際に脱ぎ捨てた洋服やお菓子の袋、空き箱、雑誌類などが散乱している。

「ごめんね汚くて。ウェブデザインなんてしていると外に出なくて散らかっちゃって」

かろうじて見えているフローリングの道をのそのそと歩いていく明日香の後ろ姿は、岩のようにぼてっとしていて、まるで三十前の女には見えない。

通されたリビングダイニングがまた、ひどかった。

ドアを入った両側の壁には段ボールや紙袋、ゴミ袋がうず高く積まれている。正面はキッチンだが、空気がどんよりしていて、普段自炊なんてしていないだろうことは雰囲気でわかった。部屋の中央にはテーブルがあり、ピザの箱が二つと、寿司の入ったプラスチックケースがある。

「わあ、すごく可愛いそのニットカーディガン。サーモンピンク、昔から似合ってたもんね、夢乃は」

コートを脱いだ夢乃の服装を、明日香は褒めた。人に勧められて先週買ったお気に入りだ。本当はベビーピンクという色だけれど、灰色のスウェットの明日香に言ってもしょうがない。

「ありがとう」

「ピザとお寿司。好きでしょ夢乃。今夜は宴じゃ、ははは」

おどけたように笑い、明日香は冷蔵庫から缶ビールを二本、運んできた。

乾杯をして、食事をしながら明日香は近況について話しはじめた。大学を卒業してすぐに就職をした企業でうまくいかず、悩んでいたところ、知り合いに誘われてウェブデザインの仕事を始めた。人と顔を合わせなくても仕事ができる気楽さにすっかり魅了され、鬱陶しい両親とも離れ、一人暮らしを謳歌しながら毎日気楽に過ごしている——おおむね、ダイレクトメッセージで書いていた通りのことだった。

「2LDKよ」

夢乃が黙っていると、明日香は聞かれてもいない部屋の間取りを言った。

「廊下を挟んで向こうに仕事部屋と寝室があるわ。まあ、このダイニングと似たような状態。でもまあ来週、一気に片付ける予定だから」

自分に向けられた明日香の目が、やけに充血しているのに夢乃は気づいた。

「こんな状態のわりに、臭いは気にならないでしょう？　洗濯だってしっかりやってるんだから。近くにコインランドリーがあってね。フォルダー機能っていって、乾燥したあと、ちゃんと畳んでくれるのよ。便利だよね」

口元は笑っているが、目が全然笑っていなかった。

「ねえ私ばっかりしゃべってる。夢乃もなんかしゃべってよ」

「ああ……」

夢乃の充実した生活については何も話さないほうがいい。そう直感した。今の夢乃と明日香のあいだには大きな隔たりができてしまった。しぃマスの思い出話もやめたほうがいいだろう。でもそれなら何を話せばいいのか……。

「ピザ見てたら思い出しちゃった」

ピザをひと切れ手に取って、ごく自然に聞こえるように言った。

「同じクラスだった小川くん。いっつもお弁当にピザ持ってきてたよね？」

「ああ、小川ね！　中野ちゃんと付き合ってた」

思いのほか食いついてきた。

「付き合ってたって言っても、二週間だけだよ」

「えーそうだっけ？」

その後も話題は学校の思い出に終始した。双方に無害な話題は気まずさを取り払っていった。アルコールも入るとリラックスし、昔のように明日香が放つ冗談に突っ込みを入れる余裕もできた。

その調子で、朝まで過ごしていればよかったのに。

3

夢乃の背後でいつしか、洗濯機の乾燥が終わっていた。ぐわらんぐわらんという音はやみ、代わりにぶふぉっという空気圧と、かちゃかちゃ金属どうしが触れ合う音に変わっていた。大きな鉄の箱の中でシャツが舞い上がり、無数のアームがそれを畳み、所定の引き出しの中に収める様子が、頭の中で再現される。

だけどそんなことより、目の前で繰り広げられる奇妙な光景――。

「鴨のローストでございます」

ドレス姿の七歳くらいの〝お嬢様〟の前に、料理の載った皿が供される。〝お嬢様〟はナイフとフォークを優雅に操ってそれを食べ、「オリーブオイルは何を？」などと質問している。声もまるで子どもだけれど、シェフとのやり取りやしぐさのひとつひとつが、金持ちの令嬢といった感じだった。

シェフといっても、やっぱり小学生くらいの男の子だ。タキシード姿の三人の男の子は夢乃のすぐそばに並んで〝お嬢様〟を見守っている。開け放たれたガラス戸の向こうからソムリエの男の子がやってきて、グラスに赤い何かを注ぐ。まさかワインではないだろう。けれど……その色には高級感が漂っている。料理もすべて本物だ。

（なにこれ）

ソムリエ君の後ろ姿を見送り、不意に、おかしくなった。

（絶対、夢じゃん）

深夜のコインランドリーに、子どもがたくさん。誰もが大人びていて、高貴そうな〝お嬢様〟はディナーを楽しんでいる。ありえない。変すぎる。

（だいたい、料理はどこで作ってるの？　外に、キッチンでもあるの？）

「里村（さとむら）」

突然、〝お嬢様〟が、言った。初めに夢乃の前に現れた男の子のほうを向いている。

「いかがされましたか、お嬢様」

「せっかく素敵なディナーなのに、音楽がないわ」

「音楽ですか。たしかに」

里村と呼ばれた男の子は困ったような顔をしていたが、はっとした様子で夢乃のほうを見た。

「お嬢様、こちらのお方は作曲家の先生だそうです」

「いや、先生というほどじゃ……」

「先生、ぜひ先ほどの音楽を」

〝お嬢様〟は何も言わず、期待の目を夢乃に向けている。どうせ夢なのだからいいか、と、夢乃はタブレットに目を落とした。

「さっきの音楽よりもっと、ディナーの雰囲気に合うものがいいわよね」

「いえ、さっきの音楽がいいかと存じます」

「でも」

「ぜひ」

里村は妙に強硬な態度だった。どうでもいい。どうせ夢なんだから。夢乃は開かれたままのアプリの再生ボタンをタップした。

ぶっ、ぽー、そう　ぶっ、ぽー、そう
ぶっ、ぽー、ぶっ、ぽー、ぶっ、ぽー、そう……

＊

「ねえ夢乃、ちょっと私の仕事場、見てみる?」

時計の針が一時を過ぎて話が途切れがちになったところで、明日香が言った。

「うん。見てみたい」

アルコールで気持ちよくなっていた夢乃は応じた。

仕事場は廊下を挟んで向かい側の部屋だった。ドアを開き、電気をつけた。

四畳半にも満たない小さな部屋。スチール製のデスクの上にデスクトップパソコン……。

だがやはり夢乃が気になったのは、部屋中に積まれたゴミ袋だった。半透明の袋の中、カップ麺やピザのケースが、ぐちゃりとしたヘドロのようなものと一緒になっている。デスクの下に消臭剤が十ほど並べられているが、その芳香と生ゴミの臭いが入り混じって、むしろ頭が痛くなるような臭気を放っているのだった。

「ごめん」

夢乃は思わず廊下に飛び出て、ゴミにつまずきそうになりながらトイレに駆け込んだ。便器を抱えて、えずく。すんでのところで嘔吐はしなかったが、胸の中にはまだ汚れた空気がよどんでいるようだった。鼻から思い切り息を吸い込み、また気持ち悪くなる。

夢乃は忘れていた。この家は、トイレまでも汚れ切っている。便器はもう黄ばみを通り越してどす黒く、カビともホコリともつかないものが水に浮いている。

「夢乃……」

追いかけてきた明日香が、声をかけてきた。

「もう、限界！」

気づいたら夢乃は叫んでいた。

「ねえ明日香、お願いだからちゃんと片付けよう。もっと人らしい生活をしようよ」

丸太のように太い足にしがみついた。

「……人らしい生活って、何？」

低い声で明日香は訊ねた。

「芸能事務所でその才能をお金に換える器用さも持ち合わせていない私に、人らしい生活なんてできないって?」

見上げると、さっきよりも充血した目が、夢乃に向けられている。不気味さと悪寒と怒りが綯交ぜになり、怒りが勝った。

「そういうこと、言ってんじゃないでしょ!」

立ち上がって明日香を突き飛ばした。明日香は太った体をよろめかせ、壁に背中をどんとぶつけた。ぶふぅ……とげっぷ交じりの息を吐いたあとでその膝が折れ、大きな尻が積み上げられたビニール袋を潰していく。

「なによ、卑屈になって! 私が認められたのは私の感性が業界に求められていたからよ。明日香だって、自分の好きな音楽を貫けば、いつか私と同じ世界で働けていたかもしれないのに」

「……勝手なこと言わないで」

明日香はつぶやいた。

「あんただけが認められて、私は音楽ができなくなった。何日も何か月も、一人で部屋で引きこもっていた。屈辱と悲しさで、動画をやっていた日々を全部消したくて消したくてしょうがなかった」

しゃべりながらゆっくりと、明日香は立ち上がる。

「就職したってうまくいかないのは当たり前。ずーっと、人と話していなかったんだから」

一歩、二歩と、夢乃に近づいてくる。

「ゴミが散らかっていたってね、私は一人で暮らしていけるの。これでもしっかり独立してるの。私は、私は……いたっ！」

伸ばされてくる右手を、夢乃は平手打ちをするように払った。呻（うめ）く明日香に、謝る気にはなれなかった。

「消したい！」

明日香は驚くほど機敏（きびん）な動きで、再び襲い掛かってきた。夢乃のニットカーディガンの首元をつかみ、「消したい消したい消したい、あんたとの思い出全部消したい！」と揺すぶってくる。そして夢乃の体を、ゴミ袋の上に押し倒した。かろうじて両手で体を支える。そのとき夢乃は、右手が何か硬いものに触れるのを感じた。夢乃は必死の思いでそれを引っ張り出す。一メートルくらいの、ステンレスの棒だった。

「あんたとの思い出、ぜんぶぜんぶぜんぶ、消したいの！」

髪を振り乱してのしかかってくるゴミ臭い灰色の塊（かたまり）。

「やめてよっ！」

その怪物の頭めがけて、夢乃は棒を思い切り振り下ろした。

4

「この曲で繰り返される『ブッポーソウ』という言葉、最近聴いたものかしら？」

しばらく食事を楽しんでいたかと思うと、〝お嬢様〟は不意にナイフとフォークを置いて夢乃のほうを向いた。タブレットからはまだ、夢乃が作曲したばかりの曲がエンドレスで流れ続けている。

「ええと……ええ、そうよ」

彼女の雰囲気に引っ張られるように、気取った口調になってしまった。

「今夜、このランドリーに来るあいだに。鳥の声かと思ったんだけど」

〝お嬢様〟は口元に笑みを浮かべ、三人のタキシードの男の子たちに目くばせをする。彼らもまた、意味ありげに顔を見合わせている。

「それで、私たちと会えたのですね」

夢乃は意味がわからない。

「どういうこと?」

「まだ、気づいていないのね。その服装ということは、部屋の中で……でしょう。ここに導かれる理由があったはずですわ」

達観(たっかん)したような口調で、次々とわけのわからないことを言っている。その服装……と自分の着ている服を見て、夢乃は首をかしげる。先週買った、ベビーピンクのニットカーディガン。別におかしいことはない。……いや、待って。

「私、コート、どうしたんだろう?」

「それだけじゃない。足元もよ」

〝お嬢様〟に言われて足元を見る。

「えっ」

靴を履(は)いていない。

靴を履かずに外を歩いてきた？　それどころかコートも着ていない。だから寒かったのか、と思うと同時に新たな疑問が生じる。バッグはどこだ？　いくら焦っていたとして、バッグを忘れるなんて……。

「どうしてこんな時間に、自分がコインランドリーなんかにいると思うの？」

「それは、友だちの家に泊まる予定だったけれど、喧嘩(けんか)して追い出されて」

「友だちの家を出るときの、記憶があいまいじゃないかしら？」

夢乃は頭を抱えた。

明日香に金属の棒を振り下ろしたあとの記憶がはっきりしない。

（どうして？　どうして、私……）

ぴーっ、と背後で音が鳴った。振り返ると、洗濯機のモニターに「たたみ完了／すべての工程が終了しました」とメッセージが出ている。

「引き出しを開けてごらんなさい。そうすれば、わかるわ」

〝お嬢様〟は言った。

夢乃は引き出しに手をかけ、一気に引き開けた。

「洗濯・乾燥・たたみ」が終わったばかりの洗濯物が重なっている。いちばん上に置かれているのは、ベビーピンクの、今、夢乃が着ているニットカーディガンだった。

「どうして……？」

視界が歪んでいく。タキシードの男の子たちは憐れむように夢乃を見ている。タブレットからは、さっき作った曲が流れ続ける。

ぶっ、ぽー、そう　ぶっ、ぽー、そう
ぶっ、ぽー、ぶっ、ぽー、ぶっ、ぽー、そう……

5

午前四時――。

浜地明日香はまだ暗い畑の中の道を歩いていく。《マカベイ・マート》はまだ営業を開始しておらず、人っこ一人歩いていない。

びゅう、と寒風が吹く。

「さむっ！」

マフラーを口元に上げようとして、脇の下が痛くなった。

夢乃のコート。袖だけ無理やり通したけれど、ボタンはまったく留められない。高校時代は私のほうが痩せていたのにと、また腹立たしくなる。

まあいい――今や彼女は、裸で明日香の部屋に転がっているのだから。

久しぶりに会いに来てくれたのは素直に嬉しかったし、飲みながら話しているときは本当に高校生に戻ったように楽しかった。何の屈託もなく、明日香の心の歪みもまっすぐになるようだった。

だけど違った。

やっぱり彼女は、一人成功した高みから、明日香の人生をゴミのようだと見下していた。人の仕事場を見て、トイレで吐いて、素人のくせに説教をした。頭に血が上って、そのあと何と言ったのかは覚えていない。気づけば夢乃が、明日香に向かって棒を振り下ろしていた。

とっさにそれをつかんだ。いつかネットで買ったまま放り出してあった、ステンレスの突っ張り棒だ。力を入れると、簡単に夢乃から奪い取ることができた。

「やめて……」

恐怖におののく夢乃の頭に、それを振り下ろした。

「あぐっ」

その頭に、何度打ち付けたかは覚えていない。気づけばゴミ袋の上で、夢乃は血まみれで動かなくなっていた。

もったいない。

我に返ってすぐ明日香が抱いたのはそんな感情だった。夢乃の着ているサーモンピンクのニットカーディガン。コートを脱いだときからすごく可愛いと思っていた。私のほうが絶対に似合う。夢乃の血で汚れてしまってはもったいない。明日香はすぐに夢乃の体から引きはがして、いつも《BPSランドリー》に行くときのエコバッグに入れた。それからすぐに着替えて、返り血まみれの自分のスウェットもエコバッグに放り込んですぐに家を出た。

深夜の《BPSランドリー》には誰もおらず、五台の洗濯機も眠った状態だった。明日香は一号機に洗い物を放り込み、液体洗剤と柔軟剤を所定の場所に入れ、「洗濯・乾燥・たたみコース」に設定してコインを入れる。

すぐに部屋に取って返し、夢乃の死体をカビだらけの浴室に運んだ。解体したほうが捨てやすいかと思ったからだけれど、すぐにそんな重労働はごめんだと思い直した。薬品で溶かすのはどうだろうかと思い、仕事場でネット検索をかけた。

適当な薬品が見つからず、気づけば三時五十五分だった。「洗濯・乾燥・たたみコース」は二時間三十分あまり。人目につかないよう、できれば終わった直後のタイミングで回収しておきたかった。それで、夢乃のコートに袖を通し、空のエコバッグをつかんで再び外に出たのだった。

《BPSランドリー》についたときにはすでに、夢乃のコートは小脇に抱えた状態だった。寒いよりきついほうがましだろうと思っていたが、逆だった。この体では、冬の差し迫ったこの時期の早朝でも、少し歩けば額に汗をかく。

一号機は止まっていて、モニターには「たたみ完了／すべての工程が終了しました」の文字が表示されていた。

乾燥ばかりか畳んでくれるなんて本当に便利。家事なんて一秒もやっていたくない明日香には最高の洗濯機だ。ソファーの上に袋とコートを置き、畳み終わった洗濯物が入っている引き出しの取っ手を握る。

引き開けて、「あれ?」と声が出た。

いちばん上に畳まれているのは、夢乃のニットカーディガンだ。ただ、その上に変な物が載っている。

タブレットだった。

誰かが置いていったのだろうか? 引き出しに鍵はついていないから可能だ。だけど、どうしてわざわざこんなものを。

作曲アプリの画面だというのはすぐにわかった。もう何年も触(さわ)っていないけれど、動画チャンネルをやっていたときには毎日使っていた。バージョンはかなりアップされているけれど、基本的に使い方は同じのはずだ。

すでに作曲された何かの曲の波形が映し出されている。

再生の「▶」マークが、誘っているような気がした。

誰の、何という曲だろう。こんなアプリはもう二度と見たくないと思っていたのに、妙に興味を引かれていく。

再生してはいけない、と冷静な脳が命じる。

だが、明日香の中に生まれた衝動は止まらない。
明日香は手を伸ばし、人差し指で、再生マークをタップした――。

アオズキン

富田といふ里にて日入りはてぬれば、大きなる家の賑はしげなるに立ちよりて一宿をもとめ給ふに、田畑よりかへる男等、黄昏にこの僧の立てるを見て、大きに怕れたるさまして、山の鬼こそ来りたれ、人みな出でよと呼びののしる。家の内にも騒ぎたち、女童は泣きさけび展転びて隈々に竄る。あるじ山枴をとりて走り出で、外の方を見るに、年紀五旬にちかき老僧の、頭に紺染の巾を帔き、身に墨衣の破れたるを穿て、裹みたる物を背におひたるが、杖をもてさしまねき、檀越なに事にてかばかり備へ給ふや。

1

その女子生徒が一人の後輩男子を連れて職員室に押しかけてきたのは、九月三十日の放課後だった。

「先生、先生、せーんせっ！　遠藤先生っ！」

大きな声を上げながら重利の机にまっしぐらにやってくると、倉野内は右手の人差し指をつきつけた。

「二年C組、倉野内ひとみです。約束通り、先生のお話をうかがいに来ました」

重利は思わず目を背ける。その視線の先に、倉野内は回り込んでくる。

「あれえ、先生、まさか約束を反故にするつもりじゃありませんよね。二週間前、取材を申し込んだときおっしゃいましたよ。今度の物理のテストで私が九十点以上を取ったら、先生のとっておきの体験談を教えてくれると」

倉野内は、新聞部に所属する生徒である。この学校の新聞部は隔月で学校新聞を発行しているが、今回、倉野内のチームは「怪奇特集」を組むという話になったらしい。教師の怪奇体験を記事にしようと倉野内は片っ端から聞き込みを開始した。重利のところにも来たが、そんな話はないと強硬な態度を取って追い払った。

ところが、その翌日もまた彼女はやってきた。にやにやしながら、「品田先生に聞きましたよ、遠藤先生、とっても不可解な体験をしたことがあるそうじゃないですかぁ」と迫ってきた。

　実際、重利は大学院時代、忘れられない不可解な体験をしている。物理の教師という立場上、そういうオカルトめいた話は普段しないようにしているのだが、いつか酒の席で、同期の現代文教師、品田には話してしまったことがあった。

　後悔してもしょうがない。重利は知らないふりをした。だが倉野内はしつこかった。そこで、前期末テストの前に約束を交わしたのだった。倉野内は授業中、ほとんどの時間を隣の席の友人とのおしゃべりに費やしているような生徒だ。これまでの成績を見ても、到底九十点など取れるはずがないと高をくくっていた。

　結果——九十二点。

　そのテストを、今日の三時限目に倉野内のクラスで返却したばかりだった。

「確認だが、カンニングなどしていないだろうな」

「失礼な！　私は死に物狂いで勉強したんです。ホオズキにカテキョについてもらって」

と、一緒についてきた坊主頭の男子生徒を振り返る。彼はひょこっとお辞儀をしたあとで、デジタルビデオカメラを構えた。

「新聞部の一年生、小月慎太郎。物理はすっごい得意で、今の段階で国立大学の入試も解けるくらいです」

　紹介された彼は再び、ひょこりと頭を下げた。一年生の授業は受け持っていないので、知らない顔だった。

「今日は撮影係として来てもらいました。まったく、持つべきものは後輩ですよ」

倉野内はあっけらかんとして笑っている。後輩に教えてもらうのはどうかと思うが、真剣に勉強したのは間違いないのだろう。

重利は、周囲の机から好奇の視線を感じた。普段、課外で生徒と交流を持っていない重利が倉野内と何を話しているのか、と興味を持たれている。

「とにかく、場所を変えようか」

二人を伴い、職員室を出た。

「話してくれるんですか、先生」

廊下を歩いているあいだじゅう、子犬のようにまとわりつきながら、倉野内が訊ねる。

「……約束だからな」

「やったー。やったぞ、ホオズキ」

ホオズキは何も言わずについてくる。

人気のない特別棟の第二理科室。ポケットからカギを取り出して施錠を解くと、二人を通してドアを閉めた。実験用机を挟んで二人と向かい合って座り、「さて」と重利は口を開いた。

「品田先生からどこまで聞いたんだ？」

「先生が大学生のときの話だと」

倉野内が答えた。横でホオズキが「撮影してもいいですか？」とビデオカメラを構えた。動画を撮って、あとで見直して記事にするのだろう。許可を出し、重利は倉野内のほうを向いた。

「正確には大学院生のときだ。もう十年も前になる」

「そうなんですか。えーっと、先生の出身大学院というと」

「総武工業大学の大学院で次世代電池の研究をしていた。指導担当は、貝安善次教授だ」

「えっ?」

反応したのは、ホオズキだった。倉野内のほうは「誰?」と首をかしげている。

「アオズキンの開発者ですよ」

「うっそ。私たち、すっごいお世話になってるじゃん。夏なんて、あれがないと外を歩けないし」

「しかし、貝安教授は十年前に行方がわからなくなってしまったんじゃなかったですか」

倉野内を無視し、ホオズキは重利に続けて訊ねた。

「父親の貝安大吉さんも物理学者でしたよね。でもたしか、理解されない研究に手を出して学界から追放されて失踪したんじゃなかったですか。親子二代の失踪って騒がれたような」

「よく知っているな。十年前といえば、君はまだ小学校の低学年だったはずだが」

「小一です。その頃から『ファラデー』読んでいるんで」

若者向けの科学雑誌の名だ。重利はその記事を読んでいないが、貝安教授ともなれば、記事になっていてもおかしくない。

「なるほどな。……実はその、貝安善次教授の失踪の直前まで、俺は近くにいたんだ」

「そうだったんですか」

ホオズキは目を丸くした。いつの間にか、倉野内よりも撮影係の後輩のほうが話に興味を惹かれているようだった。

「ということはですね、先生の話はひょっとして」

先輩の威厳を取り戻そうとしているのか、倉野内はメモ帳を取り出してボールペンを構えた。

「その、貝安という教授の失踪に関わることですか?」

「ああ」

重利は腕を組み、天井を見上げる。そして、あの奇妙な旅行について回想を始めた——。

*

「あっちいなー、温暖化のない国に行きたいぜ」

貝安善次教授は助手席で、自ら開発したアオズキンのフードを被り直した。

「どこなんですか、それは」

「知らねえよ。知らねえけどあるって聞いた。そこは余計な論敵もいないだろうしよ、快適だろうぜ」

科学者が何を変な冗談を……と、運転席の重利はスマートフォンでメールをチェックしながら思った。ステアリングはひとりでに動いている。自動運転システム、レベル4。どうしても必要なときにのみ人間が操作すればいい乗用車である。

「アオズキンを着てるんだから、暑いことはないでしょう?」

「体は冷えてるよ。だけど、このギラギラした太陽を見てるだけで暑くなる。俺は子どもの頃から暑がりなんだ。それを解消するために科学者になったってのに」

貝安教授の専門分野は電池開発である。紙よりも軽量で充電効率の高いカイアン・バッテリーを開発した業績で、学界のみならず産業界でも名を知られた存在だ。

教授をさらに有名にしたのが、カイアン・バッテリーを使用した着用型身体冷却装置、アオズキンだった。見た目はフード付きの前あきパーカーだが、袖(そで)についているタッチスクリーンを操作すれば好みの温度に体を冷やしてくれるという優(すぐ)れもので、雨にも強く、室外でも十分機能する。もともと暑がりの教授が自分用に開発したものだが、大手の家電メーカーの知るところとなり、目下(もっか)、実用化に向けてプロトタイプの製作が進んでいる。

しかし、アオズキンの商品化の前には、カイアン・バッテリーの量産化という壁がそびえていた。世界情勢のあおりを受けて、カイアン・バッテリーに必須(ひっす)のコバルトその他のレアメタルが輸入しにくい状況になっているのだ。

静岡県にある鉱山でレアメタルが発見されたという報(しら)せが研究室に入ったのは、先週のことだった。送られてきたサンプルの成分分析の結果に、貝安教授は「ひゃひゃっ!」とサルのような笑い声をあげた。その鉱物にはカイアン・バッテリーに必要なレアメタル三種が多量に含まれていることが判明したのだった。

問題はその鉱物がどれだけ埋蔵されているのかということだ。レアメタルが呼んでるぜ、現地に行くぞ！　貝安教授は興奮し、重利に同行を求めた。レベル4とはいえ、運転席に座る者には運転免許証が求められる。やっかいなことに貝安教授は免許を持っておらず、遠出のときにはいつもこうして言いなりにできる学生の重利を誘うのだった。

「まったく、なんでこんなクソあちい日に実地調査に行かなきゃいけねえんだよ」

自分で言い出したくせに、文句が多い。

「研究室で論文や雑誌ばかり読んでいるだけじゃだめだ。現場に足を運んでこそ科学者だ――学部生のとき、教授の授業でそう教わった気がしますけどね」

「お前ら学生にはそう言うだろうよ、若いんだから」

「まだ四十二歳ですよね。教授たちのあいだでは若いほうじゃないですか」

「四十三になったよ、もう。引退してもいいだろうよ、敵が多いんだから」

へっ、と面白くなさそうに笑い、教授は窓の外を見る。

「コンビニがあったらアイスでも買うんだがなあ」

相良牧之原インターチェンジで東名高速道路を下りてから四十分。町から離れた、田舎の道である。事故防止だろうか、アスファルトが太陽の光を反射してやたらとキラキラしている。

そして、右も左も、三メートルくらいの高さの細い木が規則正しく並んでいるのだった。

「しばらく続きそうですね、この林」

「林だと？」貝安教授は重利のほうを向いた。「本気で言ってんのか？　冗談だとしたら相当つまんねえぞ」

「冗談？　何のことです？」

「本当に知らねえのかよ。周りのこれ、木じゃねえぞ。キャッサバだよ」

もちろんその農作物の名前は知っていたが、畑に植わってる実物を見たことはなかった。

「水も肥料もあんまりいらない、世話いらずの作物だからな、水はけのいい土さえありゃ、楽に育って相当稼げる。茶を飲む文化が廃れてきて、かつての茶畑がキャッサバ畑に変わっているケースが多いんだよ」

「しかし、こんなにキャッサバを育てて、需要はあるんですか」

「昔はタピオカぐらいしか利用法がなかったが、ここ十年くらいパンやヌードルへの加工技術が進んでるんだ。中学のときに給食で食わなかったか？」

「弁当持参の私立だったもので」

へっ、とまた教授は笑った。

「最近の学生は本当に世間知らずだな。科学者ってのは広い視野を持たなきゃいけない。社会への貢献度がそのまま、大学の予算につながるんだからな」

「肝に銘じておきます」

「口先だけは丁寧ときてやがる。……おっ、ほら見てみろ」

対向車線を大きなクワガタムシのような農作業用車両が、ゆっくり進んでくるところだった。

「何ですか、あれは？」

「キャッサバを掘る農作業車だ。だいたい九月からが収穫の時期だってからな。ひゃーっ、すごいなあのタイヤ！」

農作業車のタイヤには登山家が履くアイゼンのような爪が無数についていて、カチャカチャとアスファルトにぶつかる音が窓越しに響いてくる。

「木みたいなキャッサバをなぎ倒しながら掘るんだから、あれくらいのタイヤが必要なんだろ。なんか戦車みたいでかっこいいな」

アスファルトの表面が削れてしまう心配はないのだろうかと、重利は思った。

やがてキャッサバ畑は終わり、車は十字路を右へ曲がった。キャッサバではない農作物（それが何なのか重利にはわからないが）の畑と畑のあいだに民家が点在する道に入っていく。その道はどんどん細くなり、やがて集落の中をくねくねと上っていく坂になった。

「おい、本当にこんな道を行くのかよ」

貝安教授は不安になってきたようだった。重利はカーナビの画面を操作する。

「ナビ通りですよ。この集落を抜けて、峠道を抜けて……もうあと四キロくらいですね」

「なんか様子がおかしいぜ。雰囲気が暗いしよ」

左右には木造の、今にも潰れそうな平屋ばかりが並んでいる。人の姿は見えない。

と、そのときだった。

車の速度が急に落ちたかと思うと、ピーッと聞いたこともない音がして、停車してしまった。

「ん？　どうした？」

シートから身を起こす貝安教授。

〈エンジンを確認してください。エンジンを確認してください〉

人工音声が繰り返しはじめた。重利は大学から借りられるこの車を何度か利用したことがあるが、こんな音声が流れるのは初めてだった。

サイドブレーキをかけ、外に出てボンネットを開けた。車内の音声は止まったが、どこをどう調べればいいのかまったくわからなかった。

助手席から降りてきた貝安教授もまた、重利の隣で難しい顔をしてエンジンを眺めている。

「エンジンの調子が悪いようです」

「それはわかってるんだよ」

重利のほうに教授は視線を投げた。

「遠藤、この車を使う申請を大学に出したのはいつだ？」

「三日前です。教授から日程を教えてもらってすぐ、研究室のＰＣで」

「俺のＩＤでだよな？」

「もちろんです。学生のＩＤじゃ予約できません」

「どの車を誰が使う予定なのかっていうのは、予約サイトで誰でも確認できたよな?」

「はい。それどころか、行先も正確に記載されています。申請された目的以外で使われていないか、すべての車両は厳格に監視されているんです」

ちっ、と貝安教授は舌打ちをした。

「やられたぜ」

「どういうことです?」

「これだよ」こんこん、とエンジンの脇につながれた銀色の筒(つつ)を教授は叩(たた)いた。「もともとついてない部品だ。きっと時間がくるとこの筒が電気を横取りしちまう仕組みになってるんだろ」

つまり、何者かがタイマーを使って、エンジンが設定した時刻に止まる仕掛けを作ったというのだ。免許を持っていないとはいえ、工学部の教授だけあって車の仕組みは理解しているのだ。

「誰がそんなことをするんです?」

「さあな、先月論文をボロクソにこき下ろしてやった物質研究科の連中か、手際が悪いことを怒鳴りつけてやった技官の誰かか、あるいは、単位をやらなかった学部生の怠(なま)け者どもか……」

教授は学内外に敵が多い。口の悪さが災(わざわ)いしているのは本人も自覚しているはずだが、一向に改めようとしないのだ。

「まあ、とにかくエンジンカバーを外してみないことにはわからない。遠藤、ドライバー持ってるか?」

「自分で外すつもりですか?　救援を呼んだほうがいいのでは」

「俺は工学部の教授だぞ。イタズラされたエンジン一つ直せないようじゃ、恥の上塗りだ」

変に意地っ張りなところがある。きっと犯人は貝安教授のこの性格を見越して、こんな田舎で止まるように仕掛けたのだろうと重利は思った。

「ドライバーなんてありませんよ」

「しょうがねえな。じゃあ、そこらで借りるか」

貝安教授はすぐ近くに建っている民家に近づいていくと、玄関の引き戸を叩いた。

「ごめんください、ごめんください!」

「教授、迷惑ですよ」

重利を振り切り、引き戸に手をかける貝安教授。しかし、鍵がかかっているようで開かない。ちっ、とまた舌打ちをすると、貝安教授は隣の家へ駆けていった。その家も留守のようだ。次の家、次の家、と貝安教授はあきらめずに訪問していく。残暑に文句を言っていたのが嘘のような機敏な動きだった。

「どの家も留守ですね。みんな、農作業に出ているのかもしれませんよ」

あきらめさせようと、重利は言った。

「だとしても爺さん婆さんぐらいは留守番していそうなもんだろ。……ん?」

貝安教授は重利の背後に視線をやった。

「どうしたんです？」

「今、その家の陰から男が顔を出していたぞ！　来い、遠藤」

貝安教授は有無を言わさずその家の脇の細い道を行く。田舎の集落の細い路地である。複雑な道を行って、戻ってこられなくなったらどうするつもりだ。重利が不安になったそのとき、視界が突然開けた。

錆付いたブランコと鉄棒がある。児童公園と思われた。

「おい遠藤……なんだか視線を感じないか？」

低い声で言うと、貝安教授は辺りを見回す。民家の塀と、茂みがある。その茂みが、不自然にがさがさ揺れはじめた。

「誰か、いるんですか？」

教授が声をかけると、ひょこりとその茂みから、白髪の痩せた男が顔を出した。険しい目つきでこちらを見ている。

「すみません、車が故障してしまったようで……」

貝安教授が彼に一歩近づいた瞬間、他の茂みや、塀のあいだから、ぞろぞろと人が出てきて、二人を取り囲んだ。年齢は三十代から七十代くらいまで、男も女もいるが、鍬や包丁やビニール傘など、なんとなく武器になりそうなものを携え、警戒するような雰囲気に満ちていた。

重利は焦り、貝安教授の顔を見た。悪たれている分、肝は据わっていると見え、怯んでいる様子はない。

「あんた、トモジマさんの仲間じゃないのか？」

初めに顔を出した白髪の男が訊ねてきた。

「トモジマ？　そんな人は知らない」

貝安教授は答え、大学から発行されている身分証明書を見せて、事情を話した。話を聞いているうち、誤解は解けたようで、取り囲む人々はそれぞれの武器を下ろした。

「そういうことだったか。これは悪かった。あんたがそんな青いフード付きの服を着ているもんだから、つい勘違いしてしまった」

そして、傍らの三十代の男を振り返り、

「おい佐吉、自治会館にドライバーがあったろ、あれを持ってきてやってくれ」

はい、と彼が去ると、白髪の男は急に表情を和ませて二人に近づいてきた。

「この集落の自治会長をしている、間宮だ。ごらんの通り閉鎖的なところで、よそ者には警戒心が強い」

「お気になさらず」貝安教授は珍しく丁寧な口調を使った。「ところでその、トモジマっていうのは何者です？」

周囲の人々のあいだに再び警戒の糸が張り詰めたように、重利には思えた。震えている者も二、三人いる。どことなく、恐ろしい話を聞くような雰囲気だった。

「この奥の山小屋に住んでいる変人だよ。あんたがたが気にすることじゃない」

「気になりますよ。これはね、俺が開発したアオズキンっていう、着るタイプの身体冷却装置なんです。温暖化に歯止めがきかなくて、ここんところ年ごとに夏は暑くなっている。そんな日中でもこれを着てフードを被りゃ、ひんやりと快適に外を歩ける。今はまだ電池に必要な金属の不足で量産化ができませんが、そのうちみんなこいつを着るようになりますよ」

問宮はぴくりと眉毛を上げた。貝安教授はすかさず言葉を継ぐ。

「そんなアオズキンと似たものを着た人間を、皆さんが怖がると聞いちゃ、興味を持つなってほうが酷だと思いませんか」

「問宮さん」

さっきの佐吉という男が、緑色の鉄の箱を携えて戻ってきた。

「他に入用なものがあったらいけないんで、工具箱ごと持ってきました」

「おお、サンキュー。気が利くね」

ひょいと佐吉の前に出て、貝安教授は工具箱を奪い取った。

「車に戻るぞ遠藤。それから問宮さん、手伝いをお願いしますよ。道々聞かせてください、トモジマのこと」

貝安教授に丸め込まれ、あっけにとられる集落の人々を置いて、問宮はついてくることになった。

「ここいら辺りは代々続く茶の農家だった」

道々、間宮は事情を話しはじめた。

「二十年ぐらい前に静岡の老舗の茶問屋が倒産したことで、めっきり注文が減った。細々と続けてはいたが、茶の需要量は減る一方。国の補助金なんてスズメの涙で、集落を出て行ってしまう家もあとを絶たなかった。そんな状況が五年も続いたある日、あの男がこの村にやってきたんだ」

「トモジマですね？」

貝安教授の問いに、間宮はうなずいた。

「年齢は私と同じくらい、つまり、当時六十の手前だったろう。集落の坂の途中から、荒れた茶畑を見渡してにやにやしているもんで、みんなが気味悪がっとった。だから、私が話しかけたんだ。すると彼は言った。『茶の代わりに、儲かる農作物を作らないか』とな」

「そりゃぶしつけですね。……あ、あれです、俺たちの車」

ボンネットを開けるように重利に命じると、アスファルトの上に置いた工具箱の蓋を貝安教授は開いた。ドライバーを取り出し、エンジンカバーのねじを外しはじめる。

「間宮さん。どうぞ続けてください。話は作業をしながらでも聞けますんで。俺がうっかり聞き逃しても、遠藤が聞いてるんで」

「は？」

勝手な言いぐさに重利は面食らったが、間宮は納得したようだった。仕方ない。この教授の自分勝手は今に始まったことではない。

「どこまで話したかな」

「『茶の代わりに、儲かる農作物を』というところです」

　重利が答えると、間宮は続きを話した。

　トモジマと名乗った男が提案してきたのは無論、キャッサバの栽培だった。水はけがよく日当たりのいい地形はキャッサバに適しており、これから先、タピオカ以外の食べ方が広まって需要が増えるだろう。特別な肥料も農薬も必要なく、水やりの頻度すらも心配しなくていい。これほど楽に儲かる農作物は他にない――とにかくトモジマは甘い言葉を並べ立てたようだ。

「それを信用したんですか？」

　重利の問いに、間宮は苦笑交じりにうなずいた。

「怪しいとは思ったさ。だがもう茶での収益は見込めないし、トモジマは格安の後払いで苗木まで調達してきてくれた。眉唾の気持ちで育てたら、キャッサバの成長は早く、秋には数トンの収穫があった。それがすべて、望外の価格で業者に売れたんだ。茶の損失など三年で取り戻せるくらいの見込みだった。トモジマのアドバイスで、収益の一部をキャッサバ収穫用の農作業車購入にあて、次年度は作業効率が上がってさらに収益が出た」

　それは信じてしまうだろう、と素直に重利は思った。

「まるで救世主のようですね」

「救世主か。そうだな、トモジマはこの集落の救世主だった。この集落だけじゃない。周辺にもキャッサバの栽培は広まっていき、今じゃ牧之原のかつての茶畑の半分がキャッサバ畑に変わっているだろう」

うんうんと、間宮はうなずく。重利の中に疑問が生まれる。

「そんなトモジマという男を、どうして恐れているんですか」

「ああ……何から話していいか」

間宮は顔を曇らせた。

「やつはずいぶんな変わり者だ。キャッサバを育てはじめて二年目から、全自動掃除機をペットにしはじめたんだ」

理解するのに時間がかかった。

「ええと、全自動掃除機というのは……」

「ほら、丸くて平べったくて、留守のあいだに部屋中を動き回ってゴミを吸い取っておいてくれるあれだ」

「それを、ペットに？」

「そうだな。ずいぶん大きかったから古い型なんだと思うが、リードを取り付けてな、午前と夕方に一回ずつ、本当に犬を散歩させるようにして集落や畑のあいだを歩き回るんだ。人とすれ違うときには『うちのバロだ』なんて、名前を紹介していた。そのうち、あんたと同じような青いフード付きの服を着るようになったんだ」

重利の頭の中に、ずいぶん不可解な映像が浮かぶ。ちょっとやそっとの変人ではない。

「まあ、誰に迷惑をかけるわけでもないし、突然やってきてキャッサバの栽培なんて勧めるようなやつだから変わった趣味もあるだろうと、私たちは放っておくことにしたんだ」

んん、と間宮は咳払いをした。

「それで、最近まではうまくいっていたんだ。ところが、今年の七月のこと。キャッサバ畑沿いの街道で、トモジマが全自動掃除機を抱きかかえて泣き崩れているのを、私の向かいに住む増田という男が見かけた。どうしたんだと増田が声をかけると、『バロが動かなくなってしまった』と、トモジマは訴えた。その日は午前中から四十度を超す暑さでな、もともと室内用に作られた機械をそんな炎天下に引き出せば壊れるのも当たり前だろうと増田が言うと、トモジマは突然奇声をあげて襲い掛かってきたんだそうだ」

増田の顔をひっ掻き、全自動掃除機のバロを抱えてトモジマは走り出した。集落の人々が見ている中を駆け抜け、山の中のあばら家に飛び込んでいった。

「それから三日しても四日しても出てこなかった。私は心配して食料を携え、若い者二人を連れてトモジマの家を訪れた。声をかけても出てこん。引き戸に手をかけると鍵がかかっていなかった。それを引き開けると――」

しゅっ、と間宮の歯の間から息が漏れた。何か恐ろしい光景を思い出しているようだった。

「トモジマは飛び出してきた。目をむき、涎を垂らし、手には鎌を持っていた」

「鎌ですって?」

「ああ。若い者の一人がとっさに飛び掛かったが、その鎌が腕を傷つけて血が飛び散った。止めようとした私にも鎌を振りかざし、『もう俺に関わるな!』と。青いフードの中に見えた目はもう、人のそれではないようだった。鬼だよ、あれは鬼だ」

「ペットの全自動掃除機が壊れたことで、そうなってしまったというのですか？」

「わからんが、そういうことだろう」

「修理を勧めればよかったのでは？」

「勧めたさ。だがやつは『修理』という言葉に過敏に反応してさらに襲い掛かってきた。やつにとってバロは生き物だったのだろうな。……トモジマは夜な夜な、何かを叫びながら集落の間をうろつくようになった。みな、襲われるのを恐れて外に出なくなった。青いフードの男を恐れるのもわかるというものだろう？」

重利は何も返す言葉がなかった。

「あー、もしもし？」

やけにのんきな声がした。車に凭れ、貝安教授がスマートフォンで通話をしている。

「申し訳ない。途中で車が故障して、今日は行けそうにないんです。はい。また日を改めてうかがいます」

通話を終え、重利のほうを見る。

「やっぱりだめだった。バッテリー自体の交換が必要だ。遠藤、故障車修理業者には今、ネットで連絡を入れた。ここの正確な位置座標も送っといたから、すぐに作業員が来るだろう。ここで待ってて対応してくれ」

「ちょっと待っててください。教授は、どうするんですか？」

「トモジマと話をしてくるよ」

「はっ？」

重利は耳を疑った。

「……何を言っとるんだ？」

間宮もまた、怪訝（けげん）そうな顔をしている。

「同じアオズキン仲間として、興味があるからな。山のほうってことは、こっちか！」

貝安教授はアオズキンのフードの形を整え、坂の上のほうへ駆けていく。

「おい、あんた！」

間宮も慌（あわ）てたように追っていった。去りゆく二人の後ろ姿を、重利は見送るだけだった。

*

「それで……？」

倉野内はメモを取る手を止め、重利の顔を見つめた。

「ものの三十分で、修理の作業員はやってきた。貝安教授が言っていたことを話すとエンジンを見て、『簡単な作業だ』ってすぐに直して帰っていったよ」

「教授はどうなったんです？」

「帰ってこなかった。一時間ほどが過ぎ、電話をかけてみようかと思っていた頃、間宮だけが戻ってきたんだ」

ここに戻っているかと思ったらやっぱりいないか——間宮はあのとき、そう言った。

「彼は教授を追って行ったがとても追いつけなかったそうだ。トモジマの家へ行ったが、もぬけの殻だったと」

「トモジマもいなかったってことですか?」

「ああ」倉野内の問いに、重利はうなずく。

「嫌な予感がして、トモジマの家に連れて行ってくれるよう、間宮に頼んだ」

言葉を切り、あの不可解な家のことを思い出す。

「薄汚い室内は汚れ切っていた。電気のスイッチがどこにあるかわからず、誰の気配もない。奥の間に入ったとき、俺は何かに蹴つまずいた。それが古い電気スタンドだとわかり、スイッチを入れると部屋が照らされた。薄汚れた床に、バラバラに解体された機械があった。全自動掃除機だとすぐに気づいたよ」

「バロですか」

倉野内の問いに、「おそらくな」と答え、重利は続ける。

「部屋の奥にふすまがあって、さらにもう一部屋あるようだった。俺はふすまを開いた。するとそこに、直径二メートルはあろうかという銀色の皿のようなものがあった。その上に——」

重利は言葉を切る。生徒二人は固唾をのんで次の言葉を待っている。

「アオズキンが二着、あったんだ」

「二着……」

「一つは袖に見覚えのあるほつれがあったから、教授のものに間違いない。もう一着は誰のものかわからなかったが、トモジマのものなんだろうな」

重利は捜索（そうさく）をあきらめ、車で大学まで戻った。

「警察には行ったんですか？」

「もちろんだ。しかし、やはり二人とも見つからなかった」

重利は口を閉じる。しばらく重苦しい沈黙が支配した。窓の外の日は傾きかけていた。

「すばらしい！」

倉野内は突然、ぱちんと手を叩いた。

「神隠しにあった科学者。なんて素敵な奇談でしょう。まさか遠藤先生からこんな話が聞けるなんて」

「先輩、不謹慎（ふきんしん）ですよ。実際に警察が動いている事件なんだから、松本（まつもと）先生に止められますよ、きっと」

ホオズキがたしなめるが、倉野内の興奮はやまなかった。

「絶対に押し通す。私はこの話、新聞に載せる！　いいですね、遠藤先生？」

「好きにしたらいい」

どうせもう終わった話だ。重利はあきらめにも似た気持ちになっている。

「これで俺の話は終わりだ」

2

翌日、職員室にやってきたのは一人だった。

「先生」

重利のそばに立ち、理知的な表情で眼鏡に手をやる。

「ん？　君はたしか……ホオズキ君だったな」

「小月ですが。まあ、ホオズキでけっこうです」

「倉野内はどうした？」

「顧問の松本先生とやりあっています。やっぱり、警察が絡んだ事件ということで貝安教授の話は新聞に載せられないかもしれません」

遠藤は苦笑した。

「それを伝えに来たのか」

「いいえ。ちょっとした情報を持ってきました」

カバンの中から取り出したクリアファイルを、重利の眼前に差し出す。挟まれたコピー用紙にはいくつかのグラフと、「アスファルト混合物の組成」という文字が見え、興味を惹かれた。

「僕、トモジマの正体がわかったかもしれません」

ホオズキの顔を思わず見る。眼鏡のレンズの向こうの目が、怜悧な光を宿している。

「まあ、全部僕の妄想なんですけど、『神隠し』とかそういうの、信じたくないんで」

どこかで同じことを思っていたからだろう。この男子生徒の妄想とやらを聞いてみたくなった。

「……行こうか」

立ち上がり、職員室の外へ促した。

無言のまま、二人で廊下を歩く。

第二理科室の昨日の席に座ると、彼は先ほどのクリアファイルを差し出してきた。ホチキス留めされた、数枚のコピー用紙が挟まれている。細かい文字の羅列の中に、専門性を感じさせるグラフや表が配置されている。

「昨日の先生の話の中にあったトモジマの行為のうち、気になった箇所が三点ありました」

重利はクリアファイルを受け取る。

「集落にキャッサバの栽培を勧めたこと、全自動掃除機をペットにしていたこと、そしてもちろん、アオズキンらしきものを着用していたことです」

「レポートでも書くような物言いだな。それよりこれは何の資料なんだ?」

「《マイント重工》という建設会社の資料です。うちの父は建設関係の仕事をしていまして、その関係で手に入れました」

眼鏡をずりあげ、ホオズキは続けた。

「《マイント重工》はここ半世紀にわたり、道路のアスファルト舗装を主要事業としています。オンラインの新聞記事を調べたところ、貝安教授が失踪したのは牧之原市の北部、藤霧(ふじきり)集落です。間違いないですね？」

重利は記憶を引っ張り出す。

「ああ、たしかそういう名だった」

「三十年前、その集落の道路及び農道の舗装を手掛けたのがこの会社なのです。さて、先生はご存じかと思いますが、舗装をする場合、アスファルトだけではなく砂利や砂を混ぜ、一度『アスファルト混合物』というものを生成します。土砂(どしゃ)類は国内で掘削(くっさく)されたものを使うことが多いのですが、藤霧集落の舗装を手掛けた時期、《マイント重工》は中国の高速道路の一部の事業を手伝っており、そのとき中国で掘り出した土砂を国内のアスファルト舗装にも使用しているんです」

資料にはたしかにそう書いてあった。

「それがどうしたんだ」

「その土砂を掘り出した場所なのですが、あとになってコバルトやジスプロシウムといったレアメタルが大量に含まれていることがわかりました」

なんだって……という言葉を飲み込みながら重利は、キャッサバ畑の中に延びる道がやけにキラキラしていたのを思い出した。

「さて、今ここに、コバルトやジスプロシウムを欲している人がいるとします。おそらくは何か工学的なものを開発している研究者です。その人物は藤霧集落のすさんだ茶畑周辺の道路に宝が眠っていることを知った。公の機関を通さず、レアメタル類を回収したい。考えに考えた末、ある大型機械に思い当たったのです」

「何のことだ？」

「アスファルトを少しずつ削ってくれそうな、ギザギザしたタイヤを持つ車両ですよ」

重利は思わず、あっと言いそうになった。

あの日すれ違った、大きなクワガタムシのような車両――。

「キャッサバを掘る農作業車か？」

「そうです。その人物は農家の人々に近づき、キャッサバを育てるように勧めました。キャッサバを機械で収穫するようになれば、農作業車は移動のために道路を通ります。鋭利な鉄のタイヤがカチャカチャと動くたび、道路の表面からレアメタルを含んだアスファルトのかけらが削り出されるというわけです」

トモジマはアスファルトからレアメタルを削り出すために、キャッサバの栽培を勧めた。ホオズキはそう言うのだった。

「……そんな馬鹿な」

「根拠があります」

「根拠？」

「削り出したかけらを回収する方法です。砂粒のようなそれを一つ一つ拾っていくのは効率が悪いし、その姿を人に見とがめられてしまいます」

「じゃあどうすれば」

と言いかけて重利はまた、はっとする。

「全自動掃除機……」

「そうです。トモジマはレアメタルを回収するため、全自動掃除機をペットにしたなどと言って、キャッサバ畑のあいだを散歩させたのです」

たしかに、全自動掃除機のバロを散歩させるようになったのは、キャッサバの農作業車を導入したあとだと、間宮は言っていた。

「トモジマはなぜレアメタルを欲しがっていたんだ？　そんなの、専門家しか欲しがらないだろう」

「専門家だったんですよ」

細いあごに手をやるホオズキ。

「トモジマの家から見つかったアオズキンは二着とも、本物だったんですよね？」

「そうだ。まぎれもなく、貝安教授が開発したものだった」

「当時は今みたいにアオズキンは流通しておらず、貝安教授が作った試作品しかなかった、そうですね？」

「そうだ」

「だとしたら考えられることはただ一つ。教授は事前に、トモジマにアオズキンを送っていたんです」

そしてホオズキは決定的な言葉を吐(は)いた。

「自ら開発した電池を使った、優れた冷却スーツ。それを、同じ分野の研究をしていた父親にも見てほしかったんですよ」

「……トモジマは、……貝安教授の失踪した父親、貝安大吉だというのか？」

「その通りです。大吉教授は朽(く)ち果てた家で、自身の研究を続けていたんでしょう。十分なレアメタルが手に入ったあたりから、集落の人たちを遠ざけるため、狂人になった演技をしたんです」

「ありえない。その、大吉教授が潜伏(せんぷく)していた集落で、偶然、エンジンが止まるなど」

「偶然じゃないですよ。エンジンを止める仕組みを仕掛けたのは、貝安教授自身なんですから」

嘘だ……と言おうとしたが、思いとどまった。人の運転する車なら、ちょうどいい場所でタイマーを作動させて止めることは不可能だろう。だが、カーナビで目的地が設定された自動運転車なら、あの集落を通過するのがいつなのか予測が可能だ。その時刻に合わせてエンジンが止まるようにタイマーを設定しておけば……。

「どこへ行ったんだ？」

重利は喉(のど)の奥から絞(しぼ)り出すようにしてホオズキに訊(き)いた。

「貝安教授は、親子でどこへ消えたというんだ？」

「父親の大吉教授が学界から黙殺された理由を、ご存じですか？」

首を振ると、ホオズキはカバンから別のクリアファイルを取り出した。字の細かい論文だが、そのタイトルに重利の目は吸いつけられた。

――『物質転送理論』

「距離の離れた場所に物質を転送する技術か。ＳＦでは昔から描かれているが、そんなのは現実には不可能だろう。この論文だって……」

「読んだんですが、大吉教授が考えたであろう用語がたくさん使われていて、実際どうやればそんな装置を作れるのか、まったくわかりません」

ホオズキはあきらめたように言った。

「しかしそれは、大吉教授がこの理論を実践する装置を開発できなかった、という証明にもなりません」

ありえない。

ありえないのはわかっているが、重利の目の前に、トモジマの家のふすまの向こうで見た光景がまざまざと浮かんでくる。アオズキンが二着放置されていた、大きな銀色の皿のような装置。

あれは……。

「貝安教授もまた、あれこれ文句を言ってくる周囲や学界に嫌気がさしていたのかもしれません。それでいっそのこと、父と共に涼しいどこかへ行った、というのはどうでしょうか」

アオズキンの必要のない場所へ、ということか。

「なぜ、俺を同行させたんだ。消えたいなら勝手に消えることだってできたはずだ」

「銀の皿って言いましたよね？」

ホオズキは質問に質問を被せてきた。

「それが何らかの装置だったことは間違いないはずです。それを、遠藤先生に見せたかったのでは？　その装置の研究を先生に引き継いでもらいたかったとか」

引き継いでもらいたかった……？

「銀の皿は今、どこにあるんです？」

「警察が調べたが、その後大学が引き取ったはずだ。だが俺は、触らせてもらえなかった」

貝安教授のいない大学に魅力を感じず、研究職をあきらめ、教職の道に進んだのだ。

「まだあるとしたら、総武工業大学を志望校にするのも悪くないですね」

ホオズキは頬を緩めた。返答に困っている重利の前で彼は、クリアファイルをカバンにしまった。

「すべては僕の独りよがりな妄想です。この話は倉野内先輩にはしないでおきます。先輩はきっと、こういう類の謎解きは好きじゃないから」

それじゃあ失礼します、とホオズキは第二理科室を出ていく。

残された重利は、夢の中にでもいるような気持ちで、彼の出ていったドアを見ていた。十月になったというのにまだ真夏のように暑い。アオズキンを着ているのに、額に、首筋に、背中に、じとっと嫌な汗をかいている。貝安教授の、どこかふざけた顔が、頭の中によみがえってきた。

――あっちいなー、温暖化のない国に行きたいぜ。

――そこは余計な論敵もいないだろうしよ、快適だろうぜ。

蛇性(じゃせい)のイン

武士の中に巨勢（こせ）の熊檮（くまがし）なる者、胆（きも）ふとき男にて、人々我が後（あと）に従（つ）きて来れとて、板敷（いたじき）をあらかに踏みて進みゆく。塵（ちり）は一寸ばかり積りたり。鼠（ねずみ）の糞（くそ）ひりちらしたる中に、古き帳（とばり）を立てて、花の如（ごと）くなる女ひとりぞ座（を）る。熊檮（くまがし）、女にむかひて、国の守（かみ）の召しつるぞ、急ぎまゐれといへど、答（こたへ）もせであるを、近く進みて捕（とら）ふとせしに、忽（たちま）ち地も裂くるばかりの霹靂（はたたがみ）鳴響（なりひび）くに、許多（あまた）の人逃（に）ぐる間（ひま）もなくてそこに倒る。然（さ）て見るに、女はいづち行きけん見えずなりにけり。

八月三十一日　芝野正司

鬱蒼と木の生い茂る山道を、芝野正司の運転する車は上っていく。噂には聞いていたが、島本のやつ、こんなところに住んでいたのか。

それにしても煩わしい道だ。ナビの地図には目的地の島本宅がもう見えているが、そこまでの道は腸のようにぐねぐねしており、一向に近づかない。いらいらしながら十分ほど走らせ、ようやく目的地に着いた。

青い屋根の平屋。壁を取り囲むように旧式の冷蔵庫がずらりと並んでいる。前に来たときよりも、さらに増えたようだった。

適当な位置に車を停め、運転席から降りた。ゆく夏を惜しむかのように、セミの声が響いている。正司は改めて冷蔵庫を眺める。すべて、鎖でがんじがらめにされている。中身が出ないようにという配慮だろう。

ふと、玄関の引き戸の上が気になった。監視カメラが仕掛けてある。こんな山奥の家に盗みに入る者がいるとも思えないが――。

「正司」

玄関に向かおうとしたところで、家屋の脇のほうから声がした。銀色の冷蔵庫の陰から、髪と髭を伸ばし放題にした、タンクトップ姿の男が手招きをしていた。共にバイクを乗り回していた頃と外見はかなり変わったが、島本邦海だった。

「久しぶりだな、元気だったか」

島本はなぜか苦々しい表情になったが、「ああ」と返事をした。

「聞いたぞ、安川の居酒屋の化け物を、追っ払ったんだって？」

「追っ払ったっていうか、まあ、封じてるんだ。その緑の冷蔵庫だ」

玄関のすぐそばに置いてある冷蔵庫を指さす。気味の悪いことを言う、と正司は改めて思ったが、今頼れるのは、この男しかいない。

「それで、相談なんだけどよ」

「ああ、まあ焦るな。今、玄関、汚れてるんだ。こっちから入ってくれ」

島本について家屋をぐるりと回っていくと、シャッターの閉じられたガレージが見えてきた。シャッターの横についているドアを開き、入れと島本は言った。蛍光灯の明かりしかない、薄暗い部屋だった。

「暗くて悪いな。だが、家の中よりむしろ、こっちのほうが涼しいんだ」

ドアを閉めると、たしかに外の暑気はシャットアウトされた。窓がないから暗いのかと思ったが、違う。窓を塞ぐように、五台の大型冷蔵庫が並んでいるのだ。すべての冷蔵庫に、鎖がまとわりついている。

「そこ座ってくれ」

バーベキューで使うような簡易的なプラスチックのテーブルセットを示す。椅子を引いて腰かけると、島本は小型の冷蔵庫を開け、麦茶を取り出した。

「こいつだけは、正規の使用法で使ってんのよ」

冗談めかして冷蔵庫のドアを閉める。コップに注いだ麦茶を庄司の前に置いて自らも座ると、

「で？」

島本は訊ねた。

「ああ……」

何から話したものか。テーブル越しに浅黒い島本の顔を見ていると、

「女のことだな」

島本は眦を上げ、そう言った。

「わかるのか」

訊ねると、ああ、と島本はため息交じりにうなずいた。

「やっぱり蛇なんだろうな。だいぶ執念深い……」

「さすがだな」

正司は思わず漏らした。

「実は俺、お前の力を半分くらいは疑っていたんだ。だが、どうやらお前を頼ったのは正解らしい」

「ああ、そうだろうな」

「初めから、話させてくれ」

正司は、今月初めの、扇谷太郎の体験談から話しはじめた。

八月一日　扇谷太郎

突き出しの昆布の煮物は、しょっぱすぎた。早くビールが来ないだろうかと思っていたら、すぐに長い暖簾がめくり上げられ、「失礼します」と店員が顔を出した。

「生ビール二つ、お持ちしました」

太郎は置かれたジョッキの一つを豊雄の前に差し出し、二人で乾杯する。

「あーうまい。なあ、豊雄」

つとめて明るく言ったが、豊雄は一口飲んだだけでジョッキを置き、気まずそうに目を伏せて自分の坊主頭を右手でぐるぐる撫でた。三つ下のこの弟の、子どもの頃からの癖だ。もう三十三になろうというのに、バツの悪そうな笑顔はちっとも変わらない。

「なんだよ、お前が二人で飲みたいって言い出したんだろ。しかも個室を取ってくれって」

正確には、暖簾の向こうに動き回る店員の足が見える、半個室だが、かまわないだろう。

「ああ、ありがとう」

「いいから話せよ」

せっつきながら、ビールを口に含んだ。

「……俺、彼女ができたんだ」

太郎はビールを噴き出しそうになる。

「まじかよ。名前は？　どんな女だ？」

「阿方真子っていうんだ。二十四歳で、金持ちのお嬢様だよ」

信じられなかった。

我が弟ながら、豊雄はどんなにひいき目に見てもハンサムとはいえない。直接的にいえば不細工だ。右の頰には不格好なほくろがあるし、肌は荒れ放題。生まれつきあごが左にずれ、顔全体が歪んでいて、笑顔になるとその非対称性が際立つ。小・中・高と野球をやっていたが運動神経もからっきしで、坊主頭だけは大人になっても変えないから、ジャガイモが服を着て歩いているようだ。

それでもまだ、真面目に働いていれば褒めようがあるというものだ。豊雄は生まれてこの方、定職についたことがない。

扇谷家は代々、ここ和歌山県の新宮市、三輪崎で網元をしている家系である。太郎の父、竹三は十数人の漁師を抱える網元で、自身もほぼ毎日、早朝から海に出ている。太郎は船が苦手なので内勤で船舶管理や市場とのやり取りなどを担当しているが、同時並行で大手企業と無人漁船システムの開発も行っている。漁師も人手不足の時代を迎え、代替わりしたら本格的に無人漁船の実用化を考えているのだった。

一つ下の妹、奈波は大阪の水産大学に所属する研究員で、現在は白浜の海洋先端研究センターでクラゲを駆除する音波の研究に従事している。扇谷家が漁場としている海域には数年に一度、沖で大量発生したクラゲが押し寄せてくることがある。網が破られるのはもちろん、酸素を奪われた魚が死んで甚大な被害をこうむることがある。もし沖でクラゲを殺し、死骸を海流に乗せて漁場に侵入するのを防ぐことができればこの悩みは解消されるので、太郎もその研究に大いに期待していた。

――というように、兄と姉が家業を守るために新時代の漁業を模索しているというのに、末弟の豊雄はまったく働こうとしない。何をしているのかといえば、昼に起きてきてゲームをし、たまに街に出かけてはプラモデルを買ってきて、また数日自室にこもる。母は早くに亡くなっているので親は父の竹三しかいないが、末っ子がかわいいのか、「そのうちなんとかするだろ」と対応は甘く、毎月いくらかの小遣いまでやっている始末だった。

「令嬢ってお前、いつどこで知り合ったんだよ？」

「一週間前、西尾の店に行った帰りさ」

隣町でカラオケスナックを経営している、豊雄の数少ない友人の一人だ。開店前によく遊びに行っては、その男とアニメの話で盛り上がるらしい。

「四時ぐらいに開店準備を始めるから帰れって言うんで、外に出たら雨でさ。西尾に傘を借りて歩きはじめたんだけどもう、傘なんかじゃ間に合わないくらいの土砂降りになってきた。久井の交差点に近い、潰れた中華料理屋あるだろ。あそこの庇の下で雨宿りをしたんだよ。そしたら、同じように雨に降られて、女が一人、駆け込んできたんだ」

見た瞬間にその美しさに見惚(みと)れた、と豊雄は言った。

「白いワンピースを着て、濡(ぬ)れた長い髪が背中に張り付いてさ、俺のほうを見て恥ずかしそうに笑うんだ。水滴のついた肩がなんともみずみずしくてさ――」

豊雄は思わず彼女に「大丈夫ですか？」と話しかけた。彼女は「ええ」と答えた。豊雄は何かを話したくてしょうがなかったので、さっきまで西尾と話していたアニメのあらすじを夢中でまくしたてた。彼女はいちいち笑ってくれ、「それ、私も見たいです」と言ったのだという。

そのうち彼女は「そろそろ帰らなきゃ」と雨の中へ出ていこうとした。雨は弱くはなっていたが、まだ降っていた。豊雄は彼女を呼び止め、西尾の傘を貸した。彼女は礼を言いながらそれを借り、去り際に自分の名前を告げた。

――阿方真子といいます。

「本当か？」

太郎は訝(いぶか)った。毎日アニメばかり見ていて、ついに妄想(もうそう)に逃げ込んでしまったのではないかと疑ったのだ。

「まあ聞いてくれよ」

豊雄は食い下がる。

「それから三日後、また彼女に会いたくなった俺は、彼女の家に行ったんだ。その……傘を返してもらうという口実があるから」

豊雄は原付で絹川(きぬかわ)の集落まで出て、鮒山(ふなやま)に向かう山道を上った。地蔵のある分かれ道で、右側の細いほうの私道を行くと、三分ほどで、西洋の城のような立派な屋敷が現れた。閉ざされた門のすぐ脇にあるインターホンを押した。「はい」と、まぎれもなく先日の女性の声が聞こえた。

名を告げると、ほどなくして玄関のドアが開き、阿方真子が出てきた。

——お待ちしていました。どうぞお入りください。

屋敷の中もまた、豪華だった。廊下には真っ赤な絨毯が敷かれ、見上げれば天井から星屑を集めて作ったようなシャンデリアがぶら下がっている。部屋数は一階だけでゆうに十はあるようだった。金色のドアノブの付いたすべてのドアには天使の彫像が施してあった。

豊雄が通されたのは突きあたりの食堂だった。さして広くはないものの、大理石でできた暖炉に見守られ、十人掛けのテーブルがある。見たこともないような豪華な西洋料理が並べられていた。

——一緒に食べたいと思って用意したのです。

無下にはできないと思い、豊雄はナイフとフォークを取った。料理はどれも美味だったし、ワインも上品な味だった。気分がよくなったところで、一人で住んでいるのですかと訊ねると、真子は哀しげに目を伏せた。

——今から四年前、この家に住む夫のもとに嫁いできました。家どうしの話し合いで決まったことで、私に拒否する権利はありませんでした。十歳上の夫とはそれなりに仲良くやっていましたが、二年前、出張で訪れた海外で強盗に殺害されてこの世を去りました。

それ以来、この広い家に一人で住んでいるのだと彼女は言った。

——もう二度と、男の人を愛することなどないと思っていたのですが……。

真子は顔を上げると椅子から立ち上がり、豊雄に近づいてきた。初対面のときにはみずみずしさを感じさせたその顔は、酔気（すいき）に彩（いろど）られてなまめかしさを纏（まと）っていた。

——あなたと出会ってしまいました。どうか私と、お付き合いしてください。

断るはずがなかった。

二人はベッドルームに移動した。ボッティチェリの絵を想起させる、大きな貝が開いたようなデザインのベッドの上で、二人は結ばれた。そして豊雄は真子と結婚を前提とした交際を始めたのである。

「馬鹿馬鹿（ばかばか）しい」

太郎は空（から）になった中ジョッキを置きながら、鼻で笑った。

「そんなお嬢様、いるわけがない。だいたいお前、傘を貸したとき、彼女の住所を訊（き）いてないだろ。どうして家に行けたんだ?」

「それは……導かれたんだろうな」

ヤバいなこいつ、と太郎は思った。完全に自分の妄想を信じ切っている目である。彼のビールからは、泡（あわ）はすっかり消えていた。もらってしまおうかと思ったが、これ以上こんなやつと飲んでいても酒が不味（まず）いだけだ。

「俺は帰る。会計は済ませておくから」

「待ってくれよ」

立ち上がろうとする太郎を豊雄は止めた。

「わかるよ、兄貴。嘘だと思ってんだろ？　でもちゃんと証拠がある。真子、俺が帰るときに契りの証だってこれをくれたんだ」

どん、とテーブルの上に何かが置かれた。ガラス製のボディといい、大きさといい、ジューサーミキサーのように見えた。だがどこか既視感がある。やがて、それが何なのかわかったとき、太郎の中に驚きと怒りが込み上げた。

「豊雄……これを盗んだのは、お前だったのか！」

八月二日〜三日　扇谷竹三

今年に入って、三輪崎港とその周辺で、ネズミの被害が前例のないほど深刻になった。

初めはゴミを散らかされる程度のことだったが、壁や柱をかじられる民家や食材を食われる飲食店が多くなり、四月には道路に飛び出してきたネズミを避けようと大型トラックが横転する事故まで発生した。こういう状況下に陥っても行政は重い腰を上げず、自治会の理事を務める竹三は、他の役員と共に頭を悩ませていた。

「ドイツでこんな機械が開発されたらしいよ」

白浜の海洋先端研究センターでクラゲ駆除の研究をしている娘の奈波が、ビデオ通話で竹三に告げてきたのは、六月の半ばのことである。画面の向こうで彼女は、ジューサーミキサーのような機械を持っていた。

「『ラッテンフェンガー』っていって、超音波を利用してネズミを駆除するシステムなんだって」

あらかじめ、専用のネズミ捕り装置「フェンガー」を市内のあちこちに仕掛けておく。次に超音波発生装置から、ネズミの嫌いな超音波を広範囲に発する。ネズミたちは苦しむが、フェンガーからはネズミの苦しむ超音波を軽減する音波が出されており、おのずとネズミはフェンガーの中に逃げ込むというわけだった。

フェンガーというのはつまり、奈波の知らせてきた機械のことだが、頂部にクローバーのような形の音波発生装置が取り付けてある。ガラス製のボディの下部にはちょうどネズミが通れるくらいの穴があり、中にネズミが入り込むや否や、内部に設けられた刃がネズミの喉元に食い込んで一気に絶命させる仕組みだ。

「単三電池二個で動く、殺戮装置ね」

どこか冷たい感じで、わが娘は笑った。

「ラッテンフェンガーは町ぐるみの大規模なシステムでコストもかかるけど、効果は絶大だと絶賛されているわ。自治体に協力を要請すべきよ」

学者の奈波はとにかく昔から頭がよく、困難に際しては竹三の思いもよらない解決策を提案して成功させることがあった。竹三は、すぐに役所にラッテンフェンガーの導入をはたらきかけ、自ら相応の寄付を申し出た。

超音波発生装置と二百個のフェンガーがドイツから送られてきたのは六月末のこと。最終調整を経て、六月三十日には設置協力をとりつけてある民家や店舗に、フェンガーを配布する手はずを整えていた。

ところが当日の朝になって、役所の倉庫からフェンガーがごっそり盗まれていたことがわかった。二百個ともなればかなりの量だが、警察と消防団が協力して捜索しても一つも見つからず、総額四百万円以上をかけたシステムは水の泡となった。

いったい誰が盗んだのか……。不可解さと悔しさに歯嚙みしても、もうどうしようもなかった。

それから一か月が経った、八月一日の夜八時過ぎのことである。

竹三が漁師たちと居間で酒を飲んでいると、長男の太郎が血相を変えて飛び込んできた。

「親父、ちょっと来てくれ！」

漁師たちには聞かれたくないことなのだとすぐにわかった。居間を出ると、太郎は玄関から外へ出て、家の裏手に回った。そこには、次男の豊雄がいた。

「親父、豊雄の持っているものを見てくれ」

「ん……えっ？」

竹三は驚いた。それはまぎれもなくフェンガーだった。

「豊雄！　お前これを、どこで……」

「女にもらったんだよ」

豊雄が子どものようにべそをかきながら事情を話す。雨の日に美しい女と出会って傘を貸した。それを回収しに家に行ったら男女の関係になり、帰り際にフェンガーをもらったとのことだった。

「お前、まだそんなことを言うのか！」

怒鳴りつける太郎を止め、竹三は豊雄に訊ねる。

「絹川から鮒山に上っていく道の、地蔵の分かれ道を右に行くと言ったな？」

うなずく豊雄。もし竹三の記憶がたしかなら、その道の先にあるのは……あの建物だ。

「心当たりがあるのか、親父？　今から行ってこようか？」

太郎が怖い顔で訊いてきた。生真面目な太郎にあそこに行かれるのはなんともバツが悪い。

「まあ待て。俺が明日、豊雄と一緒に行ってくる」

竹三は訝る太郎を無理やり納得させ、その場は収めた。

そして今日――人目のない夜まで待って、豊雄と二人で原付に乗って家を出た。俺も行こうとしつこいまでに言ってくる太郎を振り切るのが大変だった。

絹川からの山道に入ると、車はおろか、人も歩いていない。街灯の光すらおぼろげな、暗い道だ。前を行く豊雄の原付のテールランプを見ながら、ただ原付を走らせていく。

やがて地蔵の分かれ道までやってくる。迷いなく右折する豊雄。やはり、あそこへ向かう道だ。しかしこんな道をいまだに使う者がいるとは思えなかった。

五分ほど走って、建物が見えてきた。停車させる豊雄の戸惑(とまど)いが、その背中からも伝わってきた。

豊雄の言った通り、西洋の城のような外観だ。だが壁には蔓性(つるせい)の植物が絡(から)みつき、窓という窓に板が打ち付けてある。明かりはついていない。当然、人がいるような気配もない。

「なんだ、これ……」

「あれを見ろ」

呆然(ぼうぜん)としている息子に、竹三はヘッドライトの前にある古びた看板を示した。蔓植物に半分覆(おお)われているが、十分な情報は読み取れる。

《……ＩＮＮ　宿泊・８０００円　休憩・３０００円》

「ラブホテルだ。だがもう、三十年以上前に廃業になった」

竹三は告げる。亡き妻と結婚する前に二度ほど来たことがあるのは、もちろん黙っていた。

「う、う、嘘だ！」

豊雄は叫んで、原付から降りる。原付のメットインから懐中電灯(かいちゅうでんとう)を取り出し、建物に走り寄っていった。

「ここに門があって、インターホンがあって、俺は真子を呼び出した」

「おい、待て」

竹三はついていく。両開きのドアのあいだに隙間(すきま)があった。

「開いているのか……？」

「親父、このドアだよ。このドアから真子は出てきたんだ」

ノブを握り、ドアを引き開ける豊雄。

「真子、真子！」

叫びながら入っていく息子を竹三は追う。廊下はかつて絨毯敷きだったと記憶している。だが今はカビに覆われ、ところどころに草まで生えていた。

「そう、そう、同じだ。シャンデリアも、ドアについていた天使も……なんでこんなに古びているんだ？」

壁や天井を懐中電灯で照らしながら、豊雄は混乱している様子だった。

「三十年以上前に廃業したと言っただろ。廃墟なんだよ」

「あっ」

竹三を無視し、突きあたりのひときわ大きい扉に走り寄る豊雄。一生懸命ノブを引いているが、ここは鍵がかかっているようだ。

「おい、親父。この向こうは食堂になってるんだ。真子、返事をしてくれ、真子！」

「落ち着け豊雄。お前は幻を見たんだ」

「いや、違う。俺たちは食事をしたあと――」

右方向に懐中電灯を向ける豊雄。十メートルばかり離れた位置に青いドアがあった。他のドアと違って劣化した様子がない。不吉な予感が竹三を襲う。

豊雄はためらわず、ノブを握る。ドアは、開いた。下水道のような臭気が中から漏れ出てきた。

「――はっ」

懐中電灯に照らされた中を覗き、竹三は呼吸を止めた。

特別な客室なのだろう。大きな貝をモチーフにしたベッドがある。

そのシーツの上に、裸の女がいた。
二十四、五歳だろう。下半身に白い布をまとっただけで、乳房を隠そうともせず、こちらをじっと見つめているのだった。
「真子……」

豊雄は嬉しそうにつぶやいた。たしかに美しい女だった。豊かな黒髪が肩や胸に張り付いた姿が、なんともなまめかしい。しかし、竹三にはわかっていた。

近づくべき存在ではない。

「真子！」

懐中電灯を投げ出し、豊雄は彼女に飛び掛かっていく。

「馬鹿！」

竹三の叫びが届く前に、ぐしゃっと濡れた何かに豊雄が飛びついた音がした。

貝のベッドに光が降り注ぐ。赤に緑に青と毒々しい色が次々と入れ替わる、淫靡な照明である。

豊雄の体の下に、女の姿はなかった。代わりにベッドの上には三、四十個のフェンガーが転がっていた。

竹三の体から血の気が引いた。毒々しい照明のもとではよく見えないが、すべて、中には何か黒くて毛むくじゃらの塊(かたまり)が入っているのだ。

「真子……真子……」

ぼろぼろのシーツに顔を押し付けて泣きじゃくる豊雄を落ち着かせようと、一歩、部屋に入る。ぐじゅり。柔らかいものと、その中に潜(ひそ)む硬いものを同時に踏む感触に見舞われ、「うっ」と声を出す。

床は、泥まみれだった。そのところどころにフェンガーと、何か白いものがたくさん埋まっている。

泥……いや、違う。この匂(にお)いは糞(ふん)だ。

その瞬間、無数の白いものの正体が判然とし、竹三は思わず叫んだ。

ネズミの骨だった。

八月五日〜十五日　田辺(たなべ)奈波

八月五日。一人暮らしをしている白浜の家に、兄の太郎が豊雄を連れてきた。

三人で簡単な夕食を取ると、「明日も朝から漁だから」と、太郎は三輪崎に帰っていった。

「疲れたでしょう?」

後片付けをしながら、奈波は豊雄に言った。

「お風呂、入ってきていいわよ。温泉だから」

「ああ、ありがとう。じゃあ、入らせてもらおうかな」

坊主頭をくるくると撫でながら、豊雄は笑った。思いのほか元気そうだ。心配していたけれど、しばらくの二人暮らしは案外楽しくなるかもしれない。

九年前に同じ大学で講師を務める田辺久雄と結婚してから、大阪に居を構えた。結婚二年目に息子の清夫が生まれ、子育てと研究を両立させること六年、クラゲの大量発生に関する論文が認められ、白浜の海洋先端研究センターに招かれた。

外海と瀬戸内海とのちょうど境目に位置する白浜は海洋生物の種類が豊富で、かねてから海洋生態系の研究が進んでいる。夫は大阪を離れることはできないが、三年の期限付きということもあり、奈波一人での白浜行きを快く認めてくれた。センターでの研究は学生の頃からの夢だったし、漁業の将来を守ることにもつながると張りきった。

白浜には、かつて好景気だった頃別荘として建てられた家屋が多い。今は持ち主のいなくなったそういう家をセンターは安く買い、研究員の住まいとして提供している。電化製品も充実しているし、部屋数は多くて庭もあるし、風呂は温泉だ。夫や息子と離れて暮らす寂しさはあるものの、この一年と少し、快適な一人暮らしを奈波はけっこう満喫していた。

そんな奈波のもとに、突然父親の竹三が電話をよこした。豊雄を預かってくれないかと言うのだった。引きこもりすぎて精神に異常をきたしているようだから、風光明媚な白浜で少し休ませたいらしい。

どうせ部屋は余っているし、家事も滞り気味だ。豊雄が手伝うかどうかわからないけれど断る理由もないので、奈波は快く受け入れた。

「ありがとう、いい湯だったよ」

風呂から上がった豊雄は上機嫌だった。奈波は豊雄に、「はい」とメニューの冊子を渡す。

「なんだよ、これ」

「マルチクッカーでできるメニューよ」

奈波はキッチンから持ってきた、電気釜ほどの大きさの電化製品を指さす。

「焼く、炒める、煮る、蒸す、揚げる……あとなんだっけな。とにかく材料を切って入れてボタンを押したら何でもできるの」

この家に備え付けられていたものだ。

「豊雄、材料、適当に買ってきていろいろ作ってよ。お金は渡すから」

「姉さんがやりゃいいだろ?」

「私は研究で忙しいの。タダで居候させてもらおうなんて虫がよすぎるわ。家事ぐらいやりなさい」

奈波は本音を正論で覆い隠した。昔から勉強が得意な反面、苦手なことは多い。料理などその最たるものだ。魚なんて捌くものではなく、生態を研究するものだと思っている。

ここへ越してきた当初は物珍しさからマルチクッカーを使ってビーフシチューや麻婆豆腐を

作ったものだが、今では分量を考えて材料を買ってくることが面倒になり、もっぱら店屋物で済ませている。

「ふーん」

豊雄は興味もなさそうにメニューをめくっている。こりゃ明日からも店屋物かもな……と思った。

ところが翌日の午後六時過ぎ、センターから帰ってみると、ダイニングの食卓には見事な天津飯が湯気を立てていた。

「これ、マルチクッカーで作ったの?」

「ああ……ええと……」

目をそらす豊雄。マルチクッカーはきれいなままで、ＩＨコンロの上に汚れたフライパンがあった。

「うそ。まさかフライパンで?」

食べてみると美味だった。グルメではない奈波でも、中華料理屋で出して遜色ないと思えるほどだった。

「すごく美味しいじゃない。料理の才能、あったのね」

「ああ」

褒めているというのに、豊雄はあいまいな返事をするだけだった。

翌日、夕食に出たのはオムライスだった。チキンライスの出来も卵の焼き加減も絶妙だった。そしてまた、マルチクッカーは使われていない。

「本当に美味しいわよ」半分平らげたところで、奈波は弟を改めて褒めた。「レストランで働いたら？　ホテルとかでもいけると思う」

「……実は俺じゃないんだ、作ったの」

「えっ？」

奈波はスプーンの手を止めた。

「俺の彼女なんだよ」

「彼女？」

「うん。今、俺が使わせてもらっている部屋で待たせているんだけど、連れてきていいかな？」

何を勝手に……と思ったが、夕食を作ってもらった手前、強くは出られなかった。

一度部屋に戻ったあと、豊雄がダイニングに連れてきたのは、二十代半ばくらいの華奢（きゃしゃ）な女性だった。

「阿方真子といいます」

透き通るような声。奈波はその姿に見惚れてしまった。緑がかった白いワンピースを着て、黒い髪と端整（たんせい）な顔立ちが美しい。髪はなぜか濡れたように肩や胸に張り付いている。それがなんとも魅力的だった。勝手に家に入られて料理を作られた――そんなことはどうでもよくなっていた。

「なあ姉貴。俺と一緒に真子もしばらくここに置いてもらっていいか？」

豊雄は言った。

「料理は全部やってくれるっていうからさ。掃除とか洗濯とか、俺もできること手伝うよ」

お願いします、と真子という女も頭を下げる。

「いいわよ」

奈波は、許可した。

「三人で暮らすの、楽しそうだものね」

翌日の朝食は、目玉焼きとスクランブルエッグ付きのトーストだった。ここへ来てから朝食は食べずに出て、研究室で論文を読みながら菓子パンをかじるという毎日だったので、奈波は新鮮な気持ちになった。昼はセンターの食堂で済ませるが、帰れば、温かい料理が待っていた。スフレ、茶碗蒸し、エッグマフィン、キッシュ、親子丼……真子はマルチクッカーなど見向きもせず、鍋やフライパンで器用に作り上げるらしかった。

レストランに勤めていたの？　奈波が訊ねると真子は笑顔を作ってうなずくだけ。豊雄も
「そんなんじゃないよ。真子は令嬢だからな」ととりなした。

「実は俺たち、結婚しようかと思っているんだ」

豊雄がそう告げたのは、真子が同居するようになってから十日目のことだった。その日の料理はおかずが五品もあり、結婚のことを発表するためにこんな豪華にしたのかと奈波は合点がいった。

「いいじゃない。こんなに素敵な妹ができると思ったら嬉しいわ」

「ありがとうございます」

　真子は嬉しそうに微笑(ほほえ)んだが、豊雄の顔は浮かなかった。

「親父と兄貴には反対されてるんだ」

「そうなの?」

「ああ……姉貴、口添えしてくれないか。真子が一緒なら俺、ちゃんと定職についてがんばれそうな気がするんだ」

　実際、豊雄は宣言通り、洗濯や掃除を手伝ってくれている。実家では考えられないことだった。

「わかった。私に任せといて」

　奈波はその場で、父に電話をかけた。

〈もしもし、どうした?〉

「お父さん、どうして豊雄と真子さんの結婚を認めてあげないの?　こんなに素敵なお嫁さんを迎えたら、豊雄もきっと真面目に働くわ」

〈奈波お前……何を言っている?　どうしてその女のことを知っているんだ?〉

　父の声は震えていた。

「今、目の前にいるもの」

　テーブルの向こうで、真子は薄く微笑んでいた。

〈なに？〉

「少し前から一緒に暮らしてるの。毎日料理を作ってくれてね。お父さんも食べに来ればいいのに」

〈おっ、お前！　……待て、今から行く。待ってろ！〉

　通話は切れた。

「変なお父さん。今から来るって」

「そうか……ま、気にせず食べようぜ」

　豊雄が言う。真子はにこりと微笑んで、「まだ料理はあるんです」と冷蔵庫に向かった。

八月二十日～二十九日　芝野幸一（こういち）

「瞳（ひとみ）ちゃんを、うちの豊雄の嫁にもらえないか」

　八月二十日の漁が終わったあと、幸一は網元の竹三から急に申し出を受けた。

「本気ですか？」

　網に絡みついた藻（も）を取る手を止め、幸一は訊き返した。

　今年二十四歳になる娘の瞳は、生まれつき口が利（き）けない。声帯や気持ちに問題があるわけではなく、脳の一部が損傷（そんしょう）しているらしい。学習能力は問題ないどころか平均より上で、筆談でコミュニケーションはとれる。しかし声が出せないというコンプレックスから人前に出るのを極端に嫌がるのだった。今は在宅でパソコンを使って仕事をしており、きっかけがなければ外に出ない生活を続けている。けして器量が悪いわけではないが、友人もいないし、恋人など作ったことがない。

「本気だよ。瞳ちゃん、豊雄のことを気に入っているって、前に言ってたよな」

「ああ、それはそうなんですが」

瞳が子どもの頃から豊雄に気があることを、幸一は知っていた。中学生時分に手紙を書いていたのを見てしまったことがある。女房から聞いたことだが、学校帰りに荷物が重くて休んでいたら、突然話しかけてきて荷物を持ってくれたとのことだった。それ以来、その顔が忘れられないと書いてあった。——あごが左にずれていて形の悪いジャガイモみたいな顔をしているが、と幸一は当時、苦々しく思ったものだ。結局その手紙は、瞳が自分で破いて捨ててしまったようだった。

「しかし、なんでまた?」

「豊雄のやつ、悪い女に捕まってな」

竹三は声を低くした。その女と縁を切らせたいがために、結婚させてしまおうというのだった。

「豊雄のやつも実は前々から瞳ちゃんのことが気になっていたらしいんだ」

「そうなんですか?」

思いもよらない言葉に、幸一は驚いた。

正直なところ、漁師になるつもりもなく、かといって定職にもついていない豊雄のことはよく思っていない。しかし、網元の息子という身分は悪くなかった。

幸一の弟の正司は、高校を中退したあとバイク仲間と悪さばかりしていた。その弟を更生させてくれ、漁師としての人生を与えてくれた竹三には心から感謝している。どうすれば恩返しができるかと、幸一はこの三十年ずっと考えてきたようなものだった。

「豊雄も、結婚したら心を入れ替えて仕事を探すと言っている。瞳ちゃんにそれとなく気持ちを訊いてくれるだけでいい。頼む」

「わかりました。瞳に訊いてみます」

幸一はすぐに、瞳に話した。

瞳はさすがに驚いたが、抵抗することなく受け入れた。

竹三は一人でどんどん話を進め、数日後、三輪崎じゅうの漁師を集めて祝言が執り行われた。何かに焦ったような竹三の態度に戸惑った幸一だが、祝言の席で緊張しながらも嬉しそうなわが娘の姿を見ると、感極まって涙があふれるのだった。出席した皆の祝いの言葉も心を揺さぶり、天にも昇る心地だった。

夫婦になった二人は、扇谷家の豊雄の部屋で暮らすことになった。豊雄は瞳の伝手で、在宅の仕事を見つけた。アルバイトからのスタートだが、いずれ契約社員になれるらしい。

「どうですか、二人の様子は？」

夫婦になってから三日目の漁のとき、船の上で幸一は竹三に訊ねた。

「仲良くやってるよ。しかし朝から晩まで、部屋でパソコンと睨めっこだ。俺らの仕事とはだいぶ勝手が違う」

竹三は笑みをこぼしながら答えた。波に反射する朝日が、まぶしかった。

ところが、そんな生活は長くは続かなかった。

祝言から一週間が経った日の午前三時過ぎ、幸一は正司の車に同乗し、竹三の家に向かった。いつもは港で落ち合うのだが、三重の親戚がぶどうを送ってきたので、それを竹三に届けてから連れ立って港へ行こうと思ったのだった。

竹三の家の前で車を停め、助手席から降りた瞬間、

「うおおっ！」

家の二階から竹三の叫び声が聞こえた。正司と顔を見合わせ、家に飛び込む。お前っ！　なぜだっ！　竹三の叫び声は階段の上から聞こえていた。上っていくと、廊下の奥のふすまが開き、その前で竹三と、長男の太郎が恐ろしげな表情で部屋の中を見ている。

「網元！」

走り寄って、部屋の中を覗く。

豊雄と瞳の部屋のようだった。布団が敷かれているが、豊雄は部屋の隅にうずくまってガタガタ震えている。布団の上で足を崩しているのは、わが娘、瞳だった。

いや、違う――幸一は感じた。

姿かたちは瞳だが、違う。長い髪が濡れたように肩や胸に張り付き、竹三を捉えているその

鋭い眼光は、娘のものではない。

その次の瞬間、驚くべきことが起きた。

「あなた方が私たちを離れさせようとするからです」

瞳が、しゃべった。

「私とこの人は、夫婦の契りを交わしたのです。それなのにあなた方は、豊雄さんを引き離そうとする。妻たる私が寄り添うのは当然です」

二十四年間ずっと聞きたいと思っていた、娘の声。一度でいいから耳にしたかったその声は
——不気味だった。

それが、哀しかった。

「豊雄から離れろよ！」

太郎が、瞳につかみかかっていく。竹三は部屋の中にあった縦型掃除機の持ち手を握り、振り上げて、瞳の頭に打ち付けようとした。幸一は竹三に飛びついた。

「何をするんです、竹三さん！　うちの娘です」

「違うだろう、瞳じゃない。こいつは、こいつは……真子だ。あの女だ！」

竹三と太郎には、姿かたちそのものが別の女に見えているようだった。

「落ち着いてください」

正司が太郎に飛びつく。瞳を含め、五人でしばらく格闘していたが、

「あぁっ！」

瞳が甲高い声を上げたので、幸一たちは動きを止めた。瞳は、正司の顔を見てニヤリと笑っていた。今まで見たことのない、奇怪な笑顔だった。直後、

「うぐっ」

白目をむいて瞳は体をそらせた。

「瞳！」

口から泡を噴き、気を失っているようだった。

瞳は救急車で運ばれた。命に別状はないが入院となった。

「いったい、何があったんです？」

病院のロビーで、幸一はうなだれている扇谷父子に訊ねた。

「あの女がつきまとっているんだよ……」

絞り出すように、竹三は語った。

八月の初めの雨の日に豊雄が知り合ったという女。山の中のラブホテルの中で竹三が見た幻影。そして、部屋中に散乱する、ネズミの死骸の入った大量のフェンガー……泣きじゃくる豊雄の頬をはたくと、豊雄もようやく我に返り、ことの異常さを察知した。真子が人間ではないことに恐れをなし、父さんなんとかしてくれと泣きついてきたのだそうだ。

「俺はとにかく女から離そうと、白浜の奈波のところへ豊雄を一人でやった。だがそれも無駄だった」

豊雄が白浜に行ってから十一日後、奈波から電話があったのだという。豊雄と真子の結婚を

認めてあげて。真子は今一緒に白浜で暮らしていて、毎日料理を作ってくれる——聡明な奈波が、嬉しそうに告げた。竹三は異変を感じ取り、その夜のうちに長男の太郎と共に白浜へ行った。

奈波の住んでいる家に飛び込むと、なぜか白い鳥の羽が玄関や廊下に散らばっていた。リビングから笑い声が聞こえたので入っていくと、真夜中だというのに奈波と豊雄がテーブルに向かい合って笑っていた。二人のあいだには卵が山と積まれた銀のボウルがある。

あらお父さん本当に来たのね、一緒に食べましょうよ——奈波は卵を一つ摘み上げると、殻ごと口に放り込んでごくりと飲み込んだ。

美味しいわ、と微笑むその目は人間のそれではなかった。

爬虫類だ。

同じく卵を丸のみにしようとしていた豊雄のほうは、頬をひっぱたくと、ラブホテルのときと同じように我に返ったそうだ。しかし奈波は戻らなかった。うわごとのように「料理が上手よ、料理が上手」とつぶやき続けていたらしい。

「奈波も今、病院にいる。真子にやられたんだ。あの女、どうしたってつきまとってくるんだ。豊雄が瞳と結婚した今だって……」

幸一は信じられなかった。豊雄との縁を切りたい「悪い女」というのは、化け物だというのか……？　竹三はそういう類の話を信じない性質だったはずだ。

しかし思い返してみれば、幸一には合点のいくことがいくつかあった。盗まれたはずのフェンガーが見つかったと報告を受けたのは八月の初めだったろう。どこにあったのかについて、竹三はあいまいにごまかし続けた。豊雄と瞳の祝言のときに奈波の姿がなかったのも、入院していたからなのだろう。

「どうすりゃいい、幸一？」

問われても答えようがなかった。太郎も頭を抱えるだけだ。

「俺に、心当たりがあります」

そのとき、幸一の弟、正司が口を開いた。

「昔、バイクで走り回っていた頃のツレに、島本ってやつがいます。そいつは悪さをやめてから寺に入って、霊能力に目覚めたようです。噂では寺をやめて高野山(こうやさん)の近くにこもり、霊の退治みたいなことをしているらしいんです」

「霊の退治だって？」

そんな友人がいるなど、幸一は聞いたことがなかった。

「化け物とか悪霊とか、そういうものを冷蔵庫に閉じ込めるんだそうです。やつの住まいに遊びに行ったことのあるツレの話じゃ、家の周りが冷蔵庫だらけだったって」

「お前、こんなときに冗談を言うんじゃねえぞ」

幸一は弟を睨みつけたが、いたって真剣だった。

「冗談じゃないぜ兄貴。安川の店で幽霊騒動があったろ？　あそこの幽霊をやっつけたのは島本なんだよ」

二人の共通の知り合いが、数年前に居酒屋を開いたときにそういうモノに悩まされていたということだった。

「正司、頼む。その島本さんに頼んでくれ」

竹三は懇願するように、正司に言った。

八月三十一日　島本邦海

正司がすべてを話し終えるのに、たっぷり一時間を要した。相手がしゃべっているときは口を挟まずに聞くのが邦海の方針だ。

なんて執念深い女だ。

話を聞いているあいだじゅう、邦海の頭の中を占めていたのはその言葉だけだった。

「……どうだ、島本」

正司は額の汗を拭きながら訊ねてきた。

「真子とかいうその女を、豊雄から引き離せるか？　俺の姪の瞳の命も危ないかもしれないんだ」

鬼気迫る表情だった。

邦海は口を結んだまま、正司の顔をじっと見る。窓を塞いでいる冷蔵庫たちが、ヴーンと旧式特有の音を立て続けている。

「正司よ」

たっぷり黙ったあとで、邦海は言った。

「今からショックを受けることを言うぞ」

「な、なんだよ?」

この顔。うんざりする気持ちを抑え、邦海は告げる。

「お前はもう、五十回以上ここで同じ話をしている」

「……ん?」

正司の顔は歪んだ。

「どういう意味だ? 俺は昨日、竹三さんに頼まれて、お前に連絡を入れて、今日初めてここに」

「初めてじゃないんだよ」タブレットを手繰り寄せ、邦海は操作する。「玄関に取り付けてある防犯カメラの映像だ」

日付を一日戻す。生い茂る木の陰から、正司の車が現れた。

「昨日も、お前は来てるんだ」

「いや、これはさっき来たときの映像だろ」

「服を見てみろ」

運転席から降りてきた正司の服は、今、邦海の前にいる正司のそれと違っていた。

「どうして……」

「昨日だけじゃない。先週も、先月もだ」

日付を戻しながら、正司の車の映っている部分だけを見せ続けた。正司はぶるぶると震えだした。

「そんな、俺は今日、ここへ初めて……」

「俺が阿方真子を冷蔵庫に封じ込めたのは、去年の九月二日のことだ。もう一年になろうとしている」

「………は？　……いや、何を……」

正司は混乱しているようだった。

「幸一さんにはさっき連絡を入れた。もうそろそろ迎えに来てくれる」

「兄貴が？　兄貴がどうして」

「いつも通りなんだよ。漁師仲間のシゲさんも一緒だ。お前の車を運転していってもらうためについてくるんだ」

「おい、わからないよ、何を言っているんだ、お前！」

「鎮静剤を持っているんだろ？」

有無を言わさず邦海は訊いた。

「いいから、それを飲めよ」

信じられないというように目を潤ませる正司の表情――一体、何度見たことだろう。

*

山道を下りていく二台の車を見送ったあとで、邦海は玄関の引き戸を開けて上がり、居間へ進んでいった。

壁を背に、銀色の箱が屹立（きつりつ）している。

高さ二・五メートル、幅一・五メートル。かつて神戸の中華まん工場で使われていたものを譲（ゆず）り受けた、この家でもっとも大きい冷蔵庫だ。鎖でがんじがらめにしてあるが、この一年、あいつが来るたびにガタガタ揺れる。

「お前、いい加減にしろよ」

邦海はつぶやいた。

阿方真子というのが本当の名かどうか知らない。看板が朽（く）ちて「ＩＮＮ（イン）」しか読めなくなった廃墟のラブホテルには複数の女の情念が絡み合い、禍々（まがまが）しいものが醸成（じょうせい）されていたのだろう。それがどうして蛇性の化け物に変化（へんげ）してしまったのか、そしてなぜ扇谷豊雄に目を付けたのか……そんなことは邦海にはわからなかった。もともと念の動きに理由などないのだ。

ただわかるのは、瞳という女に入って暴れているとき、真子が想念の矛先（ほこさき）を移したということだった。正司の兄の話によれば、瞳は気を失う直前、正司の顔を見て、ニヤリと笑ったのだった。

去年の九月二日、扇谷家を訪れたときにそれは明確だった。豊雄の部屋に居ついていた髪の濡れた女は、豊雄ではなく正司に念を向けていた。それを邦海は、この銀色の冷蔵庫に封印したのだ。

大した戦いをせずに、勝利した。

ただ、蛇だから冷却すればおとなしくなるだろうと安易に思っていたのが間違いだったようだ。

何度追い返しても正司は、初めてのような顔をしてここへやってくる。真子が呼んでいるとしか思えなかった。

「……保冷しちまったのかな」

ガタリ、ガタリと冷蔵庫の扉は揺れ続けている。

蛇性の念は、怨霊や他の動物霊と比べてだいぶ執念深いらしい。これ以上どうすればいいのか、邦海にはわからなかった。

キッカの契り

入りて臥しもして、又翌の日を待つべし、とあるに、否みがたく、母をすかして前に臥さしめ、もしやと戸の外に出でて見れば、銀河影きえぎえに、氷輪我のみを照して淋しきに、軒守る犬の吼ゆる声すみわたり、浦浪の音ぞここもとにたちくるやうなり。月の光も山の際に陰くなれば、今はとて戸を閉てて入らんとするに、ただ看る、おぼろなる黒影の中に人ありて、風の随来るをあやしと見れば赤穴宗右衛門なり。

1

レモネスがアカナを助けたのはほんの気まぐれだった。

四十八時間限定のトレジャーフィーバーのチャンスに、できるだけアイテムと激レアの名字ソルジャーをゲットしたくて、ヴェネツィアステージに下り立った。編成は、東四柳と苫米地、それに鴫沢と名取を二人ずつ。ヴェネツィアに来るのは初めてだが、狭い道での戦闘になりがちだという事前情報があり、強敵と鉢合わせたときに逃げることを考えると、連れていくのは六人が限界だろうという判断だった。

運河沿いの道を歩きながら、足元のおぼつかない、巨体の苫米地を連れてきたことを軽く後悔したとき、橋の向こうに閃光が上がるのが見えた。

バトルが始まっている。

近づいていくと、バルの前の少しだけ広い空間でソルジャーたちが火花を散らしていた。プレイヤーは共に男性のアバターだ。こちらに背中を向けているのは赤いジャケット。対するプレイヤーは、銀色の甲冑。

通常は他のプレイヤーどうしがバトルを始めると、他のプレイヤーからその二人は見えなくなる。だが、トレジャーフィーバーのステージに限り、戦闘に乱入することができるのだ。

加勢できるのは一プレイヤーにつき一人だけ。加勢したプレイヤーが勝利すれば相手の落としたアイテムと勝利ボーナスが折半でもらえるが、負ければ相手に取られることになる。

見たところ、甲冑のほうが圧倒的に優勢だった。半井、勝賀瀬、鹿子木と、激レアのソルジャーたちが武器をふるっている。対する赤ジャケットのほうは、鬼頭が応戦しているが、津村、魚住、永瀬と、他のソルジャーは中堅どころだった。

甲冑のほうに加勢すれば勝利するのは目に見えている。そうするのがセオリーだろう。

だが……

【ＪＯＩＮ！】

意思表示をすると、機械音声が響き渡った。

レモネスは、赤ジャケット男の隣に立っていた。

「よろしくお願いします」

〈あ、よろしくお願いします〉

戸惑ったような男性の音声が耳に届いた。レモネスの、バスケットボール選手のアバターに驚いているのかもしれなかった。

【いざっ！】

敵方の鹿子木が大鎌を振り下ろしてくる。瞬間、レモネスたちは緑のドームに覆われ、攻撃は弾き飛ばされた。レモネスの連れている東四柳がウィロウ・シールドを張ったのだ。

甲冑の動きに焦りが見えた。楽勝の相手だと思っていたのだろう。

しかし、向こうのほうが強いのに変わりはない。それだけに倒せば優良アイテムが期待できる。そのとき、視界の左端に何か動くものが見えた。運河にゴンドラが流れてきたのだ。ヴェネツィアステージならではの演出だった。

「乗ろう」

〈え?〉

「早く!」

赤ジャケットを促し、ゴンドラの上に飛び下りる。それぞれのソルジャーたちもついてくる。ざぶんと勝賀瀬が水柱を上げた。やはり敵は追ってくるつもりだ。

一つ、勝機のある作戦を思いついた。実行するには、前方の橋をくぐるまでは敵から逃げ切りたいところだ。

ゴンドラはだんだん速度を上げていく。赤ジャケットの率いていたソルジャーたちが水中に入って泳ぎながらゴンドラを押しているのだ。津村、魚住、永瀬……攻撃力は高くないが水中で有用な名字ソルジャーたちだ。一気に引き離し、橋を二つ越えたところでゴンドラを止め、相手を迎え撃つことにした。

水しぶきを上げながら追いかけてくる甲冑のソルジャーたち。橋をくぐり抜けたところで、激レア三人衆が武器を振り上げた、その刹那、通り過ぎたばかりの橋から黒い塊が落ちてくる。

〈えっ?〉

相手の口から戸惑いの声が漏れ出た。直後、その甲冑に赤い火花が散った。

苫米地はフィールド上の人工壁に溶け込むことができる。橋をくぐり抜けるとき、レモネスは橋の下に苫米地を忍ばせておいたのだった。苫米地に装備させているのは、金属にクリティカルなダメージを与えることができる斧だ。

空中に現れた相手の体力ゲージが激減した。とっさに動きの速い名取と鳴沢をけしかける。津村、魚住、永瀬も、攻撃力は弱いがさすがに得意な水中で攻撃をひょいひょい避ける。

そのときだった。

グガガガガッ――――！

白い光が放たれ、一気にソルジャーが四散する。半井が自爆したのだった。巻き込まれた弱いソルジャーたちは一気に消えた。鬼頭と東四柳は瀕死、レモネスも赤ジャケットの体力ももう40を切っている。

もう一気に仕留めるしかない。攻撃を仕掛けてこようとする勝賀瀬と鹿子木のあいだをすばやく駆け抜けると、赤ジャケットも同じことを考えていたようだった。

それぞれの武器を水平にして、よろついている甲冑の首に一気に打ち付ける。

〝ああぁっ！〟

体力ゲージが0になるとともに、甲冑の首は吹っ飛んだ。がらんがらんがらんと鐘の音が鳴り響き、「victory」の文字が宙に躍る。さっきまで敵のソルジャーたちがいた運河の水面上に、アイテムと金貨が散らばっていた。

終わった。

「……ありがとう」

アイテムを回収していると、赤ジャケットが話しかけてきた。

〈アカナっていうんだ〉

「ああ、俺はレモネスだ」

〈レモネス、どうして俺に加勢したんだ？　向こうに加勢したほうが確実に勝てただろう？〉

俺、という一人称を使っていることからやはり男だろうと思う。レモネスは面倒なので変声機能は使っていないが、アカナも同じなのだろう。

「さあ……強いやつに立ち向かってみたかったからかな」

嘘だった。コンピュータ相手なら確実に勝てる相手にしか立ち向かわない。アバターの向こうに現実の人間がいると考えたとき、弱い者を叩く側になりたくないのかもしれなかった。

「強いやつを倒したほうが、いいアイテムをもらえるしな」

〈たしかに……おっ、これは〉

とアカナが言ったそのときだった。

「佑介！」

ぐいっと、右腕が引っ張られる。現実の感覚だ。

「あんたまたゲームやってるの？　いい加減にしなさい」

まずい。強制終了されたらデータが消える恐れがある。

「ちょっと待ってくれよ！」

瞼を閉じると、世界各都市の現実の時間が表示される。

【TOKYO　03:05　A.M.】

ずいぶん、やりすぎたようだ。

「すまない。セーブして落ちなければ」

〈あとでメッセージを送っていいかな。今度は中央広場で会おうよ〉

「わかった」

ＢＯＭで知り合った相手とは原則交流をしないことにしているが、なぜかそのときは素直に応じた。オートセーブが効いていることを確認し、コントロールパネルから【離脱】を選択。

視界全体が白くなり、「Ｋｉｋｋａ」の文字が見えたあとで、ＶＲゴーグルを外した。

母親が鬼の形相で顔を覗いていた。

「あんたね、こんな夜中までゲームばっかやってたら、取り上げるよ」

六畳の、自分の部屋。

「……わかった。もう寝るよ」

レモネスは、一介の高校生、長谷部佑介に戻っていた。

2

薄汚れたプラスチックの蓋を開けると、紙くずやジュースのパックに紛れてランチボックスが沈んでいる。手を差し入れてそれを引っ張り出すと、ぼろりと米飯の塊が落ちていった。卵焼きやひじきの煮物、魚のかば焼きなどももう、ゴミになっている。

顔を上げると、教室のドアにさっと二、三人のクラスメイトが隠れるのが見えた。くすくすと、笑い声が聞こえる。

三時限目と四時限目のあいだの休み時間、トイレに行っているときのことだろう、と佑介は思った。机の脇に引っ掛けておいたカバンの中からやつらはランチボックスを引っ張り出し、廊下に出て、わざわざ蓋を開けてゴミ箱の中にぶちまけたのだ。

すぐ後ろを、二人連れの女子が歩いていく。佑介の置かれた状況を横目で察したのだろう、こそこそと何かをしゃべりながら立ち去っていく。他の生徒たちもまた同様だ。

みじめだという気持ちなど初めからない。高校生活など、ただ無色透明な時間の中を黙々と歩いているようなものだった。

「もったいないなあ」

右耳のすぐ近くで声がして、振り返った。ショートカットの女子生徒が、ゴミ箱の中を覗いていた。

「ずいぶん古典的ないじめられ方をしてるな、長谷部」

杉森瑠衣（すぎもりるい）という名のクラスメイト。この夏に引退するまで、陸上部の短距離走のエースだった。鼻筋が通っていてボーイッシュな彼女は、男女ともに人気が高い。陰気で嫌がらせを受けている佑介とはクラスでの地位が違うはずだが、なぜか、折に触れて話しかけてくるのだった。

「気を落とすなよ」

ぽん、と馴れ馴れしく肩に手を置いてくる。

「……どうせ、ほとんど食べない」

ランチボックスの蓋を拾い上げながら答えた。

「そんなこと言うなよ、作ってくれたお母さんが悲しむぞ。それか、お父さんだったりして」

「親父はいない。うちは離婚して片親だ」

気まずくさせようと思って、あえて事実を言った。だが「ほんとかよ」と杉森はなぜか嬉しそうだ。

「うちもそうなんだ。どうしようもない父親のくせに私を引き取りたがったから、お母さんは私を連れて逃げた」

冗談かと思ったが、言葉尻に寂しさのようなものを感じた。事実か。だとしてもどうでもいい。目をそらしたが、

「私のパン、半分食べるか？」

性懲りもなく彼女は、袋入りのレーズンパンを差し出してくる。彼女に背を向け、教室に戻っていく。

「レーズンは嫌いだったか？」

杉森はついてきた。教卓の周りで、犯人らしき三人の男子生徒がこちらを見ている。好奇と

嫉妬の綯交ぜになったような視線――。

「食べないと夕方までもたないぞ。食べ盛りの十七歳男子だろ」

「先月、十八歳になった」

「おー、ハッピーバースデー」

「俺と話していると、無視されるぞ」

「別にいい。私が誰と話すかは、私が決める」

「俺もだ。だからお前のことを無視する」

ランチボックスをカバンに押し込み、教室を出る。購買部の前には人だかりができていた。

「これだけ並んでたら、もうショボいのしかないな」

杉森が背後で言った。新たなレーズンパンが、佑介の眼前に突きつけられた。

「無視すると宣言しただろ。なんでついてくるんだよ?」

「訊きたいことがあるんだ」

「なんだと?」

「レーズンパンやるから、ついてこい」

誰が……と言いかけたところで、佑介の腹が鳴った。

「体は正直だな」

杉森は笑った。舌打ちをしながら、佑介は彼女についていく。

連れていかれたのは、屋上だった。誰もおらず、冗談みたいに青い空を飛んでいくジャンボジェットだけが二人を見ているようだった。

「長谷部、Ｋｉｋｋａに詳(くわ)しいだろ」

Ｋｉｋｋａ――五年前に発表されるなり、世界中で爆発的にユーザーを増やしていった、ＶＲ専用のメタバースプラットフォームである。ネットにつながっているＶＲ機器さえあれば、誰でも無料でアカウントを作成することができる。ビジネス会議やオンラインゲームなど従来のＶＲサービスはもちろんのこと、Ｋｉｋｋａ内で店舗を構えたり、コンサートを開いたりと、その有用性は無限大だ。今年の一月には、カナダの政府がＫｉｋｋａ内でのみ受講可能な大学を開校することを発表し、世界中から入学希望者が殺到しているという。

長時間のＶＲゴーグルの装着が人体に与える影響など、医療的な観点から危険性が指摘されてはいるものの、昨年の秋に日米首脳会談がＫｉｋｋａ内で開かれたことを受け、ユーザーはさらに増え続けている。

佑介もまた、高校入学とともにＫｉｋｋａにユーザー登録した。もっとも、その用途はオンラインゲームに限られている。

「別に。人並みだ」

レーズンパンを口にしながら、佑介は答えた。

「嘘だね。深夜までゲームやってるって顔してる。さしずめ、ＢＯＭだな？」

図星(ずぼし)を突かれ、返答に時間がかかった。

正式名称を「Battle of MYOJI」――もう十年以上前に家庭用ゲーム機ソフトとしてリリー

スされたゲームだ。プレイヤーは「名字ソルジャー」という兵士を集め、バトルをし、アイテムや新たな「名字ソルジャー」をゲットしてストーリーを進めたり、バトルランクを上げたりする。「名字ソルジャー」は実際に日本に存在する名字がそのままキャラクター名になっており、その珍しさによって強さや属性が変わる。佐藤、鈴木、高橋など一撃でやられてしまうソルジャーばかりを多量に持っていてもしょうがなく、勅使河原(てしがわら)、記虎(きとら)、蕨迫(わらびさこ)など強力なソルジャーを集め、敵の属性を考慮しながら編成を変えたりして楽しむのだ。

日本でソフトがリリースされたときにはあまり受けなかったが、三年前にＫｉｋｋａ版がリリースされると、日本人の名字の多彩さと漢字の造形のクールさが受け、アメリカで火が付いた。やがてブームは世界中に広がっていき、週ごとに集計されるＫｉｋｋａゲームランキングではトップテンに入り続けている。

「やっぱりＢＯＭかー」

あっけらかんと笑う杉森に、佑介は嫌な予感を覚える。

「お前、ゲーム内で俺にコンタクトを取ろうっていうんじゃないだろうな？」

そんなのは絶対にごめんだった。ＢＯＭは佑介にとっての聖域。そこでこの世界の人間と関(かか)わり合いたくない。

「心配するな、私はゲームはやらない」

杉森は笑った。

「私はＫｉｋｋａの英語の勉強会に入っていて、ほとんどそれだけでしかＶＲを使わない。現実とメタバースがごちゃごちゃになったら嫌だからな」

　はは、と笑い、すぐに杉森は真剣な顔になる。

「最近、Ｋｉｋｋａに入ると、頭の上に魔女が飛んでるんだ。あ、いや、魔女かどうかわからないな、箒に乗ってないから」

「何を言ってるんだ？」

「わからないから長谷部に相談してるんだ。魔女のやつ飛びながらわんわん泣いているし、たまに目の前にばさっと降りてきて気が散るんだよ。ところが、どうやら私以外のアバターには見えていないらしい」

　少し、興味が湧いた。

「ウィルスの類かな」

「だと思う。けど、検索しても対処方法が出てこない。私だけにしか見えないなんてそんなの妖怪だよな、ほんと」

「何か原因は考えられるか？」

「先月、海外のいかがわしい動画を見たんだ」

　こともなげに杉森が言うので、パンを噴き出しそうになる。

「ＶＲのエロはリアルですごかったぞ。……あ、このこと絶対に人に言うなよ」

「普通は、本題に入る前に念を押すものだ」

「そうか。倒置法になってしまった」

「違う。……なんで俺に言うんだよ」

「他のやつに相談したら広まるだろ？　友だちのいない長谷部なら広まりようがない」

軽く馬鹿にされたようだが、納得のいく理由ではあった。

「残念だが、そのウィルスの駆除法を俺は知らない」

「調べてくれないか。レーズンパンの返礼として」

お前が押し付けてきたんだろと心の中で毒づく。しかし、無下に断るわけにはいかなかった。Ｋｉｋｋａ上のウィルスは今後、増えていくだろう。これを機に調べてみてもいいかもしれない。

「わかった、できる限りのことはする」

「そうか、ありがとう。ところで」

と杉森はすぐに話題を変えた。

「長谷部、あんた、模試の成績、落ちてるだろ。こないだ見えちゃったんだよ、あんたの成績表」

先月、学校で受けた業者の模試のことだとすぐにわかった。

「第一志望の大学、Ｅ判定だったろ。ちゃんと勉強しないと受かんないぞ」

三年生になってから、成績は下降の一途をたどっている。新しい学習内容が増えるのに加え、一年、二年の内容が頭から抜けていくのだった。ストレスから夜中のゲームの時間が増えていく。さらに成績が落ちていく。面白いくらいの悪循環だった。

「私も同じ大学を志望校にしてるんだ。受験が終わるまでの辛抱なんだから、きちんとやるべきことは……」

杉森に背を向け、校舎の中へと向かう。

「おい、まだ話の途中だぞ」

……受験などどうでもいい。佑介はいつしか、捨て鉢になっていた。

3

レモネスがＫｉｋｋａの中央広場でアカナと再会したのは、ヴェネツィアステージの夜から三日後のことだった。初めて入るペアモードの世界。ゴビ砂漠フィールドで対戦したのは英語をしゃべる二人組だった。

臭気を操る韮原を倒すのに手こずったが、先日甲冑を倒したときにゲットした七五三掛の活躍により、襲い掛かってくる数十の大竹をぐるりと縄で束ね、一気に倒すことができた。

〈初めて来たけど、ペアモードも面白いね〉

新たな相手を求めて砂漠を歩きはじめたとき、アカナが話しかけてきた。

〈レモネスはけっこう、ペアモードは体験しているのか？〉

「いや、俺も初めてだ」

友人がいないのはゲーム内でも同じだった。

〈来年の五月、ペアモードの世界大会が開かれるって知ってた？〉

「ああ、そういや告知を見た気がする。でも、ペアモードには興味がなかったから」

〈俺たちで出ないか〉

あっさりと、アカナは提案してきた。

「俺たちまだ、知り合って二回目だぜ」

〈二回目でも、信頼できる相手っていうのはわかるものだよ。俺は君になら安心して、背中を預けられる〉

アカナは戦闘開始後、早々に強いソルジャーを前に出す戦い方をする。相手によっては効果的だが、慎重派のレモネスからすれば危なっかしく感じるところも多い。だが、どこにフォローを入れればいいのかもすぐにわかった。たしかに相性はいいのかもしれない。

「しかし、五月となると先すぎて、何をしているかわからないからな」

〈転勤とか？〉

アカナは当然のように訊(たず)ねてきた。

「あ、いや、そうじゃなくて」秘密にしておくはずが、自然と口をついて出た。「実は俺、学生なんだ」

〈えっ？〉

アカナは驚いた様子だった。

〈大学生かな？〉

「高校生。三年生だよ」

〈そうだったのか。落ち着いているから社会人かと思っていた。俺は大学院生なんだ〉

だいぶ年上だということがわかった。敬語に直したほうがいいだろうかと思ったがやめた。実年齢から離れて楽しめるのはメタバース以前からのソーシャルゲームの美点だ。

〈三年生っていうことは受験か。……あ、こういう話はしないほうがいいかな〉

「いや。いいんだ。そう、受験だよ。だけど最近勉強に身が入らなくて志望校に合格できるかどうか。特に、数学や物理がついていけなくなっているんだ」

〈ふーん。理系なんだね〉

「一応、そのつもりだ」

〈予備校は?〉

「行っているけど、効果が出ているとは言いがたい」

アカナは少し沈黙した。レモネスは――長谷部佑介の頭で考えていた。

「なあアカナ、勉強を教えてもらうことはできるだろうか?」

〈え、ああ……俺にできることなら〉

同じことを考えていた、というようなニュアンスに取れた。

〈じゃあ、BOMを出て、フリー会議室にでも行こうか〉

すぐにBOMを出て、Kikkaのフリー会議室に入る。何かわからないことは、と訊くので、先日の模試の問題を覚えている限りで告げた。

アカナの説明は、学校の教師よりも予備校の講師よりもずっとわかりやすかった。今まで曖昧に覚えてきた公式なども、きちんと意味から理解することができた。

「アカナ、ありがとう。なんだかやる気が出てきた」

勉強に対する前向きな気持ちがよみがえってきたようだった。

〈そうか、それはよかった。ところでもし、レモネスが大学に合格できたら……出ないか、五月にペアの大会〉

目標。現実世界で見失っていたその言葉が、頭をよぎった。

4

佑介が通う高校は世間でいう進学校のため、三年生は毎月二回、校内模試が行われる。

模試の結果が返されるホームルームはいつも、教室に独特の緊張感が漂う。成績など、生徒用の端末に送れば済むことなのに、クラスの担任はなぜか、一人ずつ教卓の前に呼びつけてプリントアウトした紙を手渡しする前時代の形式にこだわっている。

紙を受け取った者の表情は様々だ。人目をはばからずガッツポーズをする者。目も当てられないくらいに嘆く者。嬉しさを隠しているのか、焦燥を隠しているのか、岩のように表情を固めたまま席に戻る者。——どうでもよかった。

佑介は成績表を受け取り、席に座って開いた。

「おっ、数学すごいじゃん」

振り返ると、杉森がニヤニヤしていた。彼女が物理・化学が得意であることは、噂で知っていた。数学もお手のものなのだろう。

「私と同じくらいの点数だ。一瞬見えただけだけど、物理も上がったな」

「つきまとうなって言ってるだろ」

大声をあげると、クラス中の白けた視線が佑介に突き刺さった。いつも佑介の弁当を捨てるグループのリーダー格の男子生徒が、盛大な舌打ちをする。お前が教室でしゃべるんじゃねえと言わんばかりの目だった。

ホームルームが終わるのを待ち、すぐに廊下へ出て昇降口に向かう。

「長谷部。成績が上がったのには何か秘密があるな」

やっぱり杉森はついてきた。黙ったまま外履きに履き替える。

「教えろよ。どんな勉強をしてるんだ?」

校門までの道でも、杉森はしつこく訊いてきた。

「あのなあ、どうしてそんなに俺につきまとう?」

「お礼がしたいからだよ」

杉森は言った。

「例の魔女。長谷部のおかげで、いなくなった」

言うかどうか迷ったが、変に嘘をつけば余計に面倒なことになると思い、白状することにした。

「あれ、俺の知恵じゃないんだ。Ｋｉｋｋａで出会った大学院生から教えてもらったんだよ」

アカナに相談したのは、初めてフリー会議室で勉強を教わったときだった。彼はそのウィルスのことを知っていた。

「アイルランドで開発された悪質なウィルスだな。たしか、バンシーとかいう名前の」

特定のサイトにアクセスした端末にのみ感染するために、世界では全然知られておらず、ワクチン開発も進んでいないとのことだった。

「ちょっと、詳しいやつに対処方法を訊いてみる」

そう言い残して別れた次の日の夜にはすでに、アカナはワクチンコードを手に入れていた。

Ｋｉｋｋａにはユーザーが誰でも使える「ロッカー」という機能がある。三日間限定であらゆるデータを保管でき、パスワードさえあれば誰でも中身を引き出せるというものだ。佑介は校内模試の初日に、杉森にワクチンコードの入ったロッカーのパスワードを教えていたのだった。

「そういうわけだから礼なんて必要ない」

「いや、そういうわけにはいかないよ。助かっちゃったんだからね」

と、彼女はタブレット端末を見せてきた。「ｅチケット」の文字とともに二次元コードが映し出されていた。

「『犬と私と無限級数』、チケットが偶然、二人分あるけど、興味あるか?」

タイトルぐらいは知っている。公開中のアニメ映画だ。

「映画には興味がない」

「興味がなくても、タダなら行ってみてもいいだろ？」

雪解け水のように透き通った瞳で、杉森は佑介の顔を覗き込んでいる。

「……いや、行かない」

「なんでだよ！　私はC組の宗田からの誘いも断って、あんたと一緒に行こうっていうんだぞ」

学年で知らない者のいない華やかな男子生徒よりなぜ自分のほうがいいのか、理解に苦しんだ。

「じゃあこうしよう」杉森は勝手に提案してくる。「来月の校内模試で私の成績があんたよりよかったら、二人で映画に行く」

「受験生だぞ。映画になんて行く時間……」

「あるんだよ！　長谷部も私も、十八歳なんだから！」

よくわからない理屈だった。だが、このままつきまとわれるのはうっとうしい。

「わかったよ」

杉森の表情は、ぱあっと晴れ上がった。

「絶対だぞ、約束だからな！」

ああ、と彼女に背を向け、佑介は家路についた。

帰宅し、母親に成績表を見せると、顔が明るくなった。だがすぐに、その目に疑念が光った。

「佑介あんた、カンニングしたでしょ！」

「なんだと？」

「だって、予備校に行ってもろくすっぽ勉強しない、家に帰ってからすぐに部屋にこもって夜中までゲームしてるあんたがよ、こんなにいい点数を取れるわけないじゃないの」

「実力だよ」

「あんたねえ、私は馬鹿でも正直な子に育てたつもりよ。それが、その場その場でいいようにごまかして、嘘をついてまでいい点数を取ってほしいなんて思ってないわよ！」

「いい家庭教師に出会ったんだよ」

「家庭教師ってあんた、私はそんなお金出してないじゃないの！」

いくら説明しても埒（らち）が明かなかった。面倒なのでいっそのこと、アカナに会わせてやれと思った。

その日の深夜十一時、佑介は母親と一緒にＫｉｋｋａの中央広場へ行った。

「あんたそんな見た目で……」

バスケットボール選手の格好（かっこう）を見て、母親は言った。そういう母のアバターは、紫色のカーディガンを着た、二十代そこそこの女性である。

「Ｋｉｋｋａにアクセスしたら見た目も変わる。そんなのは常識だ。それよりアカナの前では

『佑介』って呼ぶなよ、『レモネス』だ。俺も『メンタイコ』って呼ぶからな」
カーディガンの女性の頭の上に浮かぶ、アカウント名だった。三年前にＶＲ機器を購入してＫｉｋｋａへのアクセスが可能になったとき、母親もアクセスしたことがあるのだった。アカウント名を何にしていいかわからないと言うので好きな食べ物の名前にでもしとけとアドバイスすると、母は「メンタイコ」とカタカナで登録した。恥ずかしそうな母親を引っ張り、いつものフリー会議室に入る。

〈やあレモネス〉

赤いジャケットの青年が迎える。アカナはＢＯＭでもどこでも、同じアバターを使う。

「アカナ。今日は母親を連れてきたんだ」

〈初めまして〉

にこやかに微笑む彼に向かい、メンタイコは「どうも」とぎこちない挨拶を返す。

「アカナ、おかげで成績が上がったよ。だけどそれをカンニングだと疑われているんだ」

〈レモネスはしっかりやっていますよ。少し見ていてください。……じゃあレモネス、始めようか。確率分布の途中だったね〉

レモネスは真剣にアカナの話を聞いて、内容を理解しようと努めた。説明はいつものようにすっと頭の中に入ってきて、また成績が上がるのがわかるようだった。アカナとのやり取りを見ているだけで、メンタイコの態度が変わっていくのがわかった。メタバースの中でも、母親の空気感というのは伝わるものだ。

「アカナさん、ありがとうございます」

三十分ばかりの勉強が終わると、メンタイコは深々と頭を下げた。

「こんなにしてもらって、謝礼を払わなければいけませんね」

〈ああ、いいんですよ〉

「いえいえ、そういうわけには」

〈本当にいいんです。その代わり、僕のほうからお願いがあるんです。レモネス君と一緒にゲームすることを許してください〉

レモネスとはBOMの中で出会ったことや、BOMではむしろ、自分のほうがレモネスに頼っているのだ、ということをアカナは説明した。

「ええ……まあ、アカナさんがそれでいいならいいんですが、その、佑介……ではなくレモネスは受験生ですので」

〈そこは僕も承知しています。ちゃんと節度を守ってプレイさせていただき、長時間やるようなら僕のほうから止めます〉

「でも……」

〈僕としても、レモネスにはぜひ合格してほしいんです。実は来年の五月に僕たちのやっているBOMのペアモードの世界大会があるんです。優勝チームには五百万ドルの賞金が出るんです〉

「賞金が！」

〈はい。まあ、優勝は無理でも、レモネスと一緒ならいいところまで行けそうな気がするんです。せっかく友だちになったから、一緒に出たいんです。応援してもらえますね?〉

「ええ、そりゃもう」

メンタイコは、ぺこぺこと頭を下げた。

「アカナさんが一緒なら却(かえ)って安心ですね。どうかよろしくお願いします」

すっかりアカナのことを気に入ったようだった。

5

十一月、十二月と、校内模試は四回あり、受けるたびに佑介の成績は上がっていった。アカナが教えてくれる科目はもっぱら数学と物理だけだったが、その成績が上がることで、英語や現代文といった他の受験科目にも身が入るようになったのだった。

その都度(つど)、杉森は「何点だった?」と訊いてきたが、佑介のほうが点数は上回り続けた。

「あーあ、また負けた」

杉森は残念そうにため息をつき、

「しょうがない、玲子(れいこ)と行くか」

と女友だちを誘うのだった。

「お前、受験前に映画なんてずいぶん余裕だな」

佑介のほうからも、彼女に対して軽口を叩くようになっていた。真っ赤なマフラーを首に巻きながら、杉森は答える。

「余裕だわ。そんなに私のことが気になるか」

「なるわけないだろう」

佑介の成績はすでに志望校の合格圏内に入り、杉森もそんなに成績が悪いわけではないので同じような状況だった。

十二月二十一日、年内最後の登校日、校門を出たところで追いついてきた杉森は言った。

「年が明けたら、大学入学共通テストだな」

「ああ」

「ヘマするなよ、長谷部。せっかくそこまで成績が上がったんだからな」

人差し指を鼻先に突き付けてくる杉森。その、吊り上がったような目を見ていたら、複雑な感情が湧き上がってきた。

学習の理解が進んだのは間違いなくアカナのおかげだ。だが成績が上がったのは……杉森に追われているというプレッシャーがあったからだろう。

認めるのは悔しいが、杉森の存在が佑介を合格圏内に押し上げてくれた一因といっていい。

「じゃあ、私、玲子と勉強するから」

と、遠くにいる友人のところへ向かおうとする杉森を、

「おい」

佑介は呼び止めた。

杉森は振り返り、不思議そうな顔をしている。

「共通テストの手ごたえがあったら、一度行くか、映画」

「ん？」

ぱちりと瞬きを一つすると、杉森は訊ねた。

「それは、私のことを誘ってるのか？」

「お前があまりにしつこいからだ」

「はっはー」

と笑いながら、杉森の頬は紅潮する。

「……いいよ。約束な」

「ああ」

ひらりと手を上げ、杉森は佑介に背を向けて走り出す。短距離走をやっていただけあって、そのフォームは美しかった。

6

映画館を出たあと、すぐに杉森はふふ、と白い息を吐きながら笑った。黒いニットに安物っぽいネックレスを合わせ、頬を刺すような冬の冷気の中、コートは腕に抱えたまま。いつもの赤いマフラーを首に巻いている。学校とは違って化粧をしているが、慣れていないのか、右の頬がやけに白く、化粧がマフラーについていた。

「重い内容だったな」

「ああ」

事前情報を何も得ずに映画館の前で待ち合わせしたのが仇となった。子ども向けのアニメ映画と、特撮ものの他には、アメリカのコメディとSFアクションとホラー、ドイツの戦争映画しかなかった。SFアクションでもよかったが、それも子どもっぽい気がして、佑介と杉森は戦争映画を選択したのだった。

「ドイツ語だからヒアリングの練習にもならなかった」

「はっは、言えてる」

杉森は笑うと、

「カフェ的なところに入ろう」

と、不意に言ってきた。

「ああ……」

たぶん、男女二人で映画を観にいったあとは、それが自然なのだろうなと佑介は理解した。二人とも、世にいう受験生のように、四六時中勉強していなければ落ち着かないというタイプではなかった。

杉森も佑介と同じくコーヒーが苦手らしく、二人とも紅茶を頼んだ。注文の品が来るまでのあいだ、杉森は兵隊が吹き飛ぶシーンがショッキングだったとか、非道な伍長（ごちょう）のふるまいがある意味かっこよかったとか、一方的にしゃべり続け、佑介は聞き役に徹した。紅茶が来てからは一転、杉森は沈黙した。紅茶の味を楽しんでいるという感じではなく、佑介が何か話しかけてくれるのを待っているようだった。

もとより自分から話すことはない。佑介は沈黙を通したが、あることが気になりはじめた。映画館では隣どうしだからわからなかったが、こうして正面から見ると、やはり杉森の右の頬は白すぎる。何かを隠しているのか……と、顔をまじまじ見つめていて、気づいた。

「杉森お前、右の頬、腫（は）れてないか？」

「えっ」

思わずといったように、杉森は頬を押さえた。

「あー、バレたか」

「どうしたんだ」

「昨日、駅で階段を踏み外（はず）して、顔から落ちたんだよ。化粧でごまかしてたんだけどな」

「濃すぎるだろ。マフラーについてるぞ。赤だから目立つ」

「えっ」

とマフラーに目をやったあとで、

「これは、赤じゃなくて茜色（あかねいろ）だ」

意味不明の弁明を杉森はした。

「どっちだっていいだろ」

「よくない。茜色は私のお気に入りの色だ。覚えておけ」

「そんなことより、頬の怪我(けが)は大丈夫なのか」

「うん。病院に行くほどではない。心配はいらない」

この話はこれでおしまいだ、と言わんばかりに笑顔を見せる。

「共通テストの結果が思った以上によくて、浮かれてたのかもな。長谷部も気をつけろよ」

「俺は大丈夫だ」

「本番の入試まであと二週間しかないんだからな。気を引き締めろよ」

「大丈夫だって言ってるだろ」

うんうんと、杉森は勝手に納得したようにうなずいた。

それからまたしばらく、沈黙が流れた。カップの紅茶があとわずかとなったところで、

「長谷部」

杉森が口を開いた。

「合格したらまた、行けるか、映画」

「ん?」

「今度はもっと面白いの、観よう。コメディとか、長谷部は嫌いかな」

「そんなことはないけど、杉森と同じところで笑う自信はない」

「長谷部」

笑うかと思ったが、杉森は思いのほか真剣なまなざしで、佑介の顔を見ていた。

「同じ大学に行けたら……」

何を言われるのか。佑介の中に一つの答えめいたものはあったが、それが何かを期待しているようで気恥ずかしかった。

「あっ、だめだこれは」

杉森は勝手に否定して首を振った。

「なんだよ」

「忘れろ長谷部。少なくとも、合格するまでは」

杉森の首は赤くなっている。佑介は困惑したが、少なくとも、この寒い季節が終わったあとに、杉森と肩を並べて歩いている自分の姿を想像するのは苦ではなかった。心が弾(はず)むという言い方は幼稚(ようち)だが、こうして二人で話をしているのは、悪くない。

杉森は目を伏せている。正直な気持ちの片鱗(へんりん)を先に見せてくれた彼女に、このまま後悔を抱えさせてはいけないと思った。

「杉森」

呼びかけると、彼女は目を上げた。

「一緒に、合格するぞ」

「……あ」

思いがけないことを言われたというような顔だった。そして彼女はすぐに、膝(ひざ)を叩いて相好(そうごう)

を崩す。

「当たり前だろ！　何を今さら……はっは。恥ずっ、なんだよ、長谷部。もう紅茶飲んだか？　じゃあ出よう。受験生だぞ、私たち」

カフェを出て、駅まで二人は黙った。

ホームまでは一緒だったが、乗る電車は逆方向だった。先に来たのは、佑介の乗るほうだった。

「風邪（かぜ）ひくなよ」

「お前もな」

最後の会話を確認したかのように、ドアは閉まった。ホームに残って軽く手を振る杉森が、遠くなっていった。

その夜、もう一つの出来事が佑介――レモネスを待ち構えていた。

〈突然だけど、今日が最後の授業になるよ〉

いつものフリー会議室で、アカナはそう告げた。

〈三月の末に大事な学会があって、一つ論文を仕上げなきゃいけなくなった。加えて、教授の実験も手伝わなきゃいけなくなったんだ〉

「そうなのか、大変だな」

〈受験直前なのにすまない〉

「いや、謝るのは俺のほうだ、アカナ。忙しいのに俺に勉強を教えてくれていたんだな」

　この二か月と少し、アカナとは二日にあげずＫｉｋｋａの中で会っていた。初めはゲームのほうがメインだったものの、レモネスの学習理解が進んでいないとみるや、アカナは勉強のほうを優先させるようになった。まるで自分のことのように熱心だった。

「俺は本当に感謝している。アカナに出会わなければ受験勉強をすべて投げ出して、春からは何もない無気力な人間になっていたはずだ」

〈大げさだよ〉

　アカナは笑った。音声加工機能を使ってるのかもしれないが、その声は今やレモネスにとって、安らぎだった。

〈レモネス。救われていたのは俺のほうなんだ〉

「ｅスポーツのプロになるわけでもなし、俺なんてただの弱小ゲーマーだよ」

〈ゲームのことだけじゃない。……本当は、研究室で孤立してるんだ〉

「え？」

〈研究テーマが先輩と被(かぶ)っているんだけど、俺のほうがちょっとだけ、なんというか、実用性が高いんだ。教授にも俺のほうが褒(ほ)められ、そのぶん先輩からの風当たりは強い。学生はみんな先輩の味方をしていて、俺の居場所はない〉

「そうなのか……」

〈心配は無用だよ。俺はここで君と勉強をして、君とＢＯＭをプレイして、生きる意欲を手に

してきたんだ。レモネス。君は僕の人生の中でいちばんの友人だ〉

メタバースの中だというのに、胸が熱くなった。Ｋｉｋｋａの中でアカナと過ごした時間が、自分にとっても大事だったのだと、素直に思えた。

「アカナ、俺もだ」

〈負けない。俺は、自分の研究を必ず世に役立てるんだ〉

はっきりとした意思に、レモネスも勇気づけられる。

〈レモネス。四月の初めには必ずまた、Ｋｉｋｋａに戻ってくる。その頃には君も大学生だろ。そこからＢＯＭのカンを取り戻して、五月の世界大会には一緒に出よう〉

「もちろんだ」

〈約束だよ。それまでのおよそ二か月間は、それぞれの大事なことに集中しよう〉

「ああ、約束だ」

がっちりと、二つのアバターは握手を交わした。

7

【おめでとうございます。

あなたは本学の入学試験に合格しました。

今後は所定の入学手続きを行ってください。】

画面に映し出された文字を見たときには、喜びより先に「あっさりしたものだな」という感想が浮かんだだけだった。

「佑介！　よかったじゃないの！」

はしゃいだのはむしろ、隣で一緒にタブレット画面を覗き込んでいた母親だった。ばしりと佑介の肩を叩き、

「予備校の先生に報告に行かなきゃ。あと、アカナさんにも！」

「わかってるよ。ただ、アカナには今、会えないんだ」

アカナが研究でしばらくＫｉｋｋａにアクセスできないことを、母親にはそれまで告げていなかった。

「あら、そうだったの。せめてお礼くらい言えたらいいのに、相手がどこの誰かわからないなんてもどかしいものね」

わかっている。Ｋｉｋｋａのアカナだ。返事は期待せず、メッセージだけ送っておいた。

――合格したか？

杉森からのメッセージが来たのは、午前十時を回った頃だった。

――ああ。そっちは
――合格だ。当たり前だ
――おめでとう

――そっちも、おめでとう
メッセージのやり取りとなると、却ってぎこちなかった。だが佑介は杉森のメッセージを見たときに初めて、嬉しいと思えた。
気持ちは、月曜に会ってから確かめ合うことができるだろう。

杉森とは、会えなかった。

もとより、登校しているのはクラスの半分くらいだ。学習内容はほとんど消化しており、よっぽどのことでもない限り休んでも卒業できないことはない。

授業中もそこかしこで談笑していたり、居眠りをしている連中ばかり。教師も勝手知ったるもので、注意などしなかった。

なぜ来ない？

杉森の机を見て、佑介は考えた。

風邪でもひいたか？　それとも、他の大学を受けているのか？　だとしたら、どうして自分に言わないのか？

おかしくなったのは、午前中の授業が終わったときだった。

何を期待している？　なぜ他の大学を受けることをいちいち自分に言わなければならないのか。そんなのは杉森の勝手だ。

いつしか杉森のことをわかっている気になっていた。ひどい思い上がりだった。

杉森はその週、一度も学校に来なかった。

翌週も杉森には会えなかった。

さらにその翌週、形だけの卒業式を終え、佑介の無味乾燥な高校生活は終わった。

杉森とはまったく連絡が取れなくなった。
食事をしていても、ＢＯＭをしていても、ベッドに身を投げ出して天井(てんじょう)を見ていても、杉森のことを思い出した。
——同じ大学に行けたら……
最後に会った日、カフェで彼女は言った。
——あっ、だめだこれは
——なんだよ
——忘れろ長谷部。少なくとも、合格するまでは
「……合格したぞ」
つぶやいた言葉は、無になった。

三月はあっという間に過ぎ、佑介は大学生になった。

授業が始まったが、やっていることは何も変わらなかった。

すなわち、家と学校との往復。キャンパスでは他の学生たちがサークルを探したり、資格取

得の相談会に参加したりと活動的だが、佑介に声をかける者は誰もいない。

　杉森の姿を探したが、見つけられなかった。

　合格自体が嘘だとは思えない。だがやはり、ワンランク上の大学に行ったのかもしれないと思った。約束をした手前、自分の前に現れるのが後ろめたかった——そう、結論付けた。

　あの日感じた、わずかな胸の高鳴りなど、幻（まぼろし）だったのだ。杉森瑠衣という存在そのものもまた、幻だったと思えばいい。もともと人付き合いは苦手だ。どうでもよかった。

　もう一つ、杉森のこととは別に、虚（むな）しさを感じることがあった。

　アカナがＫｉｋｋａに戻ってこない。

　四月になったら戻ってくるから待っていてくれと、彼は言った。

　だが待てども待てども、アカナからのメッセージは来なかった。

　ペアモードの世界大会には出場すると言っていた。必ず、必ず。

　佑介は——レモネスは、アカナを信じていた。戻ってきたときのため、毎日ＢＯＭに入り、ソルジャー集めと戦闘技術の向上に力を注ぎ続けた。

8

　事実は、突然佑介の前に突き付けられた。

　桜はあっという間に散り、四月は終わり、五月二日になった。二日後の深夜からＢＯＭの世界大会が行われることになっていたので、昼間は寝て夜型のコンディションに整えておきたかった。だがそういうときに限って体はいうことをきかず、仕方なく大学へ出た。

「長谷部佑介！」

最寄り駅の改札を抜けたところで、呼び止められた。

肩を露出したニットとミニスカート。初めは、誰だかわからなかった。

「お前は……比留間玲子か？」

長かった髪をショートの茶髪にしている。化粧もさまになっていて、高校時代とは見違えるようだが面影はとどめていた。杉森といつも一緒にいた、玲子だった。だが彼女は、別の大学に進学したはずだった。

「長谷部……会えた」

よろめくように佑介に近づいてくると、彼女はぼろぼろと涙をこぼした。

「どうしたんだよ」

「どうしたんだよじゃないよ。ニュース、見てないの？」

ニュースなど久しく見ていなかった。立っているのもやっとというような玲子の姿に、嫌な予感を覚えた。

「瑠衣が、瑠衣が……」

「杉森がどうしたんだ？」

「……死んじゃった」

足元の地面が溶けたようにぐらりとした。なんとか気持ちを立て直し、同じく足元のおぼつかない玲子を連れ、キャンパス内のベンチに座らせた。

「杉森が死んだって、どういうことだ？」

玲子はカバンからタブレットを出した。ニュースサイトが映し出される。【十八歳女性、実の父親に監禁され衰弱死】という見出しが目に飛び込んできた。

「瑠衣、大学に合格した直後、お父さんに無理やり連れていかれたの……」

佑介と同じく杉森もまた、両親が離婚して母親と二人暮らしをしている。そこまでは聞いていた。だが玲子によれば、杉森の家庭事情はもう少し複雑だった。

別れた父親が、杉森を引き取りたがっていまだに家に現れていたのだという。大学入学共通テストの直前にも現れ、両親の争いを止めようとした杉森は顔を殴られたらしい。佑介は、杉森の右頰が腫れていたのを思い出していた。

「瑠衣とお母さん、入試の直前になって夜逃げするように引っ越したんだけど、やっぱり見つかってしまって、瑠衣は無理やり車に引っ張り込まれて、連れ去られちゃったんだって」

「そんなことが……」

信じられなかった。

「杉森は合格発表の直後、メッセージをくれたぞ」

「私にもくれた。連れ去られたのはそのあとだよ。今から思えば、あのメッセージを最後に、連絡が取れなくなったもん……」

玲子はハンカチで目元を押さえ、事情を話し続ける。

杉森の母親は警察を頼って必死に瑠衣の行方（ゆくえ）を探したが、一か月が過ぎてもわからなかったらしい。

杉森は父親に連れられていった先のアパートで、監禁生活を強（し）いられていたようだ。近隣住民の通報により、四月三十日に警察によって発見・保護されたが、すっかり衰弱（すいじゃく）していた。そして、運ばれた先の病院で息を引き取った。逮捕された父親は容疑を否認しているが、暴行もあったようだ――と記事には書かれていた。

佑介は歯を食いしばった。体全体が氷漬（こおりづ）けになったように寒くなった。

悲しみ。怒り。後悔。同情……すべてが綯交ぜになり、そのどれでもない感情だった。

なぜ、杉森に会いに行こうとしなかった？　学校に来なくなったなんて、卒業式にすら来なかったなんて、変だと思わなかったのか？　だが、行ってどうなった？　すでに杉森は連れ去られたあとだったんだ。でも、何か手がかりを得て杉森にたどりつけたかもしれない。救えたかもしれない。思い上がるな。お前なんかにそんな資格はない。杉森の気持ちに過剰に期待するだけで、何もしなかっただけなんだ、お前は。

激しい混乱。

「自分が許せなかった。今さらだってわかってたけど何かしなきゃと思って、瑠衣のお母さんのところへ行ったの。そうしたら、瑠衣のパソコンを見せてくれて」

玲子はタブレットを操作した。テキストデータが現れる。

「瑠衣の日記だよ。どうしても長谷部に見せなきゃいけないと思って、朝からずっと、改札の前で待ってたんだ」

佑介は玲子からタブレットを受け取り、杉森の日記を読みはじめた。

9

瞼を閉じると、いくつかのデジタル表示が現れる。

【TOKYO　11:53　P.M.】

あと七分で、ＢＯＭのペアモード世界大会のエントリーは閉め切られ、試合が始まる。黄色いレンガの敷かれた中央広場は、いつも通りの光景だった。

ストライプのスーツで決めた男がいる。ビキニ姿の女性がいる。ＵＦＯを三つ引き連れたロボットがいる。オーバーオールを着たダイオウグソクムシがいる。でろりとしたゼリー状の生き物がいる……。現実世界の自分を隠したアバターたちが、当たり前のように目の前を通り過ぎていく。

老人がよっこらせと花壇（かだん）のふちに腰かける。その花壇を埋め尽くしている花がすべて菊なのだということに、レモネスは初めて気づいた。Ｋｉｋｋａ――菊花ということか。外の世界は五月が始まったばかりだというのに、この世界には季節感がない。

【TOKYO　11:55　P.M.】

エントリーまであと五分。自分はなぜここにいるのだろう、と思う。

アカナが来ないことはわかっているのに。

虚無から逃げたいのだろう、ともう一人の自分が言う。

馬鹿げたことだ。どこから逃げても虚無は虚無。剣道着姿のゾンビと、全身をオムライスの食品サンプルでコーディネートした女が目の前でダンスを踊っているこれが、現実のわけはない。

けじめなのだ、と、まだ心の中に残っていたポジティブさの一滴が告げた。エントリーが終わるのをＫｉｋｋａの世界で見届け、すべてに決別する。

そのあとは？

——そのあとのことなど知るはずもない。今日がＫｉｋｋａにアクセスする最後の日になるかもしれない。

自分でない自分の姿で、この世界に居続けられたほうが幸せだった。現実ではない自分の爪先を見つめながら、数十秒、杉森のことを思い出していた。

ふと、顔を上げる。

有象無象のアバターたちの向こうから、走ってくる男がいる。

赤いジャケット、短く刈り込んだ髪。

「……うそだろ」

〈レモネス、遅れてすまない〉

アカナはレモネスの前で立ち止まると、申し訳なさそうに頭を下げた。

【TOKYO　11:58　P.M.】

「どうして……」

〈どうしてって、約束だろ〉アカナは微笑んだ。〈あと二分でエントリー打ち切りだ。急ごう〉

「ちょっと待てって」

〈早く。……もちろん、ランクインなんて夢だろうけれど、二人で出場することに意義があるから〉

「違う！」

レモネスは叫んだ。

「……お前は、死んだ、だろ？」

アカナの顔から笑みが消えた。

「父親に殺されたんだ」

午前中に玲子に見せてもらったテキストデータは、杉森がKikkaを使っていた記録だった。

杉森は、好きな茜色にちなんで「AKANE」にしようとしたらアルファベットを打ち間違えて「AKANA」と登録され、面倒なのでそのまま使うことにしたらしい。

——初めは趣味の手芸と、英会話のサークル室に出入りする程度だったが、あるとき気まぐれでＢＯＭというゲームをやってみた。すぐにその世界観に飲まれ、勉強の傍ら、少しずつプレイするようになった。ただ、なんとなく気恥ずかしくて男のアバターに変えて音声加工機能で声も男にした。しゃべり方はもともと男っぽいと言われる。ゲーム内で出会ったプレイヤーもみな、アカナのことを男だと思っているようだった。

九月のある日、初めて参加したトレジャーフィーバーのチャンスで、レモネスというプレイヤーと出会った。自分を助けるスキルの鮮やかさもさることながら、惹かれたのはその声だった。どうも、クラスメイトの長谷部佑介のような気がする。話してみれば、高校三年生で、勉強に身が入らないという。その口調が、長谷部そのものだった。

だから、かまをかけてみることにした。

学校で話しかけたとき、ＢＯＭをやっているかどうか、探りを入れてみた。やっている様子だったので、ありもしないウィルスをでっちあげて相談をした。

次にＫｉｋｋａの中で会ったとき、大学院生を装ってそれとなくレモネスに勉強を教えはじめた。すると彼のほうから、学校の知り合いがＫｉｋｋａでウィルスに感染していると言い出した。頭上で泣きわめく魔女……自分の言った嘘っぱちを、レモネスはそのまま伝えてきた。

ワクチンコードをロッカーに入れたと告げ、パスワードを教えた。すべて、自作自演だった。

校内模試で勝ったら、映画に行くという約束を取り付けた。余裕で勝てるはずだったのに、教え子のはずの佑介のほうが高得点を取るようになった。

佑介のほうから映画に誘ってくれたのは本当に嬉しかった。好きだ。だけど受験までこの気持ちは抑えなければならない。

Ｋｉｋｋａの中でさえも、抑えるのはつらい。だから学会だと嘘をついて、しばらくレモネスの前からも消えよう――

その記述で、日記は終わっていた。


〈バレたか〉

今、久しぶりに目の前に現れたアカナは、頭を搔いている。それほど、恥ずかしそうには見えなかった。

やっぱり――と言いかけてレモネスは首を振る。

「違う。お前は……誰なんだ？」

〈だから、杉森瑠衣だって〉

あっけらかんと、アカナは答えた。

「嘘をつけ。杉森は……死んだんだ。ここに来られるはずがない」

〈だって、約束したじゃないか〉

「でも」

仕方ないな、とアカナは右手を自分の顔の前にかざした。まるで金属が溶けるように、そのアバターがぐにゃりと歪む。周囲の有象無象のアバターたちは誰も、その異常さに気づく様子はない。

〈これで、わかったか?〉

両手を広げ、彼女はにこりと笑った。高校の制服を着て、しっかり茜色のマフラーを巻いている。声も体型も、杉森瑠衣そのものだった。

「どうして……」

〈あんたもだよ〉

自分の両手と体を見る。いつものバスケットボール選手の姿ではなく、高校の制服姿だった。

〈約束だから来た。それだけだ。でも……〉

と杉森は飛行船を見上げた。

【TOKYO 0:03 A.M.】

〈もう、エントリーに間に合わないな〉

「杉森……」

〈ん?〉

「会いたかった」

生まれて初めて、真っ白な気持ちを吐き出した気がした。杉森は嬉しそうに笑った。

〈ありがとう。私も、世界大会が終わったら言うつもりだったんだ〉

「何を？」

〈長谷部。私は、あんたのことが好きだ〉

はっ、と息を吐き、杉森は続けた。

〈だけどそれは、レモネスとアカナのあいだの男の友情的なやつじゃなくて、その……〉

ここへきて戸惑う彼女の姿が、いじらしかった。佑介は彼女を抱(だ)きしめた。

〈長谷部、お前……〉

「同じ気持ちだ、杉森。もう離したくない」

全身が、全精神が、杉森瑠衣を欲していた。

〈ありがとう〉

彼女の背中から肩に手を移す。杉森の瞳が、すぐそばにある。杉森は目を閉じた。

佑介もまた、瞼を閉じる。英字と数字がチカチカと赤く明滅(めいめつ)している。

【TOKYO　00:05　A.M.】
【NEW YORK　11:05　A.M.】
【PARIS　05:05　P.M.】
【NEW DELHI　08:35　P.M.】
【BUENOS AIRES　00:05　P.M.】
【SYDNEY　01:05　A.M.】

星のように瞬く、現実世界の時刻たち。
現実世界、だって？　――馬鹿をいうな。
唇に愛しい人の体温を感じながら、佑介は確信していた。
現実は、Ｋｉｋｋａにしかない。

ヒンプク論

其の夜、左内が枕上に人の来たる音しけるに、目さめて見れば、灯台の下に、ちひさげなる翁の笑をふくみて座れり。左内枕をあげて、ここに来るは誰そ。我に糧からんとならば力量の男どもこそ参りつらめ。你がやうの耄げたる形してねぶりを魘ひつるは、狐狸などのたはむるるにや。何のおぼえたる術かある。秋の夜の目さましに、そと見せよとて、すこしも騒ぎたる容色なし。翁いふ。かく参りたるは、魑魅にあらず人にあらず。君がかしづき給ふ黄金の精霊なり。

1

ドアを開くと、夜風が吹きつけた。気づけば十月。いつまでも暑いと思っていると、風邪(かぜ)をひきがちな季節だ。

「サイッちゃん、大丈夫?　ふらふらしてるじゃないのよ」

「ああ、大丈夫だ」

ヤスエママに腕を取られ、岡本佐一郎(おかもとさいちろう)はおぼつかない足取りで店を出る。《スナックやりいか》と書かれたイカ型のネオン看板に膝(ひざ)をぶつけてしまう。

「あ、いた!」

「ほら、気をつけてよ。部下の人と一緒に帰ったらよかったじゃないの」

明日も早いですからと丸山(まるやま)が帰ったのはもう一時間以上前か。佐一郎は、もう一杯飲みたいと言って残ったのだった。

「ああ、いたた」

「ほら、乗って。寄り道するんじゃないわよ」

「やだあ、ママ。寄り道なんてできないわよ。タクシーを呼ぶとき、サァさんの家を目的地に指定してるんだもの」

ヤスエママの後ろについて出てきたマリンが声高らかに笑った。

「そういうことできるのよねぇ。タクシーなんてもう運転手がいないのが当たり前になっちゃったし。私なんてもう、そういうの疎くってねぇ」

ヤスエママは今年、七十七になる。毎晩午前一時まで店に出ているなんて、見上げた体力だ。しかしまあ、まだまだ俺も負けてはいないぞ、と六十五になる佐一郎は無人タクシーに押し込められながら思った。

「じゃあね、風邪ひかないでね」

ばたん、とドアが閉められ、手を振るヤスエママとマリンの顔が、スモークフィルムの張られた窓の向こうで遠ざかっていく。

「ぷふぅ……」

酒臭い息が出る。

まさか丸山のやつがあんなに酒好きだったとは、と苦笑した。しかし、なかなか馬の合う社員を見つけた。二十八歳と言っていた。私もあんな若者だったろうか、と懐古的な気分に浸る。

佐一郎が液晶パネルの大手《マスミチ》の社長に就任して、三十年になる。先代の社長が急逝して引き継いだのは、今の丸山より年上の三十五歳だった。

当時、会社の経営は火の車だった。台湾の競合会社から買収をもちかけられ、大方の重役はなびいていたが、佐一郎が突っぱねた。

その頃、世界のカジノではチップレス化が進みつつあった。マカオなどではホテルの部屋にいながらカジノのルーレットに参加できるシステムが模索されていた。佐一郎はここに目をつけ、チップを購入することなく、遠隔でルーレットに参加できる専用タッチパネルの実用化に踏み切り、アジア各国のカジノに売り込むことで業績を回復させた。

佐一郎は自分の最大の取り柄を倹約癖だと思っている。電子ルーレット用タッチパネルは一応の成功を収めたとはいえ、それだけで今の自分があるとは考えていない。あの危機の中、五百人の従業員の首を切ることなく乗り切れたのは、社内に倹約令を徹底したからだ。トイレの水の量も最少を厳守させた。照明も半分の電気代で済むように工夫した。待機電力を減らすため、無駄なパソコン作業を削った。自身の食生活も毎日スーパーの見切り品の野菜と消費期限ぎりぎりの安いパンでしのぎ、社員にもそれを奨励した。

それで、貯めに貯めた金を、開発費に回した。そして十年前に完成したのが、家庭用３Ｄスクリーンである。

従来のように「画面から飛び出す」のではなく、マイコネータ粒子とＱｅｄレーザー光の導入によって、目の前に「３６０度どこから見ても立体に見える」映像を映し出す――同様の研究は海外が先行していたが、家庭用はおろか、イベント施設に設置するにしても高価すぎるものしか製造できていなかった。

大学で化学を専攻していた佐一郎は、学生時代からオンラインで公開されている世界中の科学論文を読むのが趣味である。電子ルーレット用タッチパネルの需要が落ち着いてどうしようかと思っていたある日、コーヒー豆の搾りかすの中にマイコネータ粒子の原料である物質と分子構造がそっくりな物質があることに気づいた。さっそく自社の研究施設にコーヒー豆の分析をさせるとこれが大当たりで、すぐにマイコネータ粒子に活用することができた。そればかりかコーヒー成分由来のマイコネータ粒子は、従来のものに比べて空気中での運動を制御しやすく、３Ｄ映像の解像度を著しく上げることが可能になったのである。

世界中で大量に捨てられているコーヒー豆の搾りかすを原料にすることで、製造コストを大幅に下げ、家庭用３Ｄスクリーンの実用化に成功し、《マスミチ》は３Ｄスクリーンの世界最大手に昇りつめた。

あれから十年、全国の学校という学校では３Ｄスクリーンを使った授業が当たり前になり、ブライダル業界では新郎新婦のなれそめを披露宴会場の中央ステージに立体的に映し出すことが常識になり、スポーツ界ではメジャーリーグの試合をスタジアムごと縮小してリアルタイムに映し出す「パブリックミニチュアスタジアム観戦」がポピュラーになった。世界初となる全編３Ｄスクリーン仕様の映画『この愛の、猫の子の』がカンヌ国際映画祭でパルムドールを受賞したことも追い風となり、佐一郎はアメリカの大手経済誌の「未来を創る１００人」に選ばれた。

だが、《マスミチ》が世界企業に成長した今となっても、佐一郎の倹約癖は変わらない。地元の福島県を出るのは年に数回。招かれて他所に行くことはあれど、自費での旅行は一切しない。風呂の水は三日に一度替えるだけ。日常のメモにはカレンダーの裏紙を使い、外食はなじみの定食屋で安い焼き魚定食、飲みに行くのは《スナックやりいか》と決まっている。浮いた金はすべて、貯金だ。

ケチ社長。

秘書たちに陰でそう言われていることは知っている。気にならないわけではないが、やはり倹約、貯蓄こそがいちばんだと佐一郎は思う。人生哲学と呼ぶほど立派なものではない。ただの性分だ。しかし、俺のこの性分があったからこそ、コーヒー豆の搾りかすをマイコネータ粒子に使うなどという発想が生まれたのだ。

「だいぶ、飲んだんだね」

「ぷひゃっ！」

すぐ横で知らない声がしたので、思わず叫んでしまった。

隣に、若い女が座っていた。二十四、五歳だろうか。流れるような黒髪の、目鼻立ちのはっきりした美人だが、目を見張るべくはその衣装だった。

バニーガールだった。

豊満な胸からV字の股までを隠すコスチュームと、両腕のアームカバー、ウサギの耳をあしらったカチューシャ。すべてが黄金色にまばゆいばかりに輝いている。あらわなデコルテから肩にかけて、キラキラと細かい光を放ち、網タイツで覆われた足が妙になまめかしい。

「な、なんだ！」

ここ数年、自動運転車の普及は目覚ましく、今や福島県内でも人間の運転手の乗っているタクシーのほうが珍しい。人件費を削ったことによる定額乗り放題プランもあり、それを社でも契約している。佐一郎も酔って帰宅する日はもっぱら、無人タクシーと決まっていた。運転手に余計な話を振られなくて済むし、速度もブレーキも心地よい。

その無人タクシーに、バニーガールが乗っている！

「お水、飲むでしょ？」

彼女の差し出す空のグラスを反射的に受け取りつつ、

「誰なんだ？」

と佐一郎は訊ねた。

「わかってるくせに」

グラスに水を注ぎながら、バニーガールは言った。注がれた水を一気に飲む。冷たい塊が喉から胃に落ち、体中に心地よく広がっていく。佐一郎はもともと、酒が弱いほうではない。水を一杯飲めば正気を取り戻すというものだった。

過去に取引先との接待で連れていかれたキャバクラの女だろうか。目を凝らし、その顔をじーっと見たが、思い出せない。ただ……、好みの顔であることは間違いなかった。

「わからんな。どこの店の娘だっけな？」

「店の娘じゃないよ」

「どうやって乗ってきたんだ？　私が乗ったときにすでに乗っていたか？」

「乗っていたともいえるし、乗っていなかったともいえる」

どうも要領を得ない。

「おかわりは?」

「ああ、うん。頼む」

空になったグラスに、さらに彼女は水を注いでくる。

「うちはどこだ? 送っていってあげよう。ええと、どうやるんだったかな」

目の前にあるタッチパネルに触れたが、どういうわけか漢字しか出てこない。しかも見たことのない変な漢字ばかりだ。中国語仕様だ。どうすれば日本語に戻るのかわからない。

「おーい、おい。……なんだったかな、ウェイクワードは」

「佐一郎さんの家まで行くわ」

唐突に、バニーガールは言った。

「うちには妻もいるし、四十手前だってのにまだふらふらしている息子もいるし……いや、あいつは今、旅行中か」

「家に上がるなんて言ってない。おうちまで、お話をしたいの、佐一郎さんと」

「話?」

訊き返しながら、この女、どうして私の名前を知ってるんだと、遅まきながら疑問が浮かんでくる。

「わかるでしょ、私は佐一郎さんの大好きなモノ」

佐一郎の心臓がどくんと波打った。六十を過ぎてもまだ、女性の「大好き」という言葉には反応してしまう。

「大好きな……って、君」

「おかね」

「ん？」

「お金よ、大好きでしょ、佐一郎さん。たーくさん持ってて、できるだけ使わないようにしてる」

　佐一郎はムッとした。以前、専務の東山（ひがしやま）に同じようなことを皮肉っぽく言われたことがあったからだった。

「別に皮肉じゃないって」

　佐一郎の心中を見抜くように、人差し指を立てるバニーガール。

「私は、佐一郎さんが私のことを大事にしてくれるから、お話がしたいと思って来たの。私は、『お金のせい』よ」

　せい、という言葉を変換するのにだいぶ時間がかかった。「森の精」や「水の精」と言うときに使う、妖精めいたもののことらしかった。

　何を馬鹿（ばか）なことを、と鼻で笑うと、

「中友（なかとも）銀行・普通預金に二十五億六千四百二十二万三千四百五十五円、同銀行・当座預金に十三億四千二百五十二万二千円、東京三喜（とうきょうみつよし）銀行・普通預金に六千二百二十三億……」

　まるでそろばん塾の講師のように、彼女はつらつらと何かの金額を暗唱する。聞いているうちに佐一郎は、それが自分の個人口座の残高なのだとわかってきた。正直なところ、いちいち

額など覚えてはいなかったが、運用資産の額、証券会社、外国の銀行の名まで彼女は間違えずに口にした。

「そして最後……サンタ・プエニタ銀行に六千二百ドル。以上」

「まさか！」

それは、液晶パネルに必要なリチウム鉱の視察旅行に行ったときに作ったボリビアの銀行口座だった。優先的にリチウム鉱を我が社に回してくれるよう、会社の口座とともに個人口座を作り、いくらか金を入れたのだった。まさかそんな細かい口座まで指摘してくるとは。

「いったい、君はなんなんだ？」

「だからお金の精。そうそう、私はまだ佐一郎さんの持っているすべてのお金を読み上げてはいないわね。お財布の中に現金が二万六千三百十三円ある」

慌てて鞄の中から長財布を取り出して確認する。彼女が言った金額とぴったり一致していた。

「これで信じた？」

「……うう」

窓の外を眺める。寝静まった住宅街が流れていく。まだ家に着くまでには三十分以上あるだろう。頭を冷やせ。こんなのは幻だ。悪い夢だ。

「私は嬉しい。こんなにたくさん持っているのに、全然手放そうとしないなんて」

さっきと同じ声が聞こえた。自称お金の精のバニーガールは確実に同乗している。

「そうだ、どうせ私は金を使わないケチだ。悪かったな」

「悪いなんて言ってないよ。むしろ、いくらお金を持っていても威張らない、その態度が素敵だって言ってるの」

「威張るなんて……」

もとより、「威張る」「偉そうにする」というのが性に合わないのだ。いつでも社員たちとフランクにしゃべりたいし、今でも雑誌を読んで思いついたアイディアを研究員たちと議論する時間は大事にしている。だから若い社員や研究員たちは佐一郎のことを親戚のおじさんくらいに思ってくれている。

「金を持っているやつが威張るとろくなことにならん。俺が金を貯めるのは、ただの性分だ」

「それでいいんだよ」

佐一郎もそう思うのだが……と、酔いも手伝って、ちょっとした不満が頭を出した。

「しかし、重役たちはみな、陰で俺のことをケチだと言っているらしい。金を貯め込んで卑しいやつだというんだろう」

「富めるものがどうして卑しいんだろね」バニーガールは肩をすくめた。「古来、富を手にした人っていうのは、自然の摂理を見極めたり地勢の適合を判断する能力に優れていたから、自然と蓄財が可能になったんだよ。司馬遷の『史記』の中にだって、商売で成功して大金持ちになった人の記録を集めた『貨殖列伝』っていう一編がある。お金持ちはそれだけで英雄ってことだよ。あと忘れちゃいけないのは『孟子』ね。お金持ちが悪いなんてことは全然ない。むしろ、仕事と財産のない人間に善の心は宿らないっていうよ。農民は農業、職人は手仕事、商人は商売、それぞれの生業に精を出してお金を貯めて国を豊かにする」

その光を弾く唇から次々と出てくる小難しい話に、佐一郎は圧倒された。

「……古い中国の話が好きなのか」

「中国の話ってか、財産の話がね。なんてったって私、お金の精だから」

コスチュームからはみだしそうな胸に右手を当て、彼女はウィンクをした。

「とにかく私は、お金持ちをすぐ卑しさや傲慢さに結びつける考えが嫌なの。お金ってもともと黄金のことよ？　黄金って掘り出されて人間の手に渡る前から、土の中で神々しい力を放って、不浄なもの、邪悪なものを退けて、微かに清らかな音を立てているのよ。なんでそんなに純粋で尊いものが、卑しくて傲慢だっていうのか、説明してほしいわ」

だいぶ癖のある意見だが、佐一郎の心の中のどこかに、愉快な気持ちが芽生えていた。ケチと言われ続けてきたが、彼女の話を聞いていると、金を使わず貯め込んでいることがそう非難されることではないと勇気づけられるような気がする。

だが――と、また重役たちの陰口が頭をよぎる。あいつら、金持ちについてグダグダと理屈をこねていたっけ。一つその理屈を、この胸の大きなバニーガールにぶつけてみようか。

「お金の精、と呼べばいいのかな？」

「うん。なに？」

「金が神々しく素晴らしいものだという主張はわかった。だが、世の中の金持ちにはたしかに傲慢で貪欲なやつが多いのも事実だ。他社が開発した技術に『うちのやり方を盗んだ』と裁判をふっかけて多額の賠償金をせしめるだとか、政治家絡みのスキャンダルを仕組んで他社の信用を落として弱ったところを買収するだとか、汚いことをして儲けているやつらをさんざん見てきたぞ。そうかと思えば、真面目で親思いで勉強家なのに、不幸続きでずーっと貧乏暮らしなんていう者もいる。『金は天下の回りもの』なんて諺があるがそれにしては不公平じゃないか。清らかで尊いなら、どうして汚い人間のもとに集まる金があり、清廉な人間に背を向ける金があるんだ？」

「あーっと」

興奮して早口になる佐一郎の唇を、彼女は人差し指で塞いだ。唇に当てられた指の感触に年甲斐もなく心臓がどくんとした。

「佐一郎さんは大きな勘違いをしてるなあ」

「勘違い？」

「私、お金の精は、神でもなければ仏でもない。人間の善悪に応じて罰したり褒めたりなんてことはしない存在。だからお金って、どんな性質の人間であっても、大事にしてくれる人のところには集まるの。『純粋』ってのはそういう意味よ」

網タイツに包まれた足を彼女は組み替える。

「佐一郎さんみたいに、素晴らしいアイディアをモノにして成功し、その後も倹約精神を忘れない人のもとにはもちろん集まる。その一方で、寝ても覚めても金金金金、隙さえあれば人を騙してでも分捕ってやろうって固執する人のもとにも集まる。不幸続きってのはその人の生まれ持った運命だから、私の知ったことじゃないよね。集まらなくて当たり前」

「なんだか救いようのないことを言うな」

「不幸な人を救うのは、私たちお金の役目じゃないよ。『お金を使って他者を助けてあげよう』っていう人間の意思と行為でしょ。そのために、寄付っていう考え方があるのよ」

「寄付……か」

耳触りがいいように聞こえるその言葉に、佐一郎はいい思い出がない。かつて慈善団体にまとまった金額を寄付したが、その団体の運営者たちが、集めた金で豪遊していたことが明らかになったのだ。報道によれば、当初は本当に慈善事業をしていたそうだが、集まる寄付金が大きくなってから横領するようになったということだった。以来、その手の団体を佐一郎は信用できずにいる。

「佐一郎さんは、寄付する相手の見極めが下手なんだよね」

くすりとバニーガールは笑った。

「せっかくお金を渡しても、相手がお金の愛し方を心得てなきゃ、無駄なんだよ」

「金の愛し方——そんなものを心得ている者は希少だ。金を持つと人間は変わってしまう。それどころか、周りの人間の目も変わってしまう」

嘆息すると、バニーガールの顔もまた曇った。

「そうだよね。お金持ちって、お金を持っていない人から羨ましがられるから。『羨ましがられる』って、人間にとってとても気持ちのいいことなんだよね。それで、自分は特別なんだって傲慢な気持ちが生まれる。一方、持っていない人の『羨ましい』っていう気持ちはいつしか『妬み』に変わる」

妬み。……重役や、周囲の人間からしばしば自分に向けられる視線はそれに違いなかった。

佐一郎は、馬鹿馬鹿しくなっていた。

無駄遣いは自分自身を傲慢な気持ちにするだけだ。経営が苦しかった頃を忘れ、豪遊にかまけてしまえば、世間の心も社員の心も離れていく。そう思っている自分がいた。

「金を貯めるのは私の性格だ。余計なことに金を使わず、とっておきたいんだ。なぜそれで妬みを買わなきゃいけないんだ」

急激に、空しさに襲われた。

「……持っていても意味がないじゃないか、こんな性格なら。いっそのこと、こんな性格をがらりと変えてしまいたい」

そうだ。どうせ金など使わない。豪放な遊びをすることが楽しいとは思えないし、寄付による社会貢献ももう期待できない。

「金を貯める性質など、いらん。金をゼロにしてやる」

「そんなこと言わないでよ。お金の愛し方を心得てるのが佐一郎さんのいいところだよ」

「いや、私はもう決めたんだ。貯め込んだ貯金を、ゼロにしてやる」

はあ、とバニーガールはため息をついた。

「どうしてもって言うなら、お金を愛している人に譲渡して」

「金を愛している？　社員の連中か」

「ダメダメ。お金を理由に佐一郎さんを妬んでいるって、今さっき言ったばかりじゃない。お金を妬みの対象としか捉えていない。お金への愛とは縁遠い人たちだよ」

「なら身内だ。息子……いや、あんなバカ息子などもっての外だ」

「そうだねー、あの人は何度生まれ変わっても、お金の愛し方の初歩もわかっていなそうだねー」

「しかしそうなると……おらん」

ふふ、と笑うバニーガール。

「自分がどれだけお金を愛することについて優れているか、わかった？」

膝の上で、半分ほど水の減ったペットボトルの蓋をくるくるともてあそんでいる。金を愛する人間を探すのが、こんなに難しいとは。

しばらく黙ったあとで、彼女は佐一郎の顔を見た。

「貯金をゼロにするいい方法があるよ」

「なんだと？」

「でも無駄だと思うなあ。佐一郎さんは本能的に、素晴らしいアイディアをモノにして成功しちゃう人だから」

「開発費用にしろというのか？　そんな大金を注ぐ価値のあるアイディアは、今はない」

「だとしても、お金に好かれる人だもん。すぐ集まってきちゃうよ。……試してみる？」

「試す、とは？」

「佐一郎さんの持ち金を全部、本来的な『貨幣』に変えてみちゃうってこと。さっき、『お金ってもともと黄金のこと』なんて言ったけど、それは厳密には違うよね。貨幣が発明された当時、それは黄金じゃなかったもん」

どうもこのバニーガールは、セクシーな姿をして小難しい講釈をしたがる。

「海の地方に住んでいる人は魚、山の地方に住んでいる人は獣肉。初めは物々交換をしていたけれど、ある年、魚があまり獲れなくて、交換する魚が不足してしまった」

佐一郎は頭を振る。小難しいと思っていたが、どうも小学生のときの教科書に載っていた話のようだ。バニーガールは話を続ける。

「海の人たちは困って、魚の不足を補うために山の人に『あるもの』を渡して獣肉を手に入れた。その『あるもの』を、次の大漁のときに持ってきたら、必ず魚と交換してあげると約束して」

「『交換する価値』を与えたわけだな」

「そういうこと」

満足そうに答えるバニーガールの右の耳が、くいっ、と曲がった。

「人々はその『あるもの』を仲立ちとして商品を交換することになった。『あるもの』は小さくて軽くて長持ちする。その利用によって交易の範囲はどんどん広がった。『あるもの』の価値を共有する圏内ではどこでも好きな商品と交換できるようになった」

「貨幣――お金の始まりだ」

「聡明な佐一郎さんならわかるよね。その『あるもの』が何だったのか――」

*

ふと気づくと佐一郎は自宅の門の前に立っていた。

〈ゴリヨウ、アリガトウゴザイマシタ〉

背後でいつもの無人タクシーの女性の音声が聞こえ、ばたんとドアが閉まる。振り返るが、すでに発車した車の窓にはスモークフィルムが張られているので、中のバニーガールの姿は確認できなかった。

今のは、本当にあった出来事だろうか。

「そんなわけないか」

佐一郎は足元を見て、苦笑する。

無人タクシーに乗ってすぐ眠ってしまったのだろう。それで、おかしな夢を見た。なかなかに面白い夢ではあった。

重役たちに陰口を叩かれていることを、やっぱりどこかで気にしているのだろう。夢の中で金というものについて考えを整理したのだ。なぜ黄金色のコスチュームを着たバニーガールだったのかだけが不明だ。そんな趣味はないはずだが。

ほっ、と息をつき、我が家の全景を眺める。

親から引き継いだ、小さな平屋だ。売っても大した額にはならないおんぼろな家だが、修繕を繰り返せば死ぬまで住めるだろう。

夢の中でのバニーガールとの議論は、結局佐一郎にすっきりした結論を与えてはくれなかった。金を使わない自分がこんなに金を持っていても意味がない。妬みを買って煩わしいだけだ。そう思いつつも貯金をゼロにする思い切りもない。

何も変わらないのだ。これからも贅沢などせず、この家で……と、玄関を眺めていて、違和感を覚えた。

すりガラスの向こうが妙に白い。息子は旅行中、妻はもう眠っているはずだ。それなのに照明がついている？

いや、照明ではなかった。玄関の内側全体が、白い何かで満たされているのだ。

鍵を取り出し、施錠を解く。引き戸に手をかけ開けようとするが、びくともしない。向こうに詰まっているそれの重量を感じた。

「なんだこれは。おーい！」

眠っているであろう妻に声をかけたが、応答が期待できないことを頭のどこかでわかっていた。引き戸に、今度は両手をかけ、全身の体重をかけて力を込めた。

ぎし、ぎし。きしむ引き戸。ややあって、がらりと開いた――その瞬間、

「うぐわ」

ずざざあと雪崩のように襲い掛かってくるそれに、佐一郎の体は仰向けに押し倒された。腹に、胸に、あごに、茶色と白のまじったそれが後から後から押し寄せてくる。

「ま、待て、待て！」

すでにそれは佐一郎の顔を覆いはじめていた。このままでは窒息してしまう、と思ったとき、ひとまず雪崩は落ち着いた。両手を必死で動かして顔だけは外に出る。無数のそれを一つ摘んで、眼前に持ってくる。

一センチほどの、貝殻だ。開口部が縦に長い、紡錘形の巻貝。

その名前を、佐一郎はもちろん知っていた。

「タカラガイ……」

かつて物々交換から一歩進んだ交易が始まるとき、価値の仲立ちとして導入された、人類初の貨幣である。

無数のタカラガイに埋もれながら佐一郎は、自分のあらゆる銀行口座の残高が、たった今、ゼロになったことを悟った。

2

【福島産業新聞　インタビュー記事「トップランナーに聞く」】

――今回は、《マスミチ》の代表取締役社長に就任されました丸山綺羅彦さんにお話をうかがいたいと思います。よろしくお願いいたします。

丸山　よろしくお願いします。

――まずは丸山さんの経歴についてお聞かせいただけますか。

丸山　そんなに話すことはありません。高校を卒業して《マスミチ》に入社したのが十八のとき。５Ｄスクリーンの開発チーフに抜擢されたのが二十八のとき、それから十二年経って、今回代表取締役に就任という感じです。

――開発チーフからいきなり社長というのはあまり聞かない大抜擢だと思うのですが。

丸山　そうかもしれません。亡くなった岡本前社長に指名されたときにはびっくりしました。

――前社長には大変目をかけられていたそうですね。

丸山　そうですね。私はもともと母の影響で貧乏性のところがありまして。会社の給料はけして少なくないのですが、どうも社食や近所の飲食店で食べるのが無駄に思え、白飯とおかず一品の弁当を持ってきていたんですね。普段のメモもチラシの裏なんかを使っていまして。電話の契約なんかもいちばん安いプランだし、美容室へ行くのももったいなくて自分で髪の毛を切っていました。

——徹底した倹約ですね

丸山　当然、お金は貯まっていく一方だったんですが、あるときそのことを聞きつけた岡本前社長が私に話しかけてきたんです。前社長は「私と一緒だ」と喜んでくださって、百万円のボーナスをくれたんです。

——それはすごい。

丸山　それも嬉しかったんですが、そのあと飲みに連れていってくれたのも嬉しかったなあ。

——それが、チーフに抜擢されるきっかけだったんでしょうか。

丸山　いや、違うんですよね。そのとき、すでに5Dスクリーンのアイディアは温めてあったのですが、現実的ではないと思って社長に話さなかったので。チーフ就任までには、もう一段階エピソードがあるんです。

——お聞かせいただけますか?

丸山　二人で飲みに行った三日後か四日後です。研究所に現れた岡本前社長は私を呼びつけ、お金を貸してくれないかと言うんです。銀行口座がゼロになったと。

——えっ?　使い果たしてしまったんでしょうか?

丸山　岡本前社長に限ってそんなことはありえません。悪質なハッカーにやられたんですかと私は訊いたんですが、ゼロになったいきさつは教えてくれませんでした。ただ「私は新たに試されているようだ」と。

――試されている？　よくわかりませんね。

丸山　よくわかりません。しかしどことなく考え込んでいらっしゃるようなので、気晴らしになればと、軽い気持ちで5Dスクリーンの話をしたんです。すると前社長はその場で私を開発チーフに任命したのです。

――5Dスクリーンといえば、従来の3Dに加え、匂(にお)いと味を再現する映像技術ですが、その時点で実現のめどは立っていたのでしょうか。

丸山　正直、二割ぐらいでしたかね。味覚のほうは塩味だけしか再現技術がなく、嗅覚(きゅうかく)に至っては匂いの粒子に変わる刺激を嗅神経に与える方法を思いついていたのですが、実際にそういうものが作れるか不安でした。

――そこから、試行錯誤(しこうさくご)の日々が始まった、と。

丸山　はい。苦労に苦労を重ね、二年かかってプロトタイプを完成させました。しかし商品化は絶望的でした。嗅覚・味覚刺激電極には特殊な結晶構造の芯棒(しんぼう)が必要なのですが、それを形成するのに莫大(ばくだい)なコストがかかったんです。

――その障壁を取り払ったのが、やはり岡本前社長だったのですよね。

丸山　そうです。前社長は世界中の科学論文を読むのが趣味だったのですが、私の開発した電極にタカラガイの殻に含まれる成分が使えることに気づいたのです。貝殻なんて炭酸カルシウムくらいしか採れないと思うのが普通じゃないですか。ところがタカラガイにはＦタカラニルムという独特の色素があって、その成分を凝縮（ぎょうしゅく）すると例の結晶構造が簡単に作れるんです。

――すごいですね。しかし商品化するには相当な量のタカラガイが必要だったと思うのですが、手に入ったんですか。

丸山　前社長はどこかから大量のタカラガイを入手してきました。

――どこからですか？

丸山　入手経路の詳細はついに教えてくれませんでした。しかしとにかく、そこから十二年間、タカラガイの供給が滞（とどこお）ることはありませんでした。そのあいだに、Ｆタカラニルムの人工合成技術も確立されましたので、今ではタカラガイは使っておりません。

――改めてすごい方ですね、前社長は。

丸山　まったくです。亡くなる直前のことになりますが、「結局、資産は銀行口座がゼロになる前の倍になってしまった」と苦笑されていました。

――５Ｄスクリーンは今やあらゆるシーンで用いられています。《マスミチ》は次に何を世に送り出してくるのかと世界中に注目されていますが、今後の展望は？

丸山　今のところは画期的な次世代商品の開発は行っていません。こういうときは、岡本前社長に倣（なら）い、普段通りの倹約生活を送るだけです。お金は使うべき時期が来るまで、無駄遣いをしない。それが前社長の教えですから。

キビツの釜（かま）

そもそも当社に祈誓する人は、数の祓物を供へて御湯を奉り、吉祥凶祥を占ふ。巫子祝詞をはり、湯の沸上るにおよびて、吉祥には釜の鳴る音牛の吼ゆるが如し。凶きは釜に音なし。是を吉備津の御釜祓といふ。さるに香央が家の事は、神の祈けさせ給はぬにや、只秋の虫の叢にすだくばかりの声もなし。

1

空いている左手でがさりがさりと生い茂る葉をかき分け、正太郎は傾斜のある山道を逃げる。もうここが道なのかどうかもわからない。

ぐろろろう！

獣の咆哮は二十メートルほどの距離に迫っている。ぎらりと光る目と、鋭利な牙を思い出す。あんなのに襲われたら大変だ。

体力には自信があるとはいえ、こんな道をいつまでも走ってはいられない。早く、ログハウスにたどり着かなければ。

「おっと！」

右脇に抱えた電気釜を取り落としそうになった。ふつふつと、中で米が炊きあがりつつある感覚が伝わってくる。蒸気が出てくるわけでもなく、外側に熱が放出されるわけでもないが、本当に邪魔だ。

ぐろろろおおう！

敵は近づいてきていた。体長は三メートル、いや、四メートルぐらいあっただろうか。速度もあり、このままではすぐに追いつかれてしまう。どこかに隠れて気配を消したほうがいい。どこかないだろうか。

「あいたっ！」

正面に生えていた木にぶつかって尻餅をつく。よそ見をしていて、気づかなかった。

「えっ？」

自分のぶつかったそれを見て、正太郎の体から血の気が引いた。

節くれだった茶褐色の柱……木ではなかった。根の代わりに、鎌のように鋭利な爪が大地をがっちり踏みしめている。その爪の周囲に何枚も、うちわほどもある赤い羽毛が散らばっている。

おそるおそる目線を上げる。

木々のあいだに、燃えるように真っ赤な羽毛の塊があった。にょきりと伸びた首の上に、濡れたくちばしと黒曜石のような眼玉があって、正太郎をしっかりと捉えている。

クキャアアッ！

鼓膜を破らんばかりの鳴き声とともに、正太郎は蹴とばされた。

「ぎゃあっ！」

幸い、爪に傷つけられることはなかったが、体は右の急斜面のほうに飛ばされた。枯葉を舞い上がらせながらごろごろと転落していくうち、口と鼻に土が入ってきた。

気づくと正太郎は、日の当たる平坦な場所に仰向けになっていた。

気を失っていた？　電気釜は？　キビツの釜は？

慌てて身を起こす。二メートルほど離れたところに電気釜があった。

「あぶねえ！」

飛びついてそれを抱きかかえる。

クキャアアッ！　という鳴き声が頭上遠くから聞こえた。見上げれば、ほとんど崖のような急斜面が数十メートル続いていた。

「あんなところから落ちたのかよ……」

体のあちこちが痛いが、骨が折れている様子はない。

図体はでかいが飛べない鳥と聞いている。追いかけてくることはないだろう。とはいえ、道を見失ってしまった。電気釜のデジタル表示を見ると、【炊飯　20分】となっている。

あと二十分で目的地を探し当ててたどり着けなければ、袖未は……。

今さらながらに運命を呪う。どうしてこんな辺鄙な孤島で、怪物のような鳥獣に追い回される羽目になってしまったのか。

一年。たった一年で、俺の運命は変わってしまった。

ふと、背後を振り返る。生い茂った藪を背後に、ぽつりとプレハブ小屋がある。荷物置き場だったのだろうか。壁は蔓植物に絡みつかれているが、扉は開きそうだった。

嘆いていてもしょうがない。あそこに地図があるかもしれない。ログハウスまでの道のりの情報を、なんとかして手に入れなければ。

額に浮かんだ汗を袖で拭きながら、正太郎はプレハブ小屋に向かって走りはじめた。

2

「しっかし、えらい男前じゃな」

毛虫のような眉毛のその男は、正太郎の顔を見てがははと笑った。

笠田幹夫。日本で知らない者などいない《ＣＡＳＡＤＡ運送》の創業者である。

「こりゃ、婿としては上々じゃけ。のう、衣空。お前も気に入ったろう」

衣空と呼ばれた娘は、父親の右隣で恥ずかしそうに目を伏せたままだった。物静かな、つまらなさそうな女だというのが、正太郎の第一印象だった。彼女の右隣で、笠田の妻はくすりとも笑わず正太郎の顔を見つめている。

「お宅の衣空さんも、おしとやかで素晴らしいですな」

正太郎の父、伊沢貞三が心にもないお世辞を言う。お前の趣味はもっと派手なコスプレ女だろうが……見合いの席でそんなことはもちろん口にしない。

「似合いのカップルじゃけえ、のう、テツヤ」

「おっしゃる通りですけ、社長！」

背後に控えている三人のスーツの男のうち、左端にいるオールバックの男がどすの利いた声で応じた。笠田の秘書だというが、舎弟のようにしか見えない。

実際、笠田が「物流やくざ」と陰で囁かれていることを正太郎は知っていた。

十八歳で広島市に本社を置く物流会社のトラック運転手になったが、度重なる法律改正による労働条件の変更で収入が減り、嫌気がさしてオペレーションに転身した。おりから技術が向上してきた自動運転システムに目をつけて独立し《CASADA運送》を起業したのが二十九歳のときだ。

彼が開発したSSシステムという物流体制は、有人大型拠点のステーションと、無人小型拠点のサテライトから構成される。各サテライトに集まった荷物は中型トラックでステーションに運ばれ、分別、再積み込みされる。その後、自動運転コンテナによってステーション間を移動し、再び各サテライトに運ばれる。このあいだはすべてAI制御である。

画期的なのは、そこから最終的な配送先までの配送を放棄するという仕組みであった。サテライトに運ばれた荷物は鍵付きロッカーに入れられ、顧客にはそのナンバーとパスワードが送られる。顧客は自分でサテライトに足を運び、荷物を持ち帰る。

不便なようにも思えるが、人件費や燃料費は大きく削減され、競合他社の半分以下の配送料を実現した。元気な若者はサテライトまで足を運ぶことをまったく厭わず、また、サテライトから個々の顧客までの配送を安価で代行する業者も現れた。《CASADA運送》のやり方は世に受け入れられ、創業一年で配送範囲は広島県内から中国地方全域に拡大した。勢いづいた笠田はさらに自動運転船の導入によって四国・九州に進出し、五年後には日本全国に《CASADA運送》の自動運転コンテナが走るようになった。

大酒飲みで、趣味は釣りに狩猟という豪快さ。毎年正月には全社員を広島の本社に集めて新年会を開くことも有名だ。

「おどりゃ、怠けとるとしごうしちゃるで！」

年初めのスピーチでは必ず怒号を放ち、社員たちを一時間叱咤しながら気合を入れるのが恒例となっている――というのを、正太郎も企業特集の映像で見たことがあった。

そんな笠田幹夫の一人娘との見合いの話を父の伊沢貞三が持ってきたとき、正太郎は天地がひっくり返らんばかりに驚いた。

「お前ももういい年なんだから」

固辞する正太郎を、貞三は静かに、しかし確実な威圧感をもってたしなめた。

貞三もまた、成功した企業人である。

代々肉牛の飼育と出荷をする《イザワ畜産》を経営する家に生まれたが、飼料の高騰、廉価な外国産牛肉、家畜伝染病などのリスクに悩まされるのが嫌で、思い切って牛を手放し、畜虫業に転じた。

環境問題が深刻になるにつれ、世界的に昆虫食の需要は高まってきていた。コオロギ、バッタ、トンボ、タガメ……かつては多くの人が食べるのに抵抗感を持っていたこれらの昆虫も、政府の食育活動や大手昆虫食会社のインフルエンサーを使ったキャンペーンによって次第に受け入れられる素地が出来上がっていた。

幸い、貞三には広大な放牧場跡地があった。そこに巨大な飼育ハウスをいくつも建造し、会社名も《伊沢昆虫興産》と改め、あらゆる食用昆虫を飼育して出荷した。精力的に外国の昆虫食を研究し、マシュマロゼミやハニーカミキリをいち早く日本に持ち込み、昆虫食スイーツのブランド《ＳＨＯＫＫＡＣＫ（ショッカク）》を立ち上げた。今やどこのスーパーでも手に入るセミ味やカミキリムシ味のアイスクリームは、もともと貞三が開発したものである。

次男の正太郎が生まれたときには、貞三はすでにこの国の名士の一人だった。忙しい父も病気がちな母も遊んでくれなかった代わりに、三つ上の兄・喜太郎（きたろう）と同様、好きなものは何でも買い与えられ、不自由なく育てられた。勉強では落ちこぼれたが甘い顔立ちで女性にはもて、東京の三流大学に進学してからは毎夜、湯水のように金を使って遊びまくった。

卒業後は《ＳＨＯＫＫＡＣＫ》の関連企業でそれなりのポストを与えられたが、真面目（まじめ）な兄と違って仕事そっちのけでやはり遊び回っていた。社長の息子という身分から社員は誰も文句を言わず、兄もビジネスに注力していたため、無能な弟のことなどまったく無視していた。

そろそろ人生について真面目に考えなければな、と思いはじめたのは三十を目前にした頃だ。きっかけは、母親の死だった。

お父さんもどんどん年を取るわ。あなたも、喜太郎を見習ってしっかり会社を支えてあげてね――。

痩（や）せこけた顔で母は言い残し、旅立った。

しっかり会社を――そもそも仕事に真剣に取り組んだことのない俺にそんなことができるものか。真面目に考えなければと自分に言い聞かせつつ無力感にさいなまれ、仕事にも遊びにも出ない日々が続いた。

今回の見合い話は、そんなときに持ち上がったものである。

《ＣＡＳＡＤＡ運送》の名や笠田幹夫のことは、もちろん知っていた。見合い相手はその幹夫の一人娘の衣空で、婿養子に入ることを希望しているということだった。

「綺麗な女性だぞ」

見合い写真を見せてくる。今時ご丁寧にフォトスタジオで撮影したのだろうか。和服姿のスレンダーな女性だった。

「クリエイターを支援するＮＰＯで働いているそうだ」

よくわからなかったが、好みの顔立ちではなかった。

仕方ないか、と正太郎は思う。

父親のビジネス感覚を受け継げなかったことを、正太郎は嫌というほど自覚している。経営に熱心な兄に比べて無能な弟と後ろ指をさされながら生きていてもしょうがない。それよりは勢いのある企業との関係を作る駒として機能したほうが、親父の会社のためにもなるだろう。

「失礼します」

ストライプのスーツに身を包んだ目つきの鋭い男が入ってきた。なぜか両手に古臭いものを抱えている。

「ご苦労じゃったの、カンタ。ここに置け」

「はっ」

笠田に命じられた通り、彼はそれをテーブルの上に置き、さっ、と頭を下げて出ていった。

貞三が怪訝（けげん）そうな顔をした。

「電気釜ですか？」

「おお、そうじゃけ」

たしかにそれは電気釜だった。だが、円筒状のフォルムも、外側の素材も、デジタル表示もランプも何もかも、古臭い。もともとは真っ白だったのだろうが、すっかり変色している。充電式のモデルのようだった。

「キビツ……だいぶ古いもののようですが」

貞三が指摘したのは、持ち手のところにある《Kibitz》というロゴだった。正太郎の知らないメーカーだった。

「わしの爺（じい）さんの買（こ）うたもんじゃけ、もう六十年になるじゃろの。おい」

この電気釜で何をしようというのか。笠田の意図がまったく見えない。

「爺さんは自炊が好きで、この電気釜を愛用しとった。キビツの釜は米が炊けたときにビビーッと、警報機みたいな音が鳴りよるのが特徴じゃ。ところがあるとき、スーッと、蚊（か）の鳴くような音しか出さんかった。翌日、婆（ばあ）さんが死んだ」

ぽん、と電気釜の持ち手に手を置く笠田。

「交通事故じゃった。それ以来、この釜が鳴らんかった翌日か翌々日に、笠田家の誰かに不幸が訪れるようになったんじゃ」

「不幸の予告、ということですか」

貞三が訊ねる。

「そういうことじゃ。爺さんは死ぬとき、代々この釜を大事にせえと言い残した。大事な決め事があるときは米を炊いて、音が鳴ることを確かめるんじゃ――とのう。それで笠田家では縁談が持ち上がるたびにこれで米を炊くということになっとる。俺とこいつんときもそうじゃった」

笠田は妻のほうに顔を向け、「あんときは窓の外の鳩が飛び立つほど大きゅう鳴ったな」と笑った。そしてすぐ彼は、正太郎のほうを向いた。

「まあ、そんなに堅苦しゅう考えんでもええ。単なる儀式じゃ」

堅苦しくなど考えていなかった。馬鹿馬鹿しい、と思っただけだ。

笠田は電気釜のスイッチを押した。オレンジ色だったランプが赤くなり、デジタル表示に【炊飯　30分】と出ている。

それから三十分、ほとんど笠田が一人でしゃべり続けた。

「……サーベルタイガーゆうは体も大きくてしぶとくての、ライフルの一発や二発では倒れん。おまけに脚が速あて、距離を取らんで狙うとすぐに襲い掛かってきよる。ぼれえスリルじゃ」

彼は五年前から、絶滅動物の復活プロジェクトに多額の出資をしているらしい。それで復活に成功したサーベルタイガーという猛獣を瀬戸内海に買った廃墟だらけの島に放ち、自らライフルを持ってハンティングしているというのだ。

「サーベルタイガーもええが、今度はエピオルニスを放つ予定じゃ。婿殿はエピオルニスを知っとるかの？」

婿殿という言葉に、正太郎は威圧感を覚えた。

「いえ。存じ上げません」

「かつてマダガスカルにおった巨大な鳥じゃ。高さが三メートルもあって、『アラビアンナイト』に書かれとるロック鳥のモデルになったんじゃ。そうじゃの、衣空」

我が娘を見る笠田。衣空は「ええ」と小さく言ってうなずいた。

「でも、エピオルニスは空は飛べません」

「空は飛べんが脚の強さはぼれえもんじゃった。爪も槍のように鋭くてほとんど怪獣じゃ。そんな巨鳥の腹にズドンと撃ち込むことを想像しただけで、ゾクゾクするけぇの」

ライフルを構える仕草をする笠田。正太郎は身震いを抑えるのに必死だ。巨大な鳥も、それを狩猟の対象とするこの男も、できれば関わり合いたくない相手だ。

「あなた、そろそろ」

笠田の妻が電気釜を指さす。デジタル表示には【炊飯　59秒】と出ていた。

「本当じゃ。みんな、耳塞ぐ準備はできとるか？　窓ガラスが割れるくらいの音じゃけ」

一人、嬉しそうな笠田。ちらりと父の貞三を見ると、律儀に両耳のそばに手を添えている。

正太郎は小さくため息をつき、デジタル表示を見つめる。三十秒……二十秒……。

「十！　九！」

十秒前から、笠田ははしゃいでカウントダウンを始めた。

「三！　二！　一……」

一同は次の瞬間、目を見張った。

……ぴし、ぴしぴし、……しー
蚊の鳴く声どころか、ティッシュペーパーが引き裂かれるくらいの音しか出なかった。

3

窓の向こうには、夕暮れの瀬戸内海が広がっている。

遠くかすむ島影は四国。波などほとんどない海の上、時間が止まっていないことを示すのは、白い波の筋を残しながら進んでいく漁船だけだ。

尾道（おのみち）タワーホテル、三十階のスイートルームである。

「腹が減ったな」

部屋の中を振り返り、正太郎は言った。キングサイズのベッドに腰を下ろした衣空は「そう」とだけ返事をした。

「昼間けっこう歩いたからな。腹減ってないのか」

「なんだか、気分が悪くって」

その顔はたしかに青白い。部屋の照明のせいかと思ったが、そうではないようだ。

「風邪（かぜ）でもひいたのか？」

「違うわ。たまにとても疲れてしまうことがあるの」

膝（ひざ）の上で、小鳥の形をした土人形を弄（もてあそ）んでいる。福岡で見つけた伝統工芸の土産品（みやげひん）だ。笛になっており、軽く吹いただけでピロピロピロとかなり大きな音が鳴るのでうるさいと正太郎は思ったが、なぜか衣空は気に入ったのだった。

「こういう日はすぐ眠ることにしているわ。悪いんだけど、私、夕飯は遠慮（えんりょ）させて」

「そうか」

ルームサービスを提案しようとしてやめた。本当に具合が悪そうだったからだ。

「あなた、外で好きなもの食べてきて。私、一人で寝ているから」

「そばにいようか？」

「大丈夫。一晩眠れば気分もよくなるわ。明日の朝食はいっぱい食べるから」

にこりと笑った。その顔に、正太郎は安心感を覚える。気遣（きづか）いのできるいい妻だと思う。

「わかった。それじゃあ行ってくるよ」

「ごゆっくり」

衣空を部屋に残し、正太郎は部屋を出る。閉まるドアの向こうで、ピロピロピロと弱々しい笛の音が聞こえた。

エレベーターで一階に下り、メタリックな雰囲気のエントランスを出ると、潮（しお）の香りに包まれた。少し歩けば細い道が入り組んだ住宅街に出る。

知らない町を一人で歩くのは悪い気分ではなかった。オレンジ色に染まる世界を歩きながら、正太郎はホテルに残してきた妻のことを考える。――見合いの日からもう、半年くらいが経つ。

……ぴし、ぴしぴし、……しー
キビツの電気釜がティッシュペーパーを引き裂くような音を立てたとき、真っ先に立ち上がったのは笠田幹夫だった。

「こ、これはどういうことじゃ！」

顔を真っ赤にして、彼は正太郎を睨みつけた。

「おどれ、おどれ……キビツの釜がこんなシケた音のはずがなかろうが！　破談じゃ。この縁談は、白紙じゃ！」

戸惑いが行き場を失って怒りになっているようだった。正太郎はその剣幕に恐れをなしながら、言いがかりだろうと内心反発した。

「いや、ま、まさか。笠田さん、ご冗談を」

貞三もまた、困惑している。

「冗談など言うか！　破談じゃ。信じとったのに……」

「あなた、いい加減にしてください」

笠田の妻が口を挟んだ。思いもかけない、鋭い口調だった。

「こんな古い電気釜がなんだというのです？　何十年も前のモデルなんだから故障だってするでしょう」

「しかしだな、お前」

「うんざりなの。ピラフもナシゴレンも作れない古臭い電気釜に何がわかるというんです？」

「貴子（たかこ）、おどれ、慎（つつし）めよ……！」

「いいえ慎みません。前代未聞の物流システムを作り上げ、絶滅動物の復活なんて新奇性に富んだプロジェクトに出資するあなたが、どうしてこんな古びた儀式にこだわるんです？」

「貴子……」

「これを機にやめましょう。こんな電気釜の占いなんて信じることはないわ。衣空だって正太郎さんのことを気に入っているのよ、ねえ？」

　うつむいていた衣空は母親の顔を見て、ちらりと正太郎のほうに視線を向けた。そしてまたうつむき、恥ずかしそうにこくりとうなずいたのだった。

「正太郎さんも、そうでしょう？」

「え……ええ、そうです」

　貴子に押されるように、正太郎もまた言った。

「ほら、決まりよ」

「そうですよ、笠田さん。決まりかけたことなのだから今さら反故（ほご）にはできません」

　貞三も説得し、笠田が折れる形で二人は結婚することになった。

挙式は五か月後、厳島神社で執り行われた。

「厳島神社は物流の神様じゃけえ、俺の娘の結婚式をするのに縁起がええのう」

見合いの日に取り乱したのが嘘のように、笠田は上機嫌だった。白無垢に身を包み、うつむいた衣空は正太郎の目にも美人に見えたが、お互いのことを何も知らないままの結婚であった。

衣空と初めてゆっくり話したのは、その日、披露宴が終わったあとのホテルの部屋だった。

「忙しい一日だったわね」

ガウン姿でベッドに腰かけた衣空はそう言った。敬語ではないその態度に、正太郎の心の障壁も溶けていった。

「ああ」

「見て、鳥居がきれいよ」

彼女が顔を向ける窓の外に目をやると、水の上に建つ鳥居がライトアップされていた。幻惑的な光景にしばし見惚れる。

「物流の神様だから縁起がいいって言ってたな。会社がさらに発展するといいけど」

衣空はくすりと笑った。

「物流の神様なわけないじゃない」

「え?」

「父はきっと、平清盛が海運の安全を祈念して寄進したことを言ってるんだろうけど、もともとは海上を守護する女神の居所として造られた神社よ。陸上輸送にまでご利益があるとは思えないわ」

彼女の話を聞いているうち、正太郎の中で何かが変わっていった。

高校生の頃から、何十人もの女と遊んできた。だがどの女も、流行の音楽かブランドバッグか化粧品の話しかできないような蓮っ葉な女だった。

俺は衣空に魅かれている。そう、自然と思えた。

「今日から、夫婦だな」

「ええ……」

二人は見つめ合い、そして結ばれた。

結婚式が終わってから二人の距離は急速に縮まり、翌日からのヨーロッパでのハネムーンを心の底から楽しんだ。クリエイターを支援するＮＰＯで働いている関係からか、衣空は美術に造詣が深かった。今まで美術館に興味などなかった正太郎だが、衣空に連れられて行くうちに教養が深まった気がしたものだった。

帰国してからすぐに、正太郎は好待遇で《ＣＡＳＡＤＡ運送》の社員となった。そしてすぐに忙しくなった。全国のステーション視察である。

「ゆくゆくはうちの会社を背負って立つ男じゃけえの、全国のステーションがどんなところにあって、どんなふうにシステムが動いとるかっちゅうのを見とかんことには」

笠田はぽんぽんと正太郎の肩を叩くのだった。

「なーに、そんな堅苦しゅうならんでもええ。行った先々で上等のホテルを用意しとくけ、美味いもんでも食うたら。そうじゃ、衣空も連れていけ。新婚旅行の延長じゃ」

広島発の全国旅行の始まりだった。まずは大阪を中心に近畿地方を回り、静岡を経て関東を一通り。東北を北上して北海道を回り、北陸から中国、九州を経て瀬戸内へ戻ってきた。

社長の娘夫婦ということで、どこへ行っても歓迎された。ステーションやサテライトの見学はそこそこに、美味いものを食べ、観光名所、美術館を巡った。笠田幹夫の義理の息子という立場に慣れない正太郎を、衣空は十分すぎるほど支えてくれた。正太郎の知らないビジネス用語もすらすら使いこなし、観光名所や美術館では地元の社員の知識を凌駕する教養の深さを見せた。「素晴らしい奥さんで羨ましいです」。そう褒められ、正太郎も気分がよかった。

だが――と、全国を回りつつ正太郎の心に引っかかりができていた。

何かが満たされない。

一つには、衣空との夜の営みのことがあった。初めはうぶな反応だったたが、何度か繰り返すうちに正太郎を満足させるようになっていった。だが、それも数回のことだった。飽きたのだ。毎回同じような夜を過ごすのに飽きてしまった。

素晴らしい妻なのだとわかってはいる。一生を添い遂げる価値のある女性なのだろう。だからこそ、もう一度くらい別の女と――という気持ちに蓋をしきれなくなってくる。男特有の理不尽な衝動だが、その衝動に素直に生きてきたのだ。

自慢じゃないが、顔はいい。ベッドの上のテクニックだって自信がある。まだ三十だというのに、残りの一生を一人の女にだけ捧げろというのは酷ではないか。

気づけば、尾道の空は藍色に染まっていた。

衣空といるときには抑えている気持ちが、一人になるととめどなく心からあふれてくる。

衣空じゃない女を、抱きたい。

「腹、減ったな……」

独り言が苛立っていることに、自分で気づいた。胃が食い物をくれと悲鳴を上げている。どこでもいいから飯屋に入って何か食おう。しかし周囲にはひび割れたブロックと、かびの目立つ壁の民家ばかり。

ふと鼻先を、ソースの香りが撫でた。誘われるように歩いていくと、「お好み焼き」と書かれた暖簾が目に入った。

引き戸を開く。大きな鉄板が一つ。カウンターに六席しかない小さな店だった。客どころか店員もいない。

「すみませーん。今行くから座っててー」

奥から若い女性の声が聞こえる。正太郎は引き戸を閉め、椅子を引いて腰かける。

「すみません、どうもー」

奥から現れたのは髪色の明るい二十代半ばの女性だった。目と目が合った瞬間、正太郎の心臓がどくんと鳴った。

一生に何度、こんなことがあるだろうか——。

彼女の目にも、正太郎に対する驚愕まじりの好意が浮かんでいる。

鉄板越しに交わされる無言の会話。

正太郎は確信していた。

俺は今夜、彼女を抱くのだ。

4

袖末は哀れな女だった。

十九歳のときに福岡で恋人の漁師の子を身ごもり、周囲の反対を押し切って結婚した。直後、夫の乗った漁船が海上保安庁の船と不慮の衝突事故を起こし、夫は死んでしまった。そのショックでお腹の子も流れてしまい、勘当されていたので頼れる身寄りもなかった。

絶望を抱え、死に場所を探して旅を続けているうち尾道にたどり着き、一軒のお好み焼き屋に入った。五十を過ぎた女将に身の上話をすると、うちで働きなさいと言われた。必死でお好み焼きの焼き方を覚え、店を手伝ううちに希望を取り戻したが、二度目の悲劇に見舞われる。

恩人であったお好み焼き屋の女将が、交通事故で死んだのだ。

再び悲しみの底に沈んだ袖末だったが、お好み焼きの味を継承しなければならないと一念発起し、店を継いだのが二年前だという。

二十四歳にして自分よりも壮絶な人生を送っている袖末の運命に、正太郎は打ちのめされた。

華奢な体と大きな目。朗らかだが、その人生に裏打ちされた陰が漂っている。

正太郎は、袖末にただただ魅かれた。

小さなお好み焼き屋の奥の、すれた畳の部屋。その肌に触れた瞬間、正太郎の体に電撃が走った。掌に伝わる体温。喉に這う舌。激しい息遣い。生涯に忘れえぬまぐわいがあるとしたら、それは今夜のことだ。ねっとりとしたソースの香り、生地の焦げた煙、それにキャベツから湧き出る水蒸気が官能的に正太郎を包んでいた。


ステーション視察旅行を終えて広島の本社に帰った正太郎は、すぐに「システム管理部門・山陽地方主任」という肩書を与えられた。トラックの経路について常に最新の情報を管理し、新たに追加すべき経路や廃止すべき経路を考えるという、社内でも要となるポストであった。

給料はよかった。そして、必要に応じて全国のステーションを見て回る出張の時間を取れた。

正太郎は密かに袖末に生活費を送金した。さらに、店の近くのマンションを一室借り、住まわせた。そしてしばしば、出張の名目で尾道へ出かけ、袖末と逢瀬を楽しんだ。

「ああ、来てくれて嬉しい」

袖末はいつも満面の笑みで正太郎を迎えた。正太郎は先にマンションの部屋に入り、店の営業が終わるまで袖末を待つ。そして袖末が帰ってきたら、朝までめくるめく時間を過ごす。袖未といると、時間の進み方がジェット機のように速かった。

出張先でのアリバイ作りはしっかりしているので、同僚も部下も、妻の衣空も、誰も袖未の存在には気づいていなかった。

「おかえり」

出張から帰ると衣空はいつも編み物をしていた。手芸に料理にフランス語——あくまで淑やかな趣味に没頭し、体を求めてこないことに頓着しないその態度は、正太郎を安心させた。

「話があるわ」

編み物の手を止め、衣空が言ったのは、五度目の逢瀬から帰ったときだった。バレたか。正太郎は焦る。

衣空は一度リビングを出ると、タブレットを持って戻ってきた。差し出された画面に映し出されていたのはTシャツとトレーナーだった。胸に《SHOKKACK》のロゴがデザインされている。

「お義父さんのスイーツの会社が、今度アパレルブランドを立ち上げるのを、知っているわね？」

「ええと……ああ、たしかそんな話を聞いたような」

「私をプロジェクトの中心メンバーにしたいってお義父さんから言われていたの」

これまで多くの新人の独立を支援してきた実績から、衣空に協力してくれるクリエイターは多い。父はそれを利用しようと目論んだらしい。

「実はもう何人かに声をかけたのよ。ほら見て。瀬田川リギョって知らない？」

タブレットに映し出される、バッタの顔。

「この人、本当は魚しか描かないんだけど、私が頼んだら昆虫を描いてくれたわ。これは話題になりそうよ」

「そうか……」

「あれ、私が《ＳＨＯＫＫＡＣＫ》のプロジェクトに携わるのに反対？　それならやめるけど」

「いや、そういうわけじゃないさ。むしろ嬉しい」

むしろ嬉しい――それは本心だろう。だが同時に疎外感を覚える。

親父は、俺より俺の妻を必要としたのだ。

疎外感は空しさに変わり、空しさは袖未への恋しさへと変わる。

「衣空、すまない。仕事を思い出した。今夜は帰らないかもしれない」

正太郎は置いたばかりのカバンを取って部屋を出る。

5

袖未のいる尾道との行き来が三か月も続いたある日、いつものように出張を装って尾道へ行くと、袖未の店は閉まっていた。マンションへ出向くと、袖未はげっそりしていた。

「キャベツが手に入らないの」

一週間ほど前から、キャベツを届けてくれる業者に連絡がつかないのだという。仕方ないと街のスーパーや八百屋を回るが、尾道のどこへ行ってもキャベツは入荷されていなかった。

「キャベツがないんじゃ、お好み焼きは焼けないわ」

「そうか……」

その翌日、正太郎は一度広島へ戻って日中の仕事をこなし、夕方にスーパーでキャベツを三玉購入して再び尾道へ向かった。二日続けての出張を周囲は不審がっているはずだが、袖未が困っているのにじっとしてなどいられなかった。

夕方の六時には店にいろ、キャベツを持っていくから——袖未にはそう言ってあった。コインパーキングに駐車し、店に走った。引き戸をがらりと開く。

「袖未、キャベツ持ってきたぞ！」

紙袋を掲げる。まず目に飛び込んできたのは、鉄板の向こうの袖未の困惑した顔。そして、カウンターに腰かけた女の背中だった。

見覚えのある服だなと思って、ゾッとした。

「キャベツなんか、どうして？」

振り返ったその女——衣空だった。怒気も悲哀も軽蔑もない、ただ石のような無表情だった。

「岩清水さんが、最近あなたの出張中の動向がおかしいって連絡をくれたのよ」

部下の名前だった。

「お金を払って尾行してもらったの。そうしたらあなたがこの近くのマンションに入っていったって。おかしいじゃない。尾道に知り合いなんていないでしょ」

相手がお好み焼き屋の女であることを突き止めるのにそんなに時間はかからなかった、と衣空は告げた。

「だから私、会社に手を回して、尾道全域へのキャベツの供給を止めてもらったの」

「なんだって……？」

この季節、尾道市内にキャベツを生産している農家はない。日本を席巻する物流会社の社長令嬢にとって、キャベツの供給を止めることなど赤子の手をひねるようなものだった。

「案の定、あなたがスーパーでキャベツを買ったって、岩清水さんから連絡があったわ。それも三玉」

袖未の目は真っ赤だった。

「衣空……これは……」

「いいのよ」

衣空は落ち着き払っている。

「私があなたにとって魅力的な女ではないことはわかっていたわ」

「いや……けしてそんなことは」

「いいって言ってるの。会社どうしのつながりを作るための結婚なんて財界じゃ当たり前よ。

夫婦に愛なんていらない。あなたが愛人を作ることに文句は言わないわ」

衣空は正太郎の手の中の紙袋を取り、中からキャベツを出した。

「ただ、黙っていられるのが癪（しゃく）だっただけ。だから子どもみたいな意地悪をしたのよ。はい、袖未さん」

冷たい鉄板の上に、キャベツを置く衣空。

「美味（おい）しいお好み焼きを焼いてあげてね」

衣空は店から出ていった。その日、正太郎は袖未の部屋に泊まったが、とても彼女と体を重ねる気にはならなかった。衣空の目に――その背後にある《ＣＡＳＡＤＡ運送》の目に、ずっと見張られている気がしていた。

「正太郎さん……私……」

寝返りを打ちながら、何度袖未は正太郎の名を呼んだだろう。

「大丈夫だよ」

慰（なぐさ）めの言葉が、瀬戸内の静かな夜の海に沈んでいくようだった。


翌週、悲劇が起こったとき、正太郎は仕事をしていた。

本社のオフィスで岡山の搬送経路図の改良案をじっと見ていた。すると突然、袖未からのメッセージが届いたのだった。

――助けて

胸中にとげとげしいざわめきが生じた。どうしたんだ、と送ったが返事はなかった。

「わあ、こりゃすげえな」

三十分後、部下の一人がパソコンを覗き込みながら大声を上げた。

「尾道で大火事だって」

すぐに彼のもとに飛んでいき、画面を眺める。もうもうと黒煙と業火の上がるその街並みを、正太郎は知っていた。

「紬未！」

「はあ？」

部下が正太郎の顔を振り返った、そのとき、

「正太郎はおるかぁっ！」

怒号を上げながら、黒いスーツ姿の男がオフィスに入ってきた。てかてかのオールバックの髪にサングラス。肩には木刀を担いでいるその男——見合いのときにいた、笠田の秘書、テツヤだ。正太郎の姿を認めるなりズカズカと迫ってきて、ワイシャツの首元をぐいとつかんできた。

「おどれ、ツラ貸せやっ！」

テツヤに連れて行かれたのは、本社十七階の応接室だった。入ったことのないその部屋の革のソファーに座らされる。

ガラスのテーブルにモニターが置かれていた。

笠田幹夫が映し出される。背後の壁から見て、ログハウスのようなところにいるようだった。

〈おうおう、婿殿〉

口調こそ穏(おだ)やかだが、目は日本刀の刃のようにギラギラしている。通話アプリでつながっているようだった。

「どうも……お義父さん……」

〈わしと、親子のつもりはあるようじゃの〉

眉毛がもぞもぞと、げじげじのように動く。

戸惑っていると、笠田はモニターの向こうで、だん、と何かを叩いた。びくりと震える正太郎の肩を、ソファーの後ろに立ったテツヤが押さえつける。

〈おどれ、衣空をずいぶん傷つけてくれたようじゃのお！〉

笠田の怒りで画像が震えた。

〈袖未ちゅう女のどこがええんじゃ〉

その瞬間、嫌な吐き気が込み上げた。

「お義父さん、お好み焼き屋に火をつけたのは、まさか……」

〈知らんけぇ！　それよりどう落とし前つけてくれるつもりじゃ、ああっ？〉

こちらの言うことは聞いてもらえない。だが正太郎には質(ただ)さなければならないことがある。

「そ、袖未は？　無事なんですか？」

〈見せちゃる。おい！〉

画角がぐっと広がった。笠田のすぐそばに、パイプ椅子に手足を縛られて気を失っている袖未の姿があった。

「袖未！　お義父さん、お願いです。悪いのは俺です。袖未だけは助けてください」

〈浮気相手の命乞いなんて、気分悪ぃけえの〉

笠田は手を伸ばし、袖未のあごに触れる。

「お願いです。今後は、衣空さんを大事にすると誓います。袖未とは別れ、二度と会いません。だから彼女は解放してやってください」

子どもが泣きべそをかくような声で、正太郎は言った。

〈夫婦じゃけえ、衣空を大事にするのは当たり前じゃろうが〉

「……ごもっともです」

ぺっ、と画面の中で笠田は唾を吐いた。

〈キビツの釜が鳴らんかったことが、すべての元凶じゃろうが〉

あの古臭い電気釜が、正太郎の脳裏に浮かんだ。

〈本気で衣空とやり直すつもりがあるんじゃったら、おどれ、わしの前でキビツの釜を鳴らさんかい〉

「はい？」

〈わしは今、ハンティング用に買うた荻鯖島の中央ハンターハッチで待っとる。港からまっとうに来れたらちょうど三十分ぐらいじゃけ。わしの前で釜を鳴らし、ほっかほかの飯を見せて

みい。それがおどれの禊じゃ！〉

そのとき、室内の観葉植物の向こうの扉が開いた。和服姿の女性がしずしずと入ってくる。キビツの電気釜を抱えたその女性は、衣空の母だった。

「うんざりなのよ、この電気釜」

モニターの横にそれを置きながら、彼女は正太郎に言った。

「でもこうなったらしょうがないわ。行ってきなさい、婿殿」

衣空によく似た無表情だった。

笠田の身内は誰も助けてくれない。やるしかないのだ。正太郎は電気釜を手に取り、立ち上がる。

「気をつけなさいね」

部屋を出るとき、背後から義母が声をかけてきた。

「島には、笠田が放ったサーベルタイガーとエピオルニスがうろついているわ」

6

荻鯖島は全体が木々に覆われた山のような島だった。かつて漁港だった港に下り立つと、小さな「ウェルカムセンター」があり、米と水が用意されていた。テツヤの指示でキビツの釜の中にそれらを入れ、蓋を閉める。

「準備はええな？」

テツヤは鋭い目で訊いた。

「中央ハンターハッチという建物までの道のりは？」

「それも自分で見つけろや」

正太郎の手の中のキビツの釜に指を伸ばし、スイッチを入れるテツヤ。

【炊飯　30分】

「笠田社長に炊き上がりの音を聞かせるんじゃ。それができなきゃ、おどれの女はどうなるかしれんぞ」

「お願いです、テツヤさん。どっちの方向かだけでも……」

きひひ、とテツヤは汚い歯並びの口を歪ませた。

「おどれみたいな、ええ顔立ちの男、わしゃ大嫌いじゃけんの」

あきらめるしかなかった。

ウェルカムセンターを飛び出し、十分のあいだに、サーベルタイガーに追われ、エピオルニスに蹴られ、崖を転落した。

――それでたどり着いたのが、この蔓植物に絡みつかれたプレハブ小屋だ。

ドアに鍵はかかっていなかった。

灰色の机が一つあり、右手の壁際に木箱とパイプ椅子がうずたかく積まれていた。正面奥にはスチール棚と黒板があり、「おぎさば自治センター」の文字がかろうじて読める。

テーブルの引き出しを開けるが、短くなった鉛筆の他には何もなかった。次いでスチール棚に残された書類をあさる。

「あった！」

島の全体が描かれたパンフレットが見つかった。中央ハンターハッチは、この自治センターの裏手から延びるつづら折りの道を上り、観音像（かんのん）の前の道を左に進むとたどり着くようだった。

机の上に置きっぱなしのキビツの釜を見る。

何かの役に立つかもしれないと、立てかけてあった縦型掃除機を右手に持ち、キビツの釜を左手に抱えて外へ飛び出した。

【炊飯　13分】

地図を探すのに手間取ったが、急げば間に合うだろう。

エピオルニスの鳴き声はもう聞こえなかった。辺りの茂みに目をやる。サーベルタイガーの気配もない。

建物の裏手に回り、砂利（じゃり）の道を上りはじめる。

木々はかなり生い茂り、かつての道を塞いでいた。縦型掃除機を振り回して道を切り開き、先を急ぐ。

「くそっ！」

これでは間に合わないかもしれないと思ったそのとき、倒木の向こうに、苔（こけ）むした観音像が見えた。

「やったぞ」

倒木を乗り越え、観音像の前の岩に腰かける。キビツの釜のデジタル表示は【炊飯　5分】となっている。

進むべき道は、今までとは違い、アスファルトで舗装されていた。そして百メートルほど先に、テントのような形をしたくすんだ灰色の廃墟と、その脇にある新築のログハウスが見えた。

「あそこだ……」

間に合う。早く行こう。

立ち上がり、二、三歩踏み出す。

ぐろろろう！

突如飛び出してきた毛むくじゃらの塊に、正太郎の体は弾き飛ばされた。

「どふっ！」

巨木に打ち付けられ、肺が押し潰されそうになる。地べたに手をついて顔を上げると、サーベルタイガーの黄色い目が正太郎を睨みつけていた。

一瞬の後、地を蹴ってその怪物は飛び掛かってくる。とっさに掃除機を顔の前にして防ぐ。サーベルタイガーの鋭い爪がそれをつかんだ。

ぐがおう！　ぐがごう！

上あごの鋭い牙がすぐ目の前に迫る。岩のような体重がのしかかり、腕が震える。

恐怖と後悔で、頭が熱くなる。

ここまでか……。あの物流ヤクザの娘と結婚したばかりに……。

ぐろろろうっ！

サーベルタイガーはとどめとばかりに口を開いた。生臭いよだれが、正太郎の顔に垂れてくる。

右の親指がスイッチに触れた。掃除機は起動し、魔女が叫ぶような甲高い音を立てて空気を吸いはじめる。

腕から重みが消えた。

サーベルタイガーは怯んでいる。この音が怖いとみえる。

正太郎は立ち上がり、掃除機を獣に向ける。強度調節ダイヤルを動かし、「強」にする。音はさらに大きくなる。サーベルタイガーは自分が飛び出してきた茂みに逃げ込んでいった。

ほっとしたのも束の間、また電気釜がない。

慌てて周りを見回すと、古びた松の木の太い枝の二股にすっぽり嵌まっていた。掃除機を捨て、枝の間から電気釜を引っ張り出してデジタル表示を見る。

【炊飯　2分】

右手に抱え、ログハウスに向けて走り出す。

傾斜がきついとは思わない。だが、足も腕も胸も痛い。どこで傷ついたのか、額から血が流れていて、右目に入った。

まるで水の中を走っているようにもどかしかった。気づかないうちに時間がどんどん過ぎているのではないかと、焦りで押し潰されそうだった。

ようやくログハウスが見えてきた。感覚がなくなってきた足に鞭打(むちう)って走る。

流木で作られたらしき凝(こ)った形のノブに飛びつき、扉を引き開けた。

「おおう？」

ソファーに腰かけた笠田がこちらを見ていた。

彼の周囲には三人の部下が控え、その向こうに……。

「袖未！」

その名を叫んだとき、ぐらりと視界が揺れた。

硬いフローリングに、両膝をついていた。

「ほほう、来たか。婿殿よ」

笠田がニヤリと笑う。

憎い。この男が……。しかし、愛する女の命を救うには、これしか……。

そのとき——。

音が、空気を劈(つんざ)いた。

踏切の警報機などという生易(なまやさ)しいものではなかった。災害か、あるいは戦争を思わせるような、世界中の不安を呼び込むような、悪魔のけたたましさだった。

「鳴った。鳴ったぞ！」

【炊飯　０分】

這うようにして笠田のもとにキビツの釜を運ぶ。それを床に叩きつけ、蓋に手をかけた。ぱかりと蓋を開く。

白い湯気。

一粒一粒の飯は立ち、つやを放っている。

正太郎は安堵の息を漏らした。

「これで、満足ですか……」

「おお」

ゆっくりりと、笠田が立ち上がるのが気配でわかった。

「うまそうな飯じゃの。わしゃ満足じゃ」

顔を上げると、目の前に、ライフルの銃口があった。

「未来は、明るいけぇの」

――銃声。

7

「なあ、サブロー」

「なんだよ、手を止めんな」

「この婿殿……なんていったっけ、名前」

「正太郎だろ？」

「ああそうだ。こいつ、なんで撃たれたんだ」

「社長が目的を達成したからだろ」

「目的って？」

「うるせえな。《伊沢昆虫興産》との太いパイプ作りだ。お嬢さんがまんまと、《ＳＨＯＫＫＡＣＫ》のアパレルブランドの中心になったんだからな」

「はあ？」

「あのなあ、社長がこんなボンクラを本気で自分の義理の息子に迎えるつもりだったと思うか？」

「違えのか」

「伊沢のところと結びつきが欲しかったんだよ。昆虫のためにな」

「昆虫？」

「バッタとか、カマキリとか、蛾とか、遺伝子工学でデカくするんだよ」

「デカく……まさか」

「そうだ。この島に放って、狩りをするんだ。社長、前々から空飛ぶ相手を撃ち落としたいって言ってたからうな」

「そのために、正太郎とお嬢さんを……だが何も、殺すことはなかったんじゃないのか」

「社長もそれは考えてなかっただろう。だが、こいつは浮気をした」

「それで頭に血が上ったのか？」

「違う。社長はそこまで単細胞じゃない。世間体を恐れたんだろう。娘の結婚相手で伊沢の次男坊が浮気をしたなんて世間に知られたら、《ＣＡＳＡＤＡ運送》と《伊沢昆虫興産》のどっちも信用を失う。お嬢さんが《ＳＨＯＫＫＡＣＫ》のアパレルブランドに入った今、正太郎はもう用なしだ。どっかで事故死してもらったほうが都合がいいだろう」

「だが誰かにバレたら」

「ああ、だから社長は占いをすることにしたんだ。秘密裏に正太郎を葬るのが吉か、凶か」

「占い……キビツの釜か」

「そういうことだ。聞いただろ、あのけたたましい音。社長の思惑通りにしたほうが得策だっていう、ご神託さ」

「ご神託って……本当かよ……」

「俺たちの知ったこっちゃねえ。俺たちにできるのは、こいつを埋める穴を掘ること。そして、このことをけして口外しないことさ」

「……あ、ああ」

「わかったらほら、手を動かせ。急がねえとお前も、社長に消されるぞ」

アサヂが宿

いづれか我が住みし家ぞと立ち惑（まど）ふに、ここ二十歩（ほ）ばかりを去りて、雷（らい）に摧（くだ）かれし松の聳（そび）えて立てるが、雲間（ま）の星のひかりに見えたるを、げに我が軒の標（しるし）こそ見えつると、先（ま）づ喜（うれ）しきここちしてあゆむに、家は故（もと）にかはらであり、人も住むと見えて、古戸（ふるど）の間（すき）より灯火（ともしび）の影もれて輝々（きら）とするに、他人（こと）や住む、もし其の人や在（いま）すかと心躁（さわが）しく、門に立ちよりて咳（しはぶき）すれば、内にも速（はや）く聞きとりて誰（た）そと咎（とが）む。

1

八月十日未明より沖ノ鳥島を襲った台風十七号は、十二日の夜中には通過していた。勝城尚子は十三日の朝一番の便で羽田に飛ぶつもりだったが、台風は東京に上陸しており、入れ替わるように羽田発着の便がすべて欠航になっていた。

もともと便が少ないうえに、滑走路を造るほどの面積を確保できない沖ノ鳥島空港の発着便は、すべてオスプレイ機で席数も少ない。結局、席が取れたのはその日の午後七時二十分発の「CRR343便」だった。

席はジャンボジェットのエコノミー席よりも狭く、隣の席の男性乗客とひじがぶつかってしまいそうである。話しかけられたら面倒なので、尚子は備え付けのVRゴーグルを装着した。すぐに【安全のために】というタイトルの映像が始まった。

VRになっても、ほとんどの乗客がこの映像を真面目に観ないのは変わらない。思考を停止すると、すぐに、愁平への怒りが湧き上がってくる。

百五十八センチという低身長。潰れたような鼻。はっきり言ってマイナス評価だらけの外見。だが経産省勤務というスペックがあった。向こうは向こうで尚子に一目ぼれをしていた。

条件はすべて合っていた。

合っていた、はずだった。

……今はあいつのことを考えるのはやめよう。東京に戻って問い質せば済む話だ。必ず、元の仕事に戻す。

【安全のために】は終わり、映画選択画面になっていた。つまらない男のことばかりを考えているのは癪だ。気晴らしに何か観るかと視線を動かして物色するが、面白そうなものはない。もともと映画を観る習慣がないのだ。何か眠くなれるほど退屈なのがいい。

2

国際海洋法ががらりと変わったのは、十年前のことだった。

領土から十二海里を領海とし、領海の基線から二百海里を排他的経済水域とする——その、「領土」の定義が変わったのだった。周囲を海に囲まれた島の場合、当該国籍を有する住民が百人以上、継続的に居住していない島は領土と認めないというのである。

国際会議でこれを強固に主張したのは中国の代表だ。日本に得をさせまいという真の目的は、世界中の国が知るところだった。それに先立つこと二年前、日本最南端の島である沖ノ鳥島周辺の海底に、想定を超えるレアアースが眠っている見込みが明らかになっていたからである。

沖ノ鳥島は周囲十一キロの卓礁である。それまでは満潮時も海面上に突き出た状態になる岩の周囲をコンクリートで護岸し、新たに珊瑚を植え付ける策をとってなんとか維持していた。中国の主張が通れば沖ノ鳥島は領土と認められず、日本は広大な領海と排他的経済水域を失う。日本はもちろん反対したが、中国は長年の多額の融資の恩を着せてアフリカ、南米、東南アジアの諸国を味方につけていた。

ただ、日本もやられっぱなしではなかった。アメリカやオーストラリアに仲介の根回しをし、国際海洋法の改定を十年後に先延ばしにしたのである。辛(から)くも得ることのできた猶予(ゆうよ)期間に、政府は早急に手を打った。

沖ノ鳥島に国民を住まわせるプロジェクトである。

島の大部分は干潮(かんちょう)時に顔を出す珊瑚礁である。そこへコンクリートと建築材を運んで満潮時にも沈まない人工島を造り、住宅棟やオフィスビルの他、発電、通信、上下水道、人工食肉工場、屋内農地など、生活に必要な設備を急ピッチで建設した。並行して政府は東京都と話をつけ、沖ノ鳥島を「沖ノ鳥島区」という二十四番目の特別区に指定した。さらに、沖ノ鳥島区に本社を置く企業とその社員には、十五年間法人税と所得税を大幅に軽減するという特別法を制定した。

初の移住が行われたのは、沖ノ鳥島区が設置されてから一年後のことであった。その頃には住宅棟や企業用のテナントもかなり整備され、ネット環境も本土と遜色(そんしょく)ないほどに整備されていた。映画館やプール、テニスコートなど、娯楽設備も整えられており、移り住んだ人々は意外なほどの快適さに驚いた。

減税措置の魅力もあり、沖ノ鳥島に会社を構えようと希望する企業は、当初の予想をはるかに上回った。中には沖ノ鳥島周辺の海底探査に積極的に名乗りを上げる企業もあり、中国が次の策を打ち出す前に早急に海底資源開発に着手すべきであるとの世論が盛り上がった。

ただ、問題が一つ浮上した。

急激な人口増加に伴い、住居が足りなくなったのである。

そもそも、埋め立てで面積を広げるには限度があった。沖ノ鳥島は海嶺の上に奇跡的にできたような卓礁であり、コンクリート護岸がなされている部分から外は水深三千メートル以上の海底まで急斜面を描いていく。仮にここに支柱を立てて海上テラスのように陸地を広げていくとなると、莫大な費用がかかることになる。

日本政府は各大学や企業にアイディアを求め、注目が集まったのが、《アサヂホーム》の「海中集合住宅」であった。

尚子は、その技術の先駆者だった。

千葉県にある習志野工業大学の大学院時代から、彼女は国内外の水中建造物の研究をしており、「海中集合住宅」の構想をまとめた論文で賞を獲っていた。二十五歳で《アサヂホーム》に入社すると、同社がすでに研究開発を進めていた3Dプリンターによる簡易住宅技術と自らの研究成果を合体させ、南房総に実験的海中集合住宅を建造した。

まず、海に臨む硬い岩盤から海上に向かって水平に、鉄橋状の構造物を張り出させる。そこを足がかりとして、今度は海中に向かってエレベーターとらせん階段を擁するタワーを建造する。タワーからは四方に枝分かれするような廊下を延ばし、その先に3Dプリンターで造った球状の住居を設置していくのだ。まるで海の中に大きなブドウが生ったようなその集合住宅は「シーグレープ」と名づけられ、建設業界で話題をさらったのである。

海中集合住宅の責任者として、会社はまず、尚子の研究をよく理解している松波という男を現場責任者として沖ノ鳥島に派遣した。だが三か月後、松波が辞職を申し出たのだった。頭はいいが体が弱い性質で、沖ノ鳥島の環境に適応できず、そのうえ現場作業員との折衝もうまくいかなかったらしかった。

そして今年の三月、尚子は新興プロジェクト部の部長に呼び出され、松波の後任として沖ノ鳥島に赴任してほしいと打診されたのだった。

「私はただの研究者ですよ？」

「謙遜するな。君が建築現場の責任者としての資質を備えていることは誰もが認めている」

尚子はその誇らしい褒め言葉を嬉しく思った。自分の研究が国家プロジェクトに組み込まれるのでさえ名誉なことである。その現場責任者を任されるなんて――。

だが、「行きます」と即答することをためらわせる理由が一つあった。

婚約者の存在である。

宮城愁平。一年半前に《アサヂホーム》が手掛けた政府関係の建造物の落成パーティーで出会った相手だった。

「やあ、今回はお世話になったね」

経済産業省の次官だという男性が、尚子の上司に話しかけてきた。その次官にカクテルグラスを持ってついてきたのが、愁平だった。次官と上司が親しげに話しながら離れていき、残された二人でなんとなく話すことになった。

「僕、ビールって苦手なんです。でも、カクテルみたいなのを飲んでいると怒られるから」

頼りない男だ、というのが第一印象だった。やたら腰の低い丁寧語も気になったし、中央に寄せるような短髪も、ストライプのスーツもあまり似合っていないような気がした。背は低いし、顔の造りも平均以下だ。

「実は私、勝城さんの論文をいくつか拝読しています」

彼に対する評価が変わったのはこの一言がきっかけだった。

実際、彼は尚子の論文の内容を《アサヂホーム》のどの同僚や上司よりもよく理解していた。水中に建築物を造ることがいかに省エネになり、またセキュリティ上の利点もあるか。尚子がその研究に込め続けている思いをすべてわかってくれている気がした。

「本当に素晴らしいお仕事です」

曇りのない笑顔に、尚子は心を開いた。

「宮城さんは、普段どういった内容のお仕事をされているんですか?」

「Q－yenっていう、新たな金融システムの導入の調整です」

日本の人口減少はすでに歯止めの利かない状況にある。アジア各国から働き手を獲得することでなんとか経済を維持してきたが、すでに国際競争力の低下は免れない状況にある。Q－yenは導入によってその状況を改善させることが期待されている。スイスやリヒテンシュタインで採用されているものをさらに発展させたシステムなんです——と、その仕組みについて愁平は説明してくれたが、門外漢の尚子にはよくわからなかった。だが、軌道に乗れば日本が再び世界の経済大国に返り咲くのも夢ではないと声に力を込めるその姿に、将来性を感じた。経産省のエリート官僚、夫としては申し分のないスペックだ。連絡先を交換し、すぐに交際が始まった。

三か月目には、お互いに結婚を意識するようになっていた。

愁平は高校生のときに両親と死別しており、尚子は折り合いの悪い両親とは学生時代から没交渉である。家族に関する煩わしさはなかった。

住まいはどこがいいかという話も、二人の通勤に都合のいい目黒区内ということで意見が一致した。尚子にとって水中建造物はあくまで研究対象であり、自分が住もうとは思わない。

お互い仕事を続けること、夫婦別姓とすること、家事・生活費の分担、それぞれのプライバシーへの干渉などについてもストレスなく合意できたが、一つだけ、意見の合わないことがあった。子どものことだった。

愁平が子ども好きなことはわかっていた。二人で街を歩いているときに、すれ違う女が押しているベビーカーの中の赤ん坊に愛想を振りまいているのを見たことがあった。ショッピングモールで、泣きながら喧嘩している五歳くらいの男の子たちの仲裁をしたこともあった。そういう姿を見ると、尚子はうんざりするのだった。

「私は、子どもが嫌いなの」

付き合って半年が過ぎてこの話になったとき、尚子は端的に言って切り上げるつもりだった。だが愁平は引かなかった。

「自分の子どもなら、きっと可愛く思えるよ」

「そうじゃなくって」

尚子は言いよどんだ。子どもは論理的ではないし、世話をしないと何もできないくせにわがままで、すぐ泣く。そういうところもたしかに嫌いだ。だが尚子が子どもを持ちたくない真の理由は、もっと根本的なところにあった。

性交渉のときに男性から出る、独特の体臭が苦手なのだ。

尚子が初めてそれに気づいたのは、大学生のときだった。学部の助教と恋仲になり、初めて部屋を訪れ、雰囲気が熟した。尚子も嫌ではなかったので助教に身をゆだねたが、いざことが始まろうというときになって、強烈な臭いに鼻がもげそうになった。

子どもの頃、近所に柿をくれるおばさんがいた。尚子は柿が嫌いで、あるときもらった柿を自室の学習机にしまったまま忘れて腐らせたことがある。黴と糖分の入り混じったような絶望的な臭気が部屋中に充満してしまった。

男の体臭はそれに似ていた。助教を押しのけ、トイレに駆け込んで胃の中の物をすべて吐いた。

それから何度か性交渉を持つ機会はあったが、決まって同じことが起きた。こっそり友人に相談したが、そんな臭いを嗅いだことはないと笑われた。精神的なものかと思って医者に相談したが、原因は不明だった。

男は興奮したとき独特の臭気を発するのだ。誰が何と言おうと尚子の中では真実だった。

愁平にはそのことを告白していなかった。交際してから数か月、性交渉は避けてきた。愁平は尚子の態度に何かを察してくれており、迫ってくることはなかった。そういう気遣いが好きだし、甘えてしまっていたのだ。

試験管ベビーという手ももちろんある。だが、子育てに時間が取られることを尚子は忌避した。費用をかけてまで手間のかかる子どもを得たいとは思わない。

やっぱり俺は子どもが欲しい。それなら結婚はできないわ。

気まずい話し合いは一か月ばかり続き、結局、愁平が折れた。

「子どもなんていなくても、君との生活は楽しいだろうから」

「ありがとう。愛しているわ」

愁平の作り笑顔の向こうの寂しさに、尚子は気づかないふりをした。

入籍は三月十三日。愁平の誕生日を選んだ。

上司に紹介された羊の美味なビストロでお祝いをし、その席で尚子は夫婦にとって嬉しいことを告げた。

勤め先の《アサヂホーム》の住宅部が、新居を割安で手掛けてくれることになった——ということである。

「すごいじゃないか！　尚子はやっぱり、仕事ができるなあ」

愁平は手放しで喜んだ。

「最新のオール電化設備も全部入れてくれるんですって」

「《アサヂホーム》の技術は世界でも注目されてるもんなあ。こんなに嬉しいことはないよ」

尚子は誇らしく、満足感を覚えた。

次の日曜日、境(さかい)という住宅部の担当者との打ち合わせが始まった。二十五歳でスポーツマンタイプの彼は、各設備についてしっかり勉強しており、質問にも打てば響くように答えてくれて気に入った。決まった時間に沸く風呂(わふろ)や自動フォルダー機能つき洗濯機……夢のような新生活を想像し、尚子の胸は高鳴った。

「こちらのスペースは、将来お子さんができたときに子ども部屋としても利用できます」

間取りの一部を指さして境が言ったとき、愁平の顔に陰がさした。

「子どもは作りません」

尚子はきっぱり言った。境はきょとんとしたが、やがて「そうですか」とだけ言って次の説明に移った。愁平の表情には、気づかないふりをした。

新居の建築開始は四月七日。完成予定日は八月二十五日となった。それまではお互いの一人暮らしの部屋で過ごそうという話をしていた矢先、尚子に沖ノ鳥島への赴任の打診があったのだった。

赴任予定日は四月十日。一度行ったら二年は帰ってこられないという話であった。

「行きたいんだろ?」

愁平はいつもと変わらない顔で言った。

「わかるよ。行ってくればいい」

「いいの?」

「いいもなにも。これは君にしかできない仕事じゃないか。日本のためにもなるし、君のキャリアにもハクがついて、もっと将来性のある仕事につながるかもしれない」

本当に話が早い人だ、とわが夫が愛おしくなる。尚子は自分の研究を仕事に生かし、今後も活躍の場を広げていきたいのだ。口に出さなくても、それを理解し、支えようとしてくれる愁平は素晴らしい。そして誰より、こんな夫を見つけ出した自分を褒めたくなる。

「新居のことはすべて愁平に任せるわね」

「ああ。できてからしばらく一人暮らしになるのは寂しいけどね」

「たった二年よ。すぐに戻る」

かくして、四月九日の夜、尚子は沖ノ鳥島に旅立ったのだった。

3

「あんたが勝城さんか？」

黄色い短髪。しわくちゃの顔、鼻ピアス、開いた作業着の胸に光る金色のネックレス……狛村というその現場主任を一目見たときから、馬が合わない相手だということはわかった。

「はぁー、若い若いと聞いていたけど、こんなに若いとはな。沖縄のリゾートと勘違いしてきたわけじゃねえよな」

尚子の体をいやらしい目つきで眺め回す。まだ五十にはなっていないだろうが、ずいぶんガラガラした声だった。沖ノ鳥島の建設現場には、本土で仕事ができなくなった人間が集まっているから気をつけろと上司に言われたことを思い出す。なめられてたまるか、と勝気な性格に火が付いた。

「まあ、俺たちは水着になってもらっても一向にかまわねえがな」

「現場を案内して」

冗談に応じなかった尚子が気に入らなかったのか狛村は、ぺっ、と唾(つば)を吐き、事務所棟を出ていく。

四月だというのに沖ノ鳥島の日差しは強く、尚子はUVカット仕様のアオズキンなしでは歩けないが、狛村はずんずんと進んでいく。見渡す限りの白いコンクリートの向こうに、《アサヂホーム》のロゴの入った建築用3Dプリンターが三台見えた。

近づくにつれ、尚子は違和感を覚える。形成されたWDFシリコンを吐き出す3Dプリンターから、のごん、のごん、のごん、と聞いたことのない音が聞こえてくるのだった。

「ねえあなた、この音はなに？」

作業を見守っている赤いタオルを頭に巻いた男に尚子は訊(たず)ねた。右の二の腕に、般若(はんにゃ)の刺青(いれずみ)がある。

「誰だあんた？」

「松波の後任だとよ」

と、狛村が言う。

「お前みたいな小娘に、現場責任者が務まるのか？」

「この音はなに、って訊いてるの」

「知らねえ。一か月くらい前からするんだよ」

「ちゃんとメンテナンスしてるの？」

「作業は問題なく進んでるよ」

「今すぐ止めなさい」

赤タオルの男は渋ったが、尚子は無理やりスイッチを切り、メンテナンス用の扉を開こうとした。しかし、なかなか扉が開かない。砂と錆、それに飛び散ったＷＤＦシリコンの塊がへばりついているのだった。五分ばかり格闘したあとで、べりべりと音を立てて扉は開いた。

ごとりと落ちてきた白い塊を見て、尚子は叫びそうになった。

シリコンの塊にまみれた、海鳥の死体だった。

「ああー、っははは」赤タオル男は笑う。「こんなのが詰まってたんだあ。どうりで動きが鈍いわけだ」

「本当だな」

狛村もまた笑っている。

「ここんとこ、この台からできたやつはちょっと欠けてるしな」

「欠けてる？」

尚子は狛村を睨みつけた。

「ああ、ほら」

狛村が指さした壁材の一部、たしかに直径五センチくらいの穴があいている。尚子の中に一気に怒りが膨れ上がった。

「何考えてんの！　水の中で使うのよ？　欠けていたら使い物にならないじゃない」

「大丈夫だよ。貫通してるわけじゃないから水が漏れることはない」

「劣化速度が全然違うわ！　安全意識はないの！」

「あっ？」狛村の目が鋭くなった。「さっきからなんだお前。現場を取り仕切ってるのはこの俺だぞ」

「あんた、水中建造物の論文を何本書いたことがあるっていうの？」

思い切り高圧的に言ってやった。

「何も知らないのはあんたのほうでしょ。私に従いなさい！」

「てめえ！」

アオズキンにつかみかかってくる狛村。尚子は一歩も怯まず、その鼻先に指を突きつけた。

「すべて稼働は中止！　今すぐ東京の本社に連絡を入れてメンテナンスを呼ぶわ。いいわね」

そして、尚子はすぐに宿舎に戻り、本社の上司にビデオ通話をつないだ。

「松波さんが軟弱だから、あんなふうにつけあがるんです。あれでは作業はいつになっても終わりませんよ！」

尚子の剣幕に「す、すぐに確認するよ」と上司はたじろぎ、通話を切る。その後もしばらく怒りは収まらなかったが、やがて落ち着いてくると、どっと疲れに見舞われた。

狛村——あの教育の程度の低そうな現場主任。赤タオルの男を見る限り、他のスタッフもまた同じような人間だと予測できる。

領海と排他的経済水域を守るための国家事業といえば聞こえがいい。だがその実は、太平洋の小島での建設作業。何かしらの事情で流れてきた作業員ばかりが集まっているのだろう。松波が音(ね)を上げたのもわかるというものだ。

頭が痛くなった。勢い込んで来たけれど、けして華(はな)やかな現場ではない。

ただ、宿舎の設備は悪くはなかった。１ＬＤＫと、一人暮らしにはじゅうぶんな広さで、《アサヂホーム》の技術がいかんなく発揮されていた。

リビングの隅(すみ)には、最新のＶＲオンラインブースまで設置されていた。午後八時を待って、尚子はＫｉｋｋａにアクセスし、あらかじめ作っておいたバンガロー型の対話ルームへ入った。

そこにはすでに、愁平のアバターがいた。

〈どうだい尚子、日本最南端の景色は？〉

すぐ目の前にいるかのように、愁平は訊ねてきた。

「最悪よ」

尚子は不満をぶちまける。

〈それは災難だったな〉

「本社に問い合わせたら、復旧作業員が来るのに三日かかるって。普段からメンテナンスをしっかりしなさいって説教しても、彼らは全然聞く気がないの。サルの群れを調教しているみたい」

〈しょうがないだろう。尚子のように恵まれて生活してきたような人たちじゃないんだよ、きっと。自分の常識だと思っていることを押し付けるんじゃなくて、相手の気持ちを聞いてやることも必要だよ〉

愁平は、冷静なことを言った。

「私にできるかしら」

〈やるしかないよ。尚子にしかできない仕事なんだから〉

ベストの答えだ、と尚子は思った。弱音を受け止めて慰めてくれることを優しさと呼ぶ人間もいるが、それはただの軟弱だと尚子は思っている。私が唯一無二のエキスパートだと思い出させてくれる。これこそ、私の夫に必要な資質だ。

「わかったわ。当たり前よ」

尚子は微笑んでみせた。

翌日、３Ｄプリンターが動かないことを理由に欠勤しようとする作業員たちを支社の会議室に集め、尚子は研修を行った。

両腕全体にタトゥーが入っていたり、明らかに何かの中毒の後遺症でつねに体を震わせていたりと、やはり一筋縄ではいかないような作業員が二十人ばかり。なぜお前の話なんか聞かなきゃいけないんだと敵意丸出しの目を向けてくる彼らに向かい、尚子は自分たちが担当している海中集合住宅の建設が日本にとってどれほど重要なことなのか、基本から丁寧に説明した。

彼らのほとんどは「排他的経済水域」という言葉の意味すら知らなかったが、尚子の情熱の込もった講義に次第に前のめりになり、午前が終わる頃にはすっかりやる気になっていた。

「勝城さん、あんたの話、なかなか面白いな」

昼休憩でスムージーを飲んでいると、狛村が話しかけてきた。

「しかし、俺たちが本当に国家事業なんて任されていいものかわかんねえ。俺なんて、群馬の建設会社の金をちょろまかしてよ。警察に突き出す代わりにって船に乗せられ、この最果ての島に来た。主任なんて名ばかりだ。言われたことを、よくわかんねえままやってただけだよ」

「前任者の松波さんから説明は受けなかったの？」

「受けたけど聞く耳なんか持たねえ。俺の人生は終わったと思っていたんだ」

「終わりじゃないわ、始まりよ」尚子は確信を持って告げる。「私たちがしているのは、日本の水産資源と海底の鉱物資源を守る重大な仕事。未来の日本人が、必ずあなたを誇りに思うわ」

「俺を、誇りに？」

「日本の危機を救うんだから、当たり前でしょ」

狛村の目に子どものような輝きが浮かぶのを、尚子は見た。

「しかし勝城さんよ、午後はどうするつもりなんだ？」

すぐそばで弁当を食べながら、平瀬が言った。昨日、３Ｄプリンターのそばにいた赤タオルの作業員である。

「プリンターが動かせないんじゃ、作業ができねえ。せっかくやる気になったのに、仕事ができないんじゃなあ」

「仕事はあるわよ。作業計画を一から立て直さなきゃ」

作業は、当初の予定よりだいぶ遅れている。プリンターのメンテナンスが甘かったことに加え、作業員がサボっていたのが大きな原因だった。

「そういうのはあんたの仕事だろ。俺たちは学がねえ。上の命令に従うだけだ。たまにサボりながらな」

「自分たちで作るの。意見がある人は言ってね。作業効率を上げて遅れを取り戻すにはどうしたらいいか。実際に現場で働いている人の意見を、大いに役立てたいの」

作業員たちはぽかんとしていた。だが、やがてその目には、大いなる希望が宿ることになる。

4

狛村たちに連れられて《北回帰線ボーイ》を訪れたのは、六月十日のことだった。

「マスター。今日は俺たちのボスを連れてきたぜ」

狛村が声をかけると、カウンターの向こうで赤いエプロンを着けた男が振り返った。まだらに染めた髪の毛を肩まで伸ばした五十がらみの彼は、尚子の顔を見て軽く会釈(えしゃく)したあとで、

「そこの、10番テーブル」

ぶっきらぼうに狛村に言った。カウンターのすぐ近くに、二十人掛けのテーブルが用意され

ていた。

「なかなかいい店だろ」

尚子を椅子(いす)に座らせると、狛村はニヤリと笑った。コンクリート打ちっぱなしの壁に、古びたサーフボードが掛けてある。天井(てんじょう)から吊(つ)り下げられているのは、三体の木彫りのカモメ。お世辞(せじ)にもおしゃれな内装とは言えないが、ここが太平洋のど真ん中の孤島だと考えたら、上々の居酒屋だろう。

全員が席に着くと、ほどなくして人数分のビールの入ったピッチャーが運ばれてきた。各々(おのおの)のグラスにビールが満たされた。

「じゃあ尚子さん、乾杯の挨拶(あいさつ)を」

狛村に促(うなが)され、尚子は立ち上がる。こういう挨拶はしたことがないが、責任者ならつきまとう仕事だと承知していた。

「えー、今日、一通りの作業が終わりました。目標としていた日程より二日も早いわ」

３Ｄプリンターの復旧が済み、作業が再開されてから三週間。計画通り十二の球状の住居が設置され、上下水道の配管作業と電気設備の作業が終わったところだった。尚子はここまでの作業を、全工程終了までのおおよその目処(めど)を立てるための一ユニットと考えていた。

「ここまでの工程をもとに、この先完成までの全工程を見直します。私の任期はとりあえず二年だけれど、一年半ほどで終わりそうね」

「だったら半年、遊ぼうぜ」

わはは、と笑う作業員たち。

「遊んでいる暇なんてないわ。この第一次計画が終わったら、政府は追加で住民を送り込んでくる可能性がある。今や沖ノ鳥島住宅の倍率は七十倍を超えているそうよ。もっともっと精度を上げていかないと。技術向上はもちろんだけど……」

「尚子さん」狛村がたしなめた。「ビールの泡がなくなっちまいます」

わはは、と笑い声が上がった。

「……そうね。今日のところはお祝いしましょう。乾杯」

かんぱーい、と声が重なる。

久しぶりに飲む生ビールは、こんなに美味しかっただろうかと思えた。

お祝いという言葉は間違いない。初めは絶対に仲良くなれないと思っていた彼らを、こうして手なずけることができた。やるべき仕事とそのビジョンさえはっきりしていれば、みな、効率よく作業をしてくれる。それを引き出せた自分の能力に、尚子は満足している。

意外と言っては悪いが、料理は良かった。海ぶどうのカルパッチョ、タコの活き作り、アナゴの明日葉パイ包み焼き……どれも独創的で、東京で食べても満足できるだろうと思える。

「食材はほとんど、沖ノ鳥島産なんだとよ」

すでに焼酎に移行して顔を赤くしている狛村が自慢気に口角を上げる。水産物の養殖や野菜の栽培の技術がここまで向上しているとは知らなかった。

「この焼酎も」

尚子の前に置かれたボトルには、『沖ノ鳥島麦焼酎　絶海天国』とある。

「すっきりしてて美味(うま)いよ。本土の居酒屋からも注文が入ってるっていうけど、三倍以上の値段らしいぜ」

「輸送費がかかるもんなあ」

平瀬が言いながら、『絶海天国』を自分のグラスに注(つ)ぐ。尚子は一つ考えていることがあった。

「この島はそのうち、観光地としての機能も持つようになるかもしれないわね」

「まさか」狛村は笑った。「なんにもない島ですよ」

「でも、この島でしか体験できないことがあるとしたら？　飲食物だってそう。海だってあるんだし、アクティビティはいくらだって作れるでしょう？　もし観光地として注目されるようになれば、当然ホテルを建設しなきゃいけなくなる」

「俺たちの出番だ！」

話を聞いていた、若手の作業員が叫ぶ。

「そうよ。この島は生まれたばかり。この地を魅力的にするための仕事はまだまだあるわ」

「一緒にやろうぜ、尚子さん」

狛村もまた、高揚(こうよう)していた。ええ、と返事するのを尚子はごまかした。新しい観光地を作る仕事が魅力的でないわけではない。会社にだって企画は通るだろう。だが、本土に家を買ってしまったばかりなのだ。もともと二年で戻るつもりなのだから。

ガラガラと引き戸が開いた。

「マスター、遅くなってすまなかった」

ストライプのタオルを首からかけた、ポロシャツ姿の男だった。年齢は三十代の前半だろうか。日焼けした顔と無精ひげは狛村と同じだが、狛村よりもずっと清潔感がある。

両手で抱えた段ボール箱を、カウンターの上に置く。マスターが厨房から出てきた。

「福崎さん、何を持ってきてくれたんだ？」

「これは米ナス、これはオクラ」

「ずいぶんとでかいな」

見た目はオクラだが、ニンジンぐらいの太さがあった。

「遺伝子工学っていうのは、こういうものを作る仕事だから」

「どうやって食うんだい？」

「輪切りにしてソテーとか、フリットなんかも美味いと思うけど」

「へぇー、ちょっとやってみるか。ちょうどお客もいっぱいいるしな。福崎さんも飲んでいきな」

段ボール箱を抱えて厨房へ戻るマスター。尚子はそれとなく、汗を拭く男の姿を見ていたら、男が不意に振り返り、目が合った。

尚子は、目をそらした。


その夜、宿舎に戻ったのは二十三時過ぎだった。足取りはしっかりしていたけれど、酔っていた。

狛村は酔えば酔うほど面倒見がよくなる性質で、嫌な雰囲気はなかった。男ばかりの飲み会など下品な話題に終始するだけかと思っていたが、みな尚子の話を聞いてくれたし、沖ノ鳥島に来るまでのことを話してくれた。大なり小なり後ろ暗い過去をもつ人たちだったが、ここで人生を立て直すきっかけをつかめた気がすると、揃って希望を口にした。

そんなに甘いものではないだろうけれど、と尚子は思う。いい人生を送れるかどうかは努力次第。誰かの努力のきっかけを作れたと思ったら、悪い気はしない。

目を閉じる。ふと、今日出会ったばかりの福崎という男の顔が浮かんできた。野菜を持ってきたあと、狛村の誘いで尚子たちの飲み会に交ざったのだった。

農学博士で、沖ノ鳥島の住民が自給自足できる農作物の研究のため、農林水産省からの要請を受けてやってきたということだった。口数は少ないが基本的に笑顔だった。農学――今まで関心を持ったことのない分野だ。

チコリン、チコリンと音が鳴る。Ｋｉｋｋａの着信音である。

ＶＲゴーグルを装着し、バンガロー型の通話ルームに入ると、Ｔシャツ姿の愁平のアバターがいた。

〈やあ〉

やけに機嫌がいい。

「ええ、まあ。今日はちょっと疲れているわ」

〈あれ、酔ってる？〉

平静を保って答えたつもりが、わかってしまったようだった。

「大きな仕事が一つ終わったの。愁平も酔っているようね？」

〈今日はほら、竹下（たけした）部長の家に行く日だったろ〉

「ああ」

生返事をした。忙しさの中で、ここのところ、通話をしても愁平の話など耳を通り抜けていっている。

〈可愛かったよ、竹下部長の娘さんたち。上が小学校二年生で、下が幼稚園の年長さんだって。二人で俺の歓迎ダンスなんて踊ってくれちゃってさ〉

画面の向こうで、スマートフォンの画面を見てニヤニヤしている。

「他人の子どものダンスなんて録画してどうするの？　それより、家の建築のほうはどうなの？」

〈ああ、順調に進んでるよ。梅雨（つゆ）に入っちゃうと天候が心配だけどね。それより、小学校二年生ってもう、お手伝いできるんだね。ニンジンの皮むきを手伝ったんだってさあ、ミコトちゃん〉

どうしても上司の娘の話をしたいらしい。酔って、子ども好きの本性が現れてきている。胸の中を虫が這（は）っているような感覚に襲われた。

「もう切るわ」

〈待ってよ、一つ話したいことがあるんだ〉

「なによ」

愁平のアバターは話しにくそうに、だが真剣に、尚子の顔を見つめてきた。とてつもなく嫌な気持ちがした。

〈沖ノ鳥島から帰ったら、やっぱり、子どもを作らないか？〉

……やっぱり。

〈面倒は俺が全部見るよ。尚子はすぐに仕事に復帰していい〉

嫌悪感で背筋が寒くなる。妊娠期間、そして産後の体の回復。どれくらい時間を無駄にすると思っているのだ。それについては何度も話し、合意したはずなのに！

〈やっぱり、子育てって人生の大きなイベントっていうか。俺、やってみたいなあって……〉

「子どもは作らない！」

尚子は声を荒らげた。

「くだらない話を蒸し返さないで」

怒られた犬のように、夫はしょげ返っていた。怒りは収まらず「おやすみ」と、一方的に告げて通話ルームを出た。

5

朝の散歩を始めるようになったきっかけは、狛村の勧めだった。

最近はＫｉｋｋａで愁平と話していても、いらいらすることしかない。愁平の「子どもを作らないか」という言葉が原因だった。あれ以来、愁平はその話をすることはない。だが、心変わりをしていないのは目に見えていた。

亀裂。

そんな言葉が頭に浮かぶ。

愁平のことは愛している。だが、どうにも合意できない一点がある——苛立ちが仕事中にも顔に出ていたようだった。

「大丈夫か、尚子さん」

狛村が声をかけてきた。

「顔色悪いぜ」

「狛村さん、どうにもむしゃくしゃするとき、どうする？」

適当にやりすごしてもよかったのに、そんなことを訊ねた。

「スポーツかな。俺らと一緒にどうだ、フットサル？」

「やらないわよ」

「それじゃあ、ジムに通うとか。まあでも沖ノ鳥島のジムはどこも狭くて、マシンが空くのを待つのに時間がかかるしな。まあ、朝散歩するだけでも気が晴れるんじゃねえのかな」

試しに翌日から始めたら、狛村の言う通りだった。潮の香りも太陽の光も、昼間と違って柔らかい。狭い島なので、どんなに複雑なコースを通っても、疲れすぎる前に宿舎に帰ってくることができる。それに、これまで知らなかった島の施設を知ることもできた。

ただその日は少し、様子が違った。空が今にも落ちてきそうな黒い雲に覆われていたのである。雨が降ったなら降ったで、帰ってシャワーを浴びればいい。そんな軽い気持ちで散歩に出たことを、五分後に後悔することになった。

ぽつぽつと降りはじめた雨はあっという間に土砂降りになった。全身ずぶ濡れになりながら、手近な建物のエントランス前のひさしに入る。すると、自動ドアが開いた。

雷が鳴っていた。ためらわず、尚子は中に飛び込んだ。

白いリノリウムのタイルが敷かれた、円形の部屋。黒いガラスの扉が四つある。導かれるように尚子は、最も右の扉へ近づいていく。音もなく、扉が開く。

数歩入ると、すぐに背後で扉は閉まった。そこに広がっている光景に、尚子は息をのんだ。

ピンク色の光の下に、広大な畑が広がっているのだった。ある種の野菜の光合成には、ピンク色の光が有効なのだと何かの記事で読んだことがある。

生い茂る葉の中に、巨大な丸い実がいくつも生っている。スイカだろうかと思ったが、すぐに違うことがわかった。スイカは地べたに転がるように生るはずだ。目の前の実は太い枝にぶらさがるようについている。

近づき、その実を観察する。

「……トマト?」

間違いない。ヘタの形、全体的なフォルム、手触り……トマトに間違いない。スイカほどもあるトマトだ。不思議な感覚だった。まるで自分が小人になったような感じさえする。

「爆弾小町(ばくだんこまち)っていうんだよ」

はっとして振り返ると、すぐそばにストライプのタオルを首からかけた福崎が立っていた。

「ごめんなさい、私、勝手に」

口をついて出た言葉に、尚子は自分で驚いた。自分が謝罪の言葉を口にするなんて。学生時代以来、自分が間違うことなどないと思っていた。咎(とが)められたときにも、意見を強く主張すればたいていは、相手が謝るか折れるかして結論が導かれた。勝手に研究施設に入ったことだって、雨宿りのために仕方なかったと言えばすむ話のはずだった。それなのに、彼の顔を見て開口一番「ごめんなさい」と……。

「従来のトマトの四倍の直径だ。リコピン含有量は従来の一・二倍なんだよ」

福崎は気にせず、その爆弾小町というトマトの解説をしている。

「食べさせてあげたいところだが、今はまだ青い」

「いいえ。そんなつもりで入ってきたんじゃないの」

すると福崎は、ぷっ、と噴き出した。

「わかってるさ。急に雨が降ってきたんだろ?」

「……ええ」鼻がむずむずしてきた。

「沖ノ鳥島に来てから一年半が経(た)つけど、ここの天気は本当に読めない。それに台風は本当にやっかいなんだ。去年は露地(ろじ)栽培でこいつらを育てていたんだが、全滅してしまった」

くしゅん、と尚子は我慢できずくしゃみをした。

「ああ、ごめん。そのままじゃ風邪を引いちゃうな。奥へどうぞ」

「でも」

「タオルを貸してあげるから。それに、面白いものを見せてあげるよ」

少年のように無邪気な笑みを見せ、福崎は尚子を畑の奥へと誘っていく。爆弾小町のエリアを過ぎると、そこはやたら長いきゅうりの林だった。ぐんぐん進む福崎の後ろを追いかける尚子の鼻を、葉の青臭さが撫でる。人工的なピンク色の光の下、野菜の成長は自然の営みそのものだった。

しばらく行くと、白いテーブルセットと棚のある空間に出た。さらに向こうにはトウモロコシが植わっている。

「ほら、これ」

福崎は棚から取り出したタオルを尚子に差し出した。受け取り、髪などを拭く。福崎は同じ棚からスープ皿とバーナーを取り出し、そばにあったテーブルに置く。尚子を椅子に座らせると、トウモロコシ畑のほうへ歩み、一本もぎとってきた。器用に皮をむき、左手でスープ皿の上にかざすようにする。

「見ててごらん」

バーナーに火をつけ、トウモロコシの表面を炙る。ぷち、ぷちと音がして皮が破れ、中からとろりと雫が流れだす。あれよあれよという間に、そのとろりとしたものは皿の中に溜まっていく。一分ほどで、温かなスープが出来上がった。

「どうぞ」

スプーンを取って一口、とろけるような甘みが舌の上に広がっていく。

「すごい。おいしい」

「スープ専用トウモロコシ。まだ名前はないし、俺以外に食べたのは君が初めてだよ」

ほのかな嬉しさが胸の中に灯る。尚子は夢中で、スープを飲み続けた。

6

福崎と恋仲になるのに時間はかからなかった。

研究施設は福崎の他には、農林水産省の職員が一人いるだけで、栽培施設にはほとんど入ってこない。福崎はいつの間にか手製のベッドを、爆弾小町の林に隠れるような位置に設置していた。

性交渉についてはやはりためらいがあり、尚子は例の臭いのことを話した。すると福崎は「これを試してみよう」と小さなナッツをテーブルの上に置いた。一粒を自分で嚙んでみせ、もう一粒を尚子に渡す。干からびたピスタチオのような味がした。

それから、ことが始まった。

どういうからくりなのかわからないが、本当に体臭が気にならなかった。尚子は初めて、性の喜びを知ることができた。

もとより、仕事が終われば職場の作業員とは顔を合わせることもない生活をしている。福崎とのことが漏れている様子はない。唯一、アリバイを作らなければならない相手は愁平だった。

〈やあ、今日はどうだった?〉

「どうって、別に。予定通りよ」

子どもの一件で気まずくなってから、Ｋｉｋｋａでの通話は二、三日に一度のペースに減っていた。

〈そうか。こっちは大丈夫。もう一階部分はほぼ完成したよ〉

家の建築は順調に進んでいるようなので、事務的な話題には事欠かなかった。義務で通話しているのだということを悟られるほど、尚子は馬鹿(ばか)ではなかった。十分ばかりの通話をして、「おやすみ」と言って通話を切るだけだった。

「尚子さん、最近いいことあったのか?」

福崎との関係が始まってから三週間ほどが経ったとき、狛村が訊ねてきた。

「どうして?」

「最近、よく笑うから。それに、肌つやもよくなったような」

「まさか」

「いや、これはマジ。この島に来た人間はもろに強い日差しを受けてだいたいはシミやシワができて日焼けしていくもんだが、あんたはむしろ、初めて会ったときより若返っているような気がするよ」

恋でもしてるんじゃないか、とニヤける狛村を、尚子は軽くいなす。

「お世辞言ってんじゃないわよ」

「俺は別にいいと思うがな」

狛村は引かなかった。

「太平洋のど真ん中の小さな島。本土からは遠く離れて娯楽は少ない。そりゃ、浮気ぐらいするよ」

「狛村さん、あなた浮気してるの？」

「俺は女房子どもに逃げられたって言っただろ？　女を作ったとしても浮気じゃない。……ま、俺のことを相手してくれる女なんて、この島にいないだろうしな」

「ええ、そうね」

「ひどいな、あんたは」

「さあ、仕事に戻りなさい」

肩をすくめながら作業場に戻る狛村。その背中を眺めつつ、バレてもいいか、という気持ちが芽生えていた。もともとは広大な海洋のど真ん中にポッと突き出たような島。世界のどこからもこれ以上ないほどに隔絶されている。

だが——と尚子は考える。

自分に隠し事ができるだろうか。それに、不倫(ふりん)が世間的には悪であることは間違いない。

それよりは、認めさせてしまったほうがいいのではないか。

その夜、尚子は自分からＫｉｋｋａを使って愁平を呼び出した。

〈やあ、今日は早かったね〉

「仕事は少し落ち着いたから。それより、今日は一つ、重要なことを打ち明けなければならないの」

〈なんだい？〉

やはり一抹(いちまつ)の勇気はいるようだ。だが、ためらわずに尚子は言った。

「私、こっちで恋人を作ることにしたの」

〈えっ〉

「でも勘違いしないで。あなたのことを愛していて、手放したくないという気持ちは本当なの」

尚子は福崎のことを話した。

「環境の変化で、私もストレスを感じているの。それを解消するための一時的な恋愛よ。それに、私が子どもを嫌いなことはあなたも知っているでしょう？　体の関係は持っても、間違いを犯(おか)すことはないわ」

〈体の関係も、持つということ？〉

愁平は驚いたようだった。しかし、怒りはまったく感じられなかった。

〈その……俺とは……〉

自分と性交渉を持たなかったことを気にしているようだった。仕方ない、と尚子は体臭のことを告白することにした。

「でもね、福崎さんは特別なナッツを持っているの。それを食べてからことに及ぶと、不思議とその体臭を感じないのよ」

長い沈黙が続いた。すでに体の関係を持っていることにショックを受けているのだろうか。

つまらない男――だけど、自信を取り戻させなければならない。

「安心して。大学の助手っていっても、論文はまったく発表していないから学会ではまるで知られていない人よ。社会的地位はあなたのほうがずっと上。パートナーとしては、ずっとあなたのほうが優(すぐ)れているわ。沖ノ鳥島を離れるときには、すっぱり関係を解消する」

〈でも……やっぱりそんなのを認めるわけには……〉

「私が信じられないの？」

いつものように、語気を強めた。

〈い……いや〉

「あなたも恋人を作ったらいいじゃない。若くて、あと腐れなくすぐ別れられる期間限定の恋人をね」

愁平がそんな器用なことができる人間ではないことは、わかっていた。

「とにかく、自由にやらせて。あなたを愛しているわ」

〈……うん〉

消え入りそうな声で言うと、愁平は自分からＫｉｋｋａを出ていった。

沖ノ島島を去るときに関係は解消する。この条件に、福崎も納得してくれた。最果ての島の期限付きの恋……それは悲しいものではなく、むしろ二人をより燃え上がらせた。抱き合い、絡み合う二人の横で、爆弾小町は確実に色づいていくのだった。

7

八月十日。沖ノ島島を、台風が襲った。

これまでも風の強い日に高潮が作業現場を襲うことはあったが、外に出るのも危ぶまれるほどの荒天は初めてだった。沖ノ島島区役所から外出禁止命令が発動され、建設も中止となった。

尚子は朝から部屋の中にいて、窓を叩きつける雨の音を聞いていた。建設中の海中集合住宅が破壊されるのではという心配はまったくない。計画はむしろ順調すぎるほど順調で、ここらで数日、休みを取ってもいいと思っていたところだった。

コーヒーを淹れ、クラシック音楽をかけ、こちらへ来た初日に本棚に並べて以来そのままの文庫本を取り出して読みはじめた。食事もゆっくり取り、久しぶりの休日を満喫した。

インターホンが鳴ったのは、午後三時二十分のことだった。風雨は朝よりひどい。夕方から晩にかけてピークが訪れるだろうという予報だった。こんな時間に誰が、とモニターを起動して驚いた。

「福崎さん？」

〈尚子、開けてくれ〉

部屋に招き入れた福崎は赤い宇宙服のようなレインコートを身にまとっていたが、びしょ濡れだった。銀色の袋を、玄関のタイルの上に置く。

「どうしたの？」

「この島に来て初めての台風だろ？　その……尚子が、寂しがっているかと思って」

あまりにまっすぐな目に、思わず笑ってしまった。だが福崎のほうはそうはいかなかった。レインコートをその場に脱(ぬ)ぎ捨てるなり、尚子に抱きついてきた。

「寂しかったのは、あなたのほうじゃないの？」

冗談めかす尚子の唇(くちびる)に、福崎の唇が重なった。尚子は応じた。突然の来訪は驚いたが、嫌ではなかった。服を脱がしあいながら、ベッドへともつれた。思いがけず肌寒くて、くしゃみが出た。その肌もすぐに、福崎の情熱と優しさに温められた。

――甘美な時間が、どれくらい流れたのか。

気づけば外は暗く、窓を叩く雨音はほぼ暴力的といっていいほどになっていた。

「もう七時半じゃないか。お腹空(なかす)いたろ」

福崎はベッドから起き上がり、下着を穿(は)いた。そして玄関へ行き、ほったらかしにしてあった銀の袋を持ってくる。

「今朝、採れたんだよ」

取り出されたそれは、真っ赤に色づいた爆弾小町だった。

「できたのね」

「ああ。この島での室内栽培の第一号だ。ステーキにしよう」

「トマトのステーキだなんて」

「美味いと思うぜ」

キッチンへと消えていく福崎。手早く衣服を身に着け、尚子も追った。スイカほどもあるその巨大なトマトを、彼は包丁で横に輪切りにしていた。中はぎゅっと詰まっているらしく、思ったほど汁は出ない。

「フライパン、あるか?」

「ええ」

シンクの下からフライパンを取り出す。調理台の上に置かれた袋の中には他にも野菜が入っていた。サラダかスープでも作るつもりなのだろう。

「パンを出すわね。ちょうど昨日焼いたばかりだから」

「尚子が焼いたのか?」

「それくらいできるわよ。一人暮らしが長いもの」

会社が用意したこの部屋は、最新の電化製品が備え付けられていた。万能クッカーもずいぶん使い勝手がいい。

福崎の笑顔を見て、楽しいな、と思う。国家事業に携わりながら恋愛まで楽しんでしまうなんて、なんて器用な人生だろう。

チコリン、チコリンと、気分を壊す電子音が響いたのはそのときだった。

「何だ、この音？」

「Ｋｉｋｋａよ。きっと夫だわ」

八時前にかけてくることは珍しいが、他にかけてくる相手も思い浮かばない。料理を続けて、と言い残し、リビングへ足を運ぶ。

〈やあ、尚子〉

ダークブラウンの壁の前で、部屋着姿の愁平のアバターが笑顔を浮かべていた。

あの告白の日から通話は何度かしているが、福崎のことにはいっさい触れていない。反発心は完全に消えてはいないだろうが、愁平は受け入れてくれているのだと、尚子は理解していた。

〈そっちは台風まっただ中だろ？　大変だな〉

「わざわざかけてくれたの、ありがとう。でもちょっと今夜は話したい気分じゃないわ」

通話を切ろうとしたら、

〈待って〉

いつになく真剣な様子で彼は止めた。

〈報告があるんだ。家、出来上がったよ〉

「はい？　完成予定は再来週でしょう？」

〈それが、ちょっと家の規模を小さくしたんだ。前の図面通りだと広すぎるかなと思って。家族はもっと、ぎゅっとしないと〉

急激に怒りの感情が湧いてくる。

「勝手なことをしないで！　相談もせずに！」

〈相談したら、反対したろ？〉

当たり前だ。家の広さは能力に比例すべきだ。国家事業を任され、官僚を夫とする自分は、二十三区内にあれくらいの広さの家を建てて当然なのだ。

「境君にはあとで私のほうから連絡するわ。もとの図面に戻すのよ」

〈まあまあ。尚子、それよりもっと大きな報告があるんだよ〉

これ以上大きな？　想像がつかない。そして、悪い予感しかしない。

〈俺、経産省やめたんだ〉

「……え？」

〈いろいろ人生を見つめ直したんだ。俺が本当に好きなことはなんなのかって〉

「今さら、そんな学生みたいなこと……」

〈俺、やっぱり子どもが好きなんだよ。だから、保育園に就職した〉

なぜか喉（のど）が痛くなった。何の言葉も出てこなかった。

〈資格がないから今は事務しかやらせてもらえないんだけど、ゆくゆくは勉強して資格を取って、保育士になろうと思うんだ。ねえ、尚子も応援してくれるでしょ？　俺は尚子を、沖ノ鳥

島に行かせてあげたし、その、そっちでの恋人のことも……〉

目の前の画面が暗くなった。尚子が通信を切ったのだ。

愁平とこれ以上つながっていたくなくて、VRゴーグルを脱ぎ捨て、ブースから飛び出し、コードを引っこ抜いた。どんな男の体臭を嗅いだときにも経験したことのない吐き気が全身を駆け巡った。トイレに駆け込み、黄色い胃液をぶちまけた。

「どうしたんだ、大丈夫か？」

口元を拭きながら振り返る。福崎が心配そうに尚子の顔を見ている。尚子は床に手をつき、ゆっくりと立ち上がる。心配そうに伸ばされた浮気相手の手を、振り払った。

「帰って」

「なんだよ？　どうしたんだよ？」

「帰ってよ！」

さっきまで愛おしいと思っていた福崎のことが、今や煩わしくなっていた。

どうして？　どうして邪魔(じゃま)をするの？

私はこの世で私にしか考えつかない素晴らしい建築モデルとその活用法を編み出した。それを国家事業にも採用され、成功した暁(あかつき)には無限の可能性が広がっている。後世の人類がナオコ・カツシロの名を語り継ぐ――そのためには、尊敬されてしかるべき人生ステータスが必要なのだ。夫の社会的地位は絶対条件だ。その夫が、官僚という立場を捨てて……保育士？　ありえない。ありえない。私の夫が保育士だなんて！

「なあ、本当にどうしたんだ、おかしいぞ」

福崎は困惑している。この緊急事態がわからないのか。もう遊びなんて終わりだというのに。

「帰ってってば！」

「帰れって言ったって、この天気だぞ？」

家全体が揺れるくらいの暴風雨。たしかにこの男を追い出して死なれでもしたら、そこで尚子の人生は終了だ。

「台所で寝てもいいわよ。雨風が落ち着いたら、帰って」

寝室に飛び込んで鍵をかけた。

布団を被り、夫の顔を思い浮かべる。あの低能男は血迷ったのだ。もとから精神の不安定なところのある人間だと思っていたのだ。近くにいて手綱を握っていなければならなかった。まだ間に合う。東京に戻らなければ。愁平の首根っこをつかんで経産省に赴き、官僚に戻してくださいと頼まなければ。

「尚子、尚子！」

福崎はドアを叩き続けている。どうしてみんな邪魔をするのか。どうして――。

8

羽田空港に着いたのは、午後十時三十分だった。

四か月ぶりの本土だが、帰ってきた感慨などもちろんない。オスプレイ機の中で観た映画はわけがわからなかった。魚の絵を得意とするアーティストが夢の中で魚になり、殺人を目撃する。目が覚めると病院にいて、自分の手術をしたという医者がその殺人犯とまったく同じ顔だった。夢と現実のはざまが曖昧になっていき……そこから先は覚えていない。それでも途中で眠れたらよかったのに、頭は冴えていた。

実際、愁平から保育士になると告げられたあの日から、怒りでほとんど眠れていない。無視し続けた福崎が帰ったのは、きっとあれから十時間後ぐらいだったろう。静まり返った廊下を歩いてダイニングへ行くと、テーブルの上には冷え切った爆弾小町のステーキとサラダ、スープ、それにパンが並んでいた。それらをすべてゴミ箱の中に叩き込み、カップ麺を食べたのが二日前だ。

本当ならその日のうちに本土に戻って愁平を問い詰めたい気持ちでいっぱいだった。だが台風は関東地方を直撃しており、空港がすべて封鎖されていた。すぐに三日間の休みを取る手続きを終え、今日、ついに羽田へ戻ってきた。

無人タクシーにはすぐに乗れた。ナビゲーションシステムに、マイホームが建っているはずの住所を打ち込む。ドアは閉まり、滑るようにタクシーは発車した。

人間の運転手ではなくなって本当に楽だ。のべつ幕無しに話しかけられていたら、腹が立って仕方ないところだった。

山手トンネルのオレンジ色の明かりを見ながら、今向かっている場所に愁平と下見に行った日のことを思い出す。

——ここに俺たちの家が建つんだね
愁平は感慨深げだった。

——何年も何年もかけて、家族の時間を刻んでいくんだ
考えてみればあの日から、おかしなことを言っていた。子どもを作らないことでは合意していたので、いつまで経っても尚子と愁平の二人だけ。「夫婦」と表現すべきなのだ。

彼はあきらめていなかった。このままでは養子をもらうなどと言い出しかねない。

平穏を取り戻さなければ。彼を、経産省勤めに戻すのだ。

三十分もかからずに、目的地に到着した。

規模を縮小したと聞いたので不安だったが、きちんとしたたたずまいの家だった。設計図通りなのでは、とすら思えた。

愁平とはあれ以来Ｋｉｋｋａでの通話はしていない。呼び出しても反応がない。今日の羽田到着の時刻を一方的に告げてあるだけだ。ダークグレーの扉のすりガラスの向こう、ライトは点灯しているのですでに帰っているものとみえる。

一応、インターホンを押した。ややあって、〈はい〉とスピーカーから愁平の返事がある。

「私よ」

〈おかえり〉

いつもと同じ声。間抜けな笑顔がすぐそこにあるようだった。冗談じゃない、と思っている

と、玄関扉がすっ、と横に開いた。《アサヂホーム》が誇る、家庭用自動ドアである。

シーリングライトの明るい玄関に入る。愁平の姿はそこになかった。背後でドアが勝手に閉まり、サムターンがひとりでに回って施錠（せじょう）された。

目の前、三メートルほど廊下が続き、突きあたりは上り階段になっている。両脇に扉があって、片方はバスルーム、もう片方はリビングダイニングのはずだった。

「ごめーん、尚子」

リビングダイニングのほうから声が聞こえた。

「今、ちょっと手が離せないんだ」

何をのんきに。こちらは腹の中が煮えくり返っているというのに。尚子はパンプスを脱ぎ捨て、リビングダイニングに飛び込んだ。

誰もいなかった。白いテーブルに、椅子が四つ。

「こっちだよ」

左手のキッチンのほうだった。壁付けのペニンシュラ型のキッチンだが、尚子の位置からはステンレスのシンクが見えるだけで愁平の姿はない。

死角になっている奥にいるのだろうかとキッチンへ向かう。

誰の姿もない。

「どこにいるのよ?」

「こっちだよ」

三ツ口コンロの付近から声が聞こえた。まさか、体が小さくなってしまったわけでもないだろうに。近づいていくと、深鍋(ふかなべ)の陰に緑色の丸いスピーカーが置いてあった。

〈引っ掛かったね〉

手にしたスピーカーがしゃべったその瞬間、にゅっと背後で何かが動いた。床から白い板がせり上がってきたのだ。だがそれは太ももぐらいの高さで止まった。

「なによ、これ」

〈台所では火も使うし、包丁だのなんだの、危ないものもあるだろ。入ってこられないようにさ〉

意味がわからない。ただただ、夫への怒りが増長されるだけだった。

「どこにいるのよ？」

〈探してごらん〉

尚子は床からせり上がってきたその低い板をまたぎ越え、リビングダイニングに戻る。ソファーの後ろを覗(のぞ)くが誰もいない。庭か、とカーテンを開けるが、暗い空間が広がっているだけ。ただ、一台の真新しい三輪車があった。

「なんで、三輪車なんか」

上司の子どもへのプレゼントだ、とでもいうのだろうか。

背後で音がした。

廊下へ通じるドアから、小さな何かがすーっと床を滑(すべ)ってくる。ミニカーだった。

「愁平、そこにいるの？」

廊下からも、手元のスピーカーからも返事がない。

廊下に出る。バスルームを覗くが暗くて人の気配はない。トイレのドアを開けるがここにも誰もいない。ということは、と階段を見上げる。

まるで今磨いたかのような階段だった。一歩上ると、シーリングライトが点灯した。

「待ってなさい」

一気に二階へと上がる。ドアは、二つしかなかった。寝室とそれぞれの部屋、それにトイレ。当初の設計図ではそういう間取りになっていたはずだ。愁平は勝手に部屋を二つ、減らしたことになる。

「愁平！」

手近の扉を開く。ダブルベッドが一つあるきりの殺風景な部屋だった。寝室としての広さは申し分ない。

愁平はいない。もう一つの部屋か、と戻ろうとしたとき、小さな電子音が聞こえた。やがて、脳が聞いたことのある旋律を捉(とら)える。

「ハッピーバースデー・トゥー・ユー」だった。子ども用の音の出る玩具(おもちゃ)から出ている音楽のようだ。

そのとき、尚子は気づいた。

ベッドの足もとの壁に、緑色のカーテンがかけられている。窓もないのにどうしてカーテンがあるのか。

「愁平、そこね？」

飛びついて、一気に引いた。

カーテンに隠れるようにして、オレンジ色のドアがあった。高さは百二十センチほどしかない。物置だろうか。

音楽は中から聞こえている。尚子はノブを握り、ドアを引いた。

「えっ――？」

中は、広かった。乳白色の壁紙に、動物やお花畑の絵が描いてある。羊の姿を模した二人掛けのソファー。ハート形のクッションは、まるで尚子の趣味に合わない。歩行器にベビーベッド、哺乳瓶を煮沸（しゃふつ）する専用機まである。天井からは小さなぬいぐるみのぶら下げられた、赤ん坊を寝かしつける傘のような玩具が三つも吊り下がってぐるぐると回転している。「ハッピーバースデー・トゥー・ユー」はそのうちの一つから流れているのだった。

「なんなのよ、これは……」

怒りというより戦慄（せんりつ）に近い感情で、膝（ひざ）が震えてきた。

ベビーベッドの頭の方向の床に、犬やウサギ、ゴリラにイルカ……様々なぬいぐるみが山と積まれている。そのゴリラが、ふるふると動いた気がした。

「そこにいるのね！」

尚子は戸をくぐり抜け、ぬいぐるみの山に直行する。ゴリラの腕をつかみ、持ち上げた。

ぬいぐるみの山に埋もれていたのは、奇妙（きみよう）な顔のロボットだった。プラスチック製のボール状の顔に、黄色い目が二つ。横に広い口の中には、虹色に光る歯が並んでいる。

なんなの、いったい。混乱していると、ぬいぐるみの中から、ロボットの細い腕がしゅっと伸びてきて、尚子の右手首をつかんだ。

「痛い！」

すかさずもう一本の腕が伸びてきて、左手首もつかまれる。

「何なのよ、離して、離して！」

もがいていると、ばたんと音がした。オレンジ色の扉が閉じられていた。

「黙ってて悪かったよ、尚子」

愁平は、ドアのすぐ向こうにいるようだった。

「でも俺、尚子と付き合うずーっと前から考えていたんだ。結婚したら子どもを作ろう、子どもにはたくさん時間を使って、たっぷり愛情を注いでやろう……って」

「愁平、その話は……」

ロボットを引きずりながら、ドアのところまで戻った。ノブを握るが、回らない。

「境さんにそのことを相談したら、『それなら子ども部屋を作りましょう』って、快く乗ってくれた」

何のことはない。境が騙されたのだ。この、独りよがりで無能な男に！　尚子は憤りまかせにドアを叩こうとしたが、ロボットの腕が邪魔だ。ドアに、頭突きをした。

「許さないわ！　私に内緒で、こんな、何の役にも立たない部屋を！」

何度も何度も、額(ひたい)を打ち付ける。血が流れて目がかすんだ。

「尚子も考え直そうよ。沖ノ鳥島のプロジェクトなんて他の人に任せてさ。きっと俺たちの子どもは可愛いと思うよ」

「うるさい！」

「保育士資格の勉強をしながら、家事は俺が全部するよ。もちろん、育児も。仕事でも家庭でも子どもと触れ合っていられるなんて、こんな幸せはないんだ」

「黙れ、黙れ黙れ、だまれっ！」

「男の子でも女の子でもどっちでもいいんだ。実はもう、名前も考えてある」

「死ねっ、死ねっ！」

くらくらしてきたが、やめるわけにはいかない。この男の性根(しょうね)を叩き直してやるまでは！

私の人生を邪魔するな。お前なんて、社会的地位を保って私の夫でいるだけでいいんだ。子どもなんて、私の時間を奪うものなど必要ない。玩具、ぬいぐるみ、ベビーベッド。この部屋は無駄なものだらけだ。どうして効率良く仕事をさせてくれないんだ。

「死ねっ、死ねっ……」

自分の動きが鈍くなってきているのがわかった。傷のせいだけではなさそうだ。なんだか、眠いのだ。

「《アサヂホーム》の技術って本当にすごいね」

オレンジ色のドアの向こうで、愁平は落ち着き払っている。

「天井のスプリンクラーの横に、小さな穴があるだろ？　今、そこから鎮静(ちんせい)作用のあるナノ粒子が部屋を満たしているんだ。これを嗅いだら、どんなに夜泣きのひどい赤ちゃんでもたちどころに眠ってしまうんだって」

知っている。スリーピーズとかいう機能だ。香りも何種類かあったはずだが、これはラベンダーだろう。冷涼感。静寂(せいじゃく)。今の今まで脳内を支配していた怒りがどんどん鎮(しず)まっていく。

侮(あなど)っていた……。子ども向けの機能だから関係ないと思っていた……。

尚子はいつしか、床に仰向けになっていた。星や月や飛行機やペロペロキャンディーが、ぐるぐると回っている。音楽はいつしか『シューベルトの子守歌』に変わっていた。

視界の隅で、オレンジ色のドアが開いた。

「かわいいね、尚子」

ぽりぽり、ぽりぽり、と何かをかじる音がした。

「ナッツを食べれば、臭いはしないんだろう？」

違う、それは福崎のナッツだ。

「そのまま、眠っていていいから」

すっ、と近づいてくる夫の気配。

ラベンダーの静謐(せいひつ)さの中に、腐った柿のような香りが混じっている——。

本書は、「ＷＥＢ文蔵」にて二〇二三年八月〜二〇二四年六月まで連載された作品に、加筆・修正を加えたものです。

各章の冒頭部分は、『改訂 雨月物語 現代語訳付き』（上田秋成著／鵜月 洋訳注 角川ソフィア文庫）より引用しています。

この作品はフィクションであり、実在の個人・団体とは一切関係ありません。

〈著者略歴〉
青柳碧人（あおやぎ　あいと）
1980年千葉県生まれ。早稲田大学教育学部卒。2009年『浜村渚の計算ノート』で第３回「講談社 Birth」小説部門を受賞し、デビュー。2019年刊行の『むかしむかしあるところに、死体がありました。』は多くの年間ミステリーランキングに入り、2020年本屋大賞にもノミネート。Netflixで映画化された『赤ずきん、旅の途中で死体と出会う。』のほか、「浜村渚の計算ノート」「ナゾトキ・ジパング」シリーズ、『名探偵の生まれる夜 大正謎百景』『クワトロ・フォルマッジ』『怪談青柳屋敷』『赤ずきん、アラビアンナイトで死体と出会う。』など著書多数。

オール電化・雨月物語

2025年３月25日　第１版第１刷発行

著　者　青柳碧人
発行者　永田貴之
発行所　株式会社ＰＨＰ研究所
東京本部　〒135-8137　江東区豊洲5-6-52
文化事業部　☎03-3520-9620（編集）
普及部　☎03-3520-9630（販売）
京都本部　〒601-8411　京都市南区西九条北ノ内町11
PHP INTERFACE　https://www.php.co.jp/
組　版　朝日メディアインターナショナル株式会社
印刷所　株式会社精興社
製本所　株式会社大進堂

ISBN978-4-569-85882-1